L'intellectuel engagé

Anthologie, notes et dossier réalisés par
Christine Lhomeau

Lecture d'image par
Bertrand Leclair

Christine Lhomeau a publié aux Éditions Gallimard, dans la collection « Folioplus classiques », *L'Homme qui plantait des arbres* de Jean Giono, suivi d'une anthologie consacrée au thème de la nature dans la littérature française. Elle a également participé à deux manuels de littérature parus aux Éditions Bréal en 2011. Certifiée de lettres modernes, elle enseigne le français au lycée Les Bourdonnières de Nantes. Elle contribue régulièrement à la revue *Temps Noir* des Éditions Joseph K.

Bertrand Leclair est essayiste et romancier. Il est également dramaturge. Derniers titres parus : *Dans les rouleaux du temps* (Flammarion, 2011), *L'Invraisemblable Histoire de Georges Pessant* (Flammarion, 2010).

Sommaire

Sommaire

L'intellectuel engagé

ÉMILE ZOLA (1840-1902)

J'accuse… ! (*L'Aurore*, 13 janvier 1898)

(in *J'accuse!*, La bibliothèque Gallimard)

Dans la conclusion de sa « Lettre à M. Félix Faure, président de la République », Émile Zola débute huit phrases par « J'accuse », accusations portées contre des personnes nommément désignées qui ont été impliquées dans la condamnation inique du capitaine Dreyfus. De cette anaphore, Clemenceau fait la une du 13 janvier 1898 de L'Aurore, dont il est le rédacteur en chef. Dès lors, pour la postérité, la lettre de Zola va conserver ce titre.

S'il est le plus célèbre et le plus percutant, cet article n'est pas le premier que l'écrivain a fait paraître en faveur de l'innocence de Dreyfus. Définitivement convaincu de la justesse de cette cause depuis le mois de novembre 1897, Zola y a déjà consacré trois textes dans Le Figaro. Ces textes seront regroupés dans un ouvrage publié aux Éditions Fasquelle en 1901, L'Affaire Dreyfus, la Vérité en marche, où figurent également, outre divers documents, deux autres écrits antérieurs à « J'accuse… ! » que Zola — « ne voyant alors aucun journal qui [lui] prendrait [s]es articles, et désireux en outre d'être absolument libre » — fit paraître sous forme de brochures: Lettre à la France et Lettre à la jeunesse, respectivement les 14 décembre 1897 et 8 janvier 1898. Zola n'a pas tort de penser qu'il s'expose au refus: Le Figaro, auquel il avait jusque-là confié plusieurs articles, refuse sa « Lettre à M. Félix Faure, président de la République », craignant les conséquences judiciaires qu'entraînerait la publication.

    Par l'expression de son engagement total, indifférent aux risques qu'il encourt et exclusivement soucieux de Justice et de Vérité, Émile Zola signe avec «J'accuse… !» l'acte de naissance de l'intellectuel contemporain.

LETTRE À M. FÉLIX FAURE
Président de la République
Monsieur le Président,

    Me permettez-vous, dans ma gratitude pour le bienveillant accueil que vous m'avez fait un jour, d'avoir le souci de votre juste gloire et de vous dire que votre étoile, si heureuse jusqu'ici, est menacée de la plus honteuse, de la plus ineffaçable des taches ?

    Vous êtes sorti sain et sauf des basses calomnies, vous avez conquis les cœurs. Vous apparaissez rayonnant dans l'apothéose de cette fête patriotique que l'alliance russe[1] a été pour la France, et vous vous préparez à présider au solennel triomphe de notre Exposition universelle[2], qui couronnera notre grand siècle de travail, de vérité et de liberté. Mais quelle tache de boue sur votre nom — j'allais dire sur votre règne — que cette abominable affaire Dreyfus ! Un conseil de guerre vient, par ordre, d'oser acquitter un Esterhazy[3], soufflet suprême à toute vérité, à

---

    1. Accord de coopération militaire signé entre la France et l'Empire russe en 1892.
    2. Expositions destinées à permettre aux nations participantes de montrer leurs avancées technologique et industrielle. La première Exposition universelle s'est déroulée à Londres en 1851 ; celle dont il est question ici sera inaugurée le 14 avril 1900.
    3. Marie Charles Ferdinand Walsin Esterhazy, officier français d'ori-

toute justice. Et c'est fini, la France a sur la joue cette souillure, l'histoire écrira que c'est sous votre présidence qu'un tel crime social a pu être commis.

Puisqu'ils ont osé, j'oserai aussi, moi. La vérité, je la dirai, car j'ai promis de la dire, si la justice, régulièrement saisie, ne la faisait pas, pleine et entière. Mon devoir est de parler, je ne veux pas être complice. Mes nuits seraient hantées par le spectre de l'innocent qui expie là-bas[1], dans la plus affreuse des tortures, un crime qu'il n'a pas commis.

Et c'est à vous, monsieur le Président, que je la crierai, cette vérité, de toute la force de ma révolte d'honnête homme. Pour votre honneur, je suis convaincu que vous l'ignorez. Et à qui donc dénoncerai-je la tourbe malfaisante des vrais coupables, si ce n'est à vous, le premier magistrat du pays?

*

La vérité d'abord sur le procès et sur la condamnation de Dreyfus.

Un homme néfaste a tout mené, a tout fait, c'est le colonel du Paty de Clam[2], alors simple commandant. Il est l'affaire Dreyfus tout entière, on ne la connaîtra que lorsqu'une enquête loyale aura établi nettement ses actes et ses responsabilités. Il apparaît comme l'esprit le plus fumeux, le plus compliqué, hanté d'intrigues romanesques, se complaisant aux moyens des romans-feuilletons, les papiers volés, les lettres anonymes, les rendez-vous dans les endroits déserts, les femmes mystérieuses qui colportent,

---

gine hongroise. Membre de l'état-major de l'armée française, il est l'auteur du bordereau qui fait accuser Dreyfus.

1. Sur l'île du Diable.

2. Chargé de l'enquête, il fut le principal accusateur de Dreyfus en 1894.

de nuit, des preuves accablantes. C'est lui qui imagina de dicter le bordereau[1] à Dreyfus ; c'est lui qui rêva de l'étudier dans une pièce entièrement revêtue de glaces ; c'est lui que le commandant Forzinetti[2] nous représente armé d'une lanterne sourde, voulant se faire introduire près de l'accusé endormi, pour projeter sur son visage un brusque flot de lumière et surprendre ainsi son crime, dans l'émoi du réveil. Et je n'ai pas à tout dire, qu'on cherche, on trouvera. Je déclare simplement que le commandant du Paty de Clam, chargé d'instruire l'affaire Dreyfus, comme officier judiciaire, est, dans l'ordre des dates et des responsabilités, le premier coupable de l'effroyable erreur judiciaire qui a été commise.

[...]

Et, sans que je veuille refaire ici une histoire connue en partie, le commandant du Paty de Clam entre en scène, dès qu'un premier soupçon tombe sur Dreyfus. À partir de ce moment, c'est lui qui a inventé Dreyfus, l'affaire devient son affaire, il se fait fort de confondre le traître, de l'amener à des aveux complets. Il y a bien le ministre de la Guerre, le général Mercier, dont l'intelligence semble médiocre ; il y a bien le chef de l'état-major, le général de Boisdeffre, qui paraît avoir cédé à sa passion cléricale, et le sous-chef de l'état-major, le général Gonse, dont la conscience a pu s'accommoder de beaucoup de choses. Mais, au fond, il n'y a d'abord que le commandant du Paty de Clam, qui les mène tous, qui les hypnotise, car il s'occupe aussi de spiritisme, d'occultisme, il converse avec les esprits. On ne croira jamais les expériences auxquelles il a soumis le malheureux Dreyfus, les pièges dans lesquels il a voulu le faire tomber,

---

1. Voir p. 230 in _Chronologie_ « L'affaire Dreyfus ».
2. Commandant de la prison militaire du Cherche-Midi. Il fut l'un des premiers à croire en l'innocence de Dreyfus.

les enquêtes folles, les imaginations monstrueuses, toute une démence torturante.

Ah! cette première affaire, elle est un cauchemar, pour qui la connaît dans ses détails vrais! Le commandant du Paty de Clam arrête Dreyfus, le met au secret. Il court chez madame Dreyfus, la terrorise, lui dit que, si elle parle, son mari est perdu. Pendant ce temps, le malheureux s'arrachait la chair, hurlait son innocence. Et l'instruction a été faite ainsi, comme dans une chronique du quinzième siècle, au milieu du mystère, avec une complication d'expédients farouches, tout cela basé sur une seule charge enfantine, ce bordereau imbécile, qui n'était pas seulement une trahison vulgaire, qui était aussi la plus impudente des escroqueries, car les fameux secrets livrés se trouvaient presque tous sans valeur. Si j'insiste, c'est que l'œuf est ici, d'où va sortir plus tard le vrai crime, l'épouvantable déni de justice dont la France est malade. Je voudrais faire toucher du doigt comment l'erreur judiciaire a pu être possible, comment elle est née des machinations du commandant du Paty de Clam, comment le général Mercier, les généraux de Boisdeffre et Gonse ont pu s'y laisser prendre, engager peu à peu leur responsabilité dans cette erreur, qu'ils ont cru devoir, plus tard, imposer comme la vérité sainte, une vérité qui ne se discute même pas. Au début, il n'y a donc de leur part que de l'incurie et de l'inintelligence. Tout au plus, les sent-on céder aux passions religieuses du milieu et aux préjugés de l'esprit de corps. Ils ont laissé faire la sottise.

Mais voici Dreyfus devant le conseil de guerre. Le huis clos le plus absolu est exigé. Un traître aurait ouvert la frontière à l'ennemi, pour conduire l'empereur allemand jusqu'à Notre-Dame, qu'on ne prendrait pas des mesures de silence et de mystère plus étroites. La nation est frappée de stupeur, on chuchote des faits terribles, de ces trahisons monstrueuses qui indignent l'Histoire, et naturellement la nation s'incline. Il n'y a pas de châtiment assez sévère, elle applaudira à la dégradation publique, elle voudra que le coupable reste sur son rocher d'infamie, dévoré par le remords. Est-ce donc vrai, les choses indicibles, les choses dangereuses, capables de mettre l'Europe en flammes, qu'on a dû enterrer soigneusement derrière ce huis clos ? Non ! il n'y a eu, derrière, que les imaginations romanesques et démentes du commandant du Paty de Clam. Tout cela n'a été fait que pour cacher le plus saugrenu des romans-feuilletons. Et il suffit, pour s'en assurer, d'étudier attentivement l'acte d'accusation, lu devant le conseil de guerre.

Ah ! le néant de cet acte d'accusation ! Qu'un homme ait pu être condamné sur cet acte, c'est un prodige d'iniquité. Je défie les honnêtes gens de le lire, sans que leur cœur bondisse d'indignation et crie leur révolte, en pensant à l'expiation démesurée, là-bas, à l'île du Diable. Dreyfus sait plusieurs langues, crime ; on n'a trouvé chez lui aucun papier compromettant, crime ; il va parfois dans son pays d'origine, crime ; il est laborieux, il a le souci de tout savoir, crime ; il ne se trouble pas, crime ; il se trouble, crime. Et les naïvetés de rédaction, les formelles assertions dans le vide ! On nous avait parlé de quatorze chefs d'accusation : nous n'en trouvons qu'une seule en fin de compte, celle du bordereau ; et nous apprenons même que les experts n'étaient pas d'accord, qu'un d'eux, M. Gobert, a été bousculé militairement, parce qu'il se permettait de ne pas conclure dans le sens désiré. On parlait aussi de vingt-trois officiers qui étaient venus accabler Dreyfus de leurs témoignages. Nous ignorons encore leurs interrogatoires, mais il est certain que tous ne l'avaient pas chargé ; et il est à remarquer, en outre, que tous appartenaient aux bureaux de la guerre. C'est un procès de famille, on est là entre soi, et il faut s'en souvenir : l'état-major a voulu le procès, l'a jugé, et il vient de le juger une seconde fois.

[...]

Voilà donc, monsieur le Président, les faits qui expliquent comment une erreur judiciaire a pu être commise ; et les preuves morales, la situation de fortune de Dreyfus, l'absence de motifs, son continuel cri d'innocence, achèvent de le montrer comme une victime des extraordinaires imaginations du commandant du Paty de Clam, du milieu clérical où il se trouvait, de la chasse aux « sales juifs », qui déshonore notre époque.

*

Et nous arrivons à l'affaire Esterhazy. Trois ans se sont passés, beaucoup de consciences restent troublées profondément, s'inquiètent, cherchent, finissent par se convaincre de l'innocence de Dreyfus.

Je ne ferai pas l'historique des doutes, puis de la conviction de M. Scheurer-Kestner[1]. Mais, pendant qu'il fouillait de son côté, il se passait des faits graves à l'état-major même. Le colonel Sandherr était mort et le lieutenant-colonel Picquart[2] lui avait succédé comme chef du bureau des renseignements. Et c'est à ce titre, dans l'exercice de ses fonctions, que ce dernier eut un jour entre les mains une lettre-télégramme, adressée au commandant Esterhazy, par un agent d'une puissance étrangère. Son devoir strict était d'ouvrir une enquête. La certitude est qu'il n'a jamais agi en dehors de la volonté de ses supérieurs. Il soumit donc ses soupçons à ses supérieurs hiérarchiques, le général Gonse, puis le général de Boisdeffre, puis le général Billot, qui avait succédé

---

1. Homme politique alsacien très tôt convaincu de l'innocence de Dreyfus et se considérant comme le « défenseur des tous les Alsaciens ».

2. Général et homme politique français, membre de l'état-major. Il sera au centre du dénouement de l'affaire.

au général Mercier comme ministre de la Guerre. [...]
L'enquête du lieutenant-colonel Picquart avait abouti à cette
constatation certaine. Mais l'émoi était grand, car la condamnation d'Esterhazy[1] entraînait inévitablement la révision du
procès Dreyfus; et c'était ce que l'état-major ne voulait à
aucun prix.

Il dut y avoir là une minute psychologique pleine d'angoisse. Remarquez que le général Billot n'était compromis
dans rien, il arrivait tout frais, il pouvait faire la vérité. Il
n'osa pas, dans la terreur sans doute de l'opinion publique,
certainement aussi dans la crainte de livrer tout l'état-major,
le général de Boisdeffre, le général Gonse, sans compter les
sous-ordres. Puis, ce ne fut là qu'une minute de combat
entre sa conscience et ce qu'il croyait être l'intérêt militaire. Quand cette minute fut passée, il était déjà trop tard.
Il s'était engagé, il était compromis. Et, depuis lors, sa responsabilité n'a fait que grandir, il a pris à sa charge le crime
des autres, il est aussi coupable que les autres, il est plus
coupable qu'eux, car il a été le maître de faire justice, et il
n'a rien fait. Comprenez-vous cela! voici un an que le
général Billot, que les généraux de Boisdeffre et Gonse
savent que Dreyfus est innocent, et ils ont gardé pour eux
cette effroyable chose! Et ces gens-là dorment, et ils ont
des femmes et des enfants qu'ils aiment!

[...] Non! le crime était commis, l'état-major ne pouvait
plus avouer son crime. Et le lieutenant-colonel Picquart fut
envoyé en mission, on l'éloigna de plus loin en plus loin,
jusqu'en Tunisie, où l'on voulut même un jour honorer sa
bravoure, en le chargeant d'une mission qui l'aurait sûrement
fait massacrer, dans les parages où le marquis de Morès[2] a

---

1. À savoir la culpabilité d'Esterhazy.
2. Aventurier français tué dans une embuscade en 1896, à la frontière entre la Tunisie et la Libye.

trouvé la mort. Il n'était pas en disgrâce, le général Gonse entretenait avec lui une correspondance amicale. Seulement, il est des secrets qu'il ne fait pas bon d'avoir surpris.

À Paris, la vérité marchait, irrésistible, et l'on sait de quelle façon l'orage attendu éclata. M. Mathieu Dreyfus[1] dénonça le commandant Esterhazy comme le véritable auteur du bordereau, au moment où M. Scheurer-Kestner allait déposer, entre les mains du garde des Sceaux, une demande en révision du procès. Et c'est ici que le commandant Esterhazy paraît. Des témoignages le montrent d'abord affolé, prêt au suicide ou à la fuite. Puis, tout d'un coup, il paye d'audace, il étonne Paris par la violence de son attitude. C'est que du secours lui était venu, il avait reçu une lettre anonyme l'avertissant des menées de ses ennemis, une dame mystérieuse s'était même dérangée de nuit pour lui remettre une pièce volée à l'état-major, qui devait le sauver. Et je ne puis m'empêcher de retrouver là le lieutenant-colonel du Paty de Clam, en reconnaissant les expédients de son imagination fertile. Son œuvre, la culpabilité de Dreyfus, était en péril, et il a voulu sûrement défendre son œuvre. La révision du procès, mais c'était l'écroulement du roman-feuilleton si extravagant, si tragique, dont le dénouement abominable a lieu à l'île du Diable ! C'est ce qu'il ne pouvait permettre. Dès lors, le duel va avoir lieu entre le lieutenant-colonel Picquart et le lieutenant-colonel du Paty de Clam, l'un le visage découvert, l'autre masqué. On les retrouvera prochainement tous deux devant la justice civile. Au fond, c'est toujours l'état-major qui se défend, qui ne veut pas avouer son crime, dont l'abomination grandit d'heure en heure.

On s'est demandé avec stupeur quels étaient les protecteurs du commandant Esterhazy. C'est d'abord, dans

---

1. Frère du capitaine Alfred Dreyfus.

l'ombre, le lieutenant-colonel du Paty de Clam qui a tout machiné, qui a tout conduit. Sa main se trahit aux moyens saugrenus. Puis, c'est le général de Boisdeffre, c'est le général Gonse, c'est le général Billot lui-même, qui sont bien obligés de faire acquitter le commandant, puisqu'ils ne peuvent laisser reconnaître l'innocence de Dreyfus, sans que les bureaux de la guerre croulent dans le mépris public. Et le beau résultat de cette situation prodigieuse est que l'honnête homme, là-dedans, le lieutenant-colonel Picquart, qui seul a fait son devoir, va être la victime, celui qu'on bafouera et qu'on punira. Ô justice, quelle affreuse désespérance serre le cœur! On va jusqu'à dire que c'est lui le faussaire, qu'il a fabriqué la carte-télégramme pour perdre Esterhazy. Mais, grand Dieu! pourquoi? dans quel but? Donnez un motif. Est-ce que celui-là aussi est payé par les juifs? Le joli de l'histoire est qu'il était justement antisémite. Oui! nous assistons à ce spectacle infâme, des hommes perdus de dettes et de crimes dont on proclame l'innocence, tandis qu'on frappe l'honneur même, un homme à la vie sans tache! Quand une société en est là, elle tombe en décomposition.

Voilà donc, monsieur le Président, l'affaire Esterhazy: un coupable qu'il s'agissait d'innocenter. Depuis bientôt deux mois, nous pouvons suivre heure par heure la belle besogne. J'abrège, car ce n'est ici, en gros, que le résumé de l'histoire dont les brûlantes pages seront un jour écrites tout au long. Et nous avons donc vu le général de Pellieux, puis le commandant Ravary, conduire une enquête scélérate d'où les coquins sortent transfigurés et les honnêtes gens salis. Puis, on a convoqué le conseil de guerre.

*

Comment a-t-on pu espérer qu'un conseil de guerre déferait ce qu'un conseil de guerre avait fait ?

[...] Le premier conseil de guerre a pu être inintelligent, le second est forcément criminel. Son excuse, je le répète, est que le chef suprême avait parlé, déclarant la chose jugée inattaquable, sainte et supérieure aux hommes, de sorte que des inférieurs ne pouvaient dire le contraire. On nous parle de l'honneur de l'armée, on veut que nous l'aimions, que nous la respections. Ah ! certes, oui, l'armée qui se lèverait à la première menace, qui défendrait la terre française, elle est tout le peuple, et nous n'avons pour elle que tendresse et respect. Mais il ne s'agit pas d'elle, dont nous voulons justement la dignité, dans notre besoin de justice. Il s'agit du sabre, le maître qu'on nous donnera demain peut-être. Et baiser dévotement la poignée du sabre, le dieu, non !

Je l'ai démontré d'autre part : l'affaire Dreyfus était l'affaire des bureaux de la guerre, un officier de l'état-major, dénoncé par ses camarades de l'état-major, condamné sous la pression des chefs de l'état-major. Encore une fois, il ne peut revenir innocent sans que tout l'état-major soit coupable. Aussi les bureaux, par tous les moyens imaginables, par des campagnes de presse, par des communications, par des influences, n'ont-ils couvert Esterhazy que pour perdre une seconde fois Dreyfus. [...] Ah ! tout ce qui s'est agité là de démence et de sottise, des imaginations folles, des pratiques de basse police, des mœurs d'inquisition et de tyrannie, le bon plaisir de quelques galonnés mettant leurs bottes sur la nation, lui rentrant dans la gorge son cri de vérité et de justice, sous le prétexte menteur et sacrilège de la raison d'État !

Et c'est un crime encore que de s'être appuyé sur la presse immonde, que de s'être laissé défendre par toute la fripouille de Paris, de sorte que voilà la fripouille qui triomphe insolemment, dans la défaite du droit et de la simple probité. C'est un crime d'avoir accusé de troubler la France ceux qui la veulent généreuse, à la tête des nations libres et justes, lorsqu'on ourdit soi-même l'impudent complot d'imposer l'erreur, devant le monde entier. C'est un crime d'égarer l'opinion, d'utiliser pour une besogne de mort cette opinion qu'on a pervertie jusqu'à la faire délirer. C'est un crime d'empoisonner les petits et les humbles, d'exaspérer les passions de réaction et d'intolérance, en s'abritant derrière l'odieux antisémitisme, dont la grande France libérale des droits de l'homme mourra, si elle n'en est pas guérie. C'est un crime que d'exploiter le patriotisme pour des œuvres de haine, et c'est un crime, enfin, que de faire du sabre le dieu moderne, lorsque toute la science humaine est au travail pour l'œuvre prochaine de vérité et de justice.

Cette vérité, cette justice, que nous avons si passionnément voulues, quelle détresse à les voir ainsi souffletées, plus méconnues et plus obscurcies ! Je me doute de l'écroulement qui doit avoir lieu dans l'âme de M. Scheurer-Kestner, et je crois bien qu'il finira par éprouver un remords, celui de n'avoir pas agi révolutionnairement, le jour de l'interpellation au Sénat, en lâchant tout le paquet, pour tout jeter à bas. Il a été le grand honnête homme, l'homme de sa vie loyale, il a cru que la vérité se suffisait à elle-même, surtout lorsqu'elle lui apparaissait éclatante comme le plein jour. À quoi bon tout bouleverser, puisque bientôt le soleil allait luire ? Et c'est de cette sérénité confiante dont il est si cruellement puni. De même pour le lieutenant-colonel Picquart, qui, par un sentiment de haute dignité, n'a pas voulu publier les lettres du général Gonse. Ces scrupules l'honorent d'autant plus que, pendant qu'il restait respectueux de la discipline, ses supérieurs le faisaient couvrir de boue, instruisaient eux-mêmes son procès, de la façon la plus inattendue et la plus outrageante. Il y a deux victimes, deux braves gens, deux cœurs simples, qui ont laissé faire Dieu, tandis que le diable agissait. Et l'on a même vu, pour le lieutenant-colonel Picquart, cette chose ignoble : un tribunal français, après avoir laissé le rapporteur charger publiquement un témoin, l'accuser de toutes les fautes, a fait le huis clos, lorsque ce témoin a été introduit pour s'expliquer et se défendre. Je dis que ceci est un crime de plus et que ce crime soulèvera la conscience universelle. Décidément, les tribunaux militaires se font une singulière idée de la justice.

Telle est donc la simple vérité, monsieur le Président, et elle est effroyable, elle restera pour votre présidence une souillure. Je me doute bien que vous n'avez aucun pouvoir en cette affaire, que vous êtes le prisonnier de la Constitution et de votre entourage. Vous n'en avez pas moins un devoir d'homme, auquel vous songerez, et que vous remplirez. Ce n'est pas, d'ailleurs, que je désespère le moins du monde du triomphe. Je le répète avec une certitude plus véhémente : la vérité est en marche et rien ne l'arrêtera. C'est d'aujourd'hui seulement que l'affaire commence, puisque aujourd'hui seulement les positions sont nettes : d'une part, les coupables qui ne veulent pas que la lumière se fasse ; de l'autre, les justiciers qui donneront leur vie pour qu'elle soit faite. Je l'ai dit ailleurs, et je le répète ici : quand on enferme la vérité sous terre, elle s'y amasse, elle y prend une force telle d'explosion, que, le jour où elle éclate, elle fait tout sauter avec elle. On verra bien si l'on ne vient pas de préparer, pour plus tard, le plus retentissant des désastres.

*

Mais cette lettre est longue, monsieur le Président, et il est temps de conclure.

J'accuse le lieutenant-colonel du Paty de Clam d'avoir été l'ouvrier diabolique de l'erreur judiciaire, en inconscient, je veux le croire, et d'avoir ensuite défendu son œuvre néfaste, depuis trois ans, par les machinations les plus saugrenues et les plus coupables.

J'accuse le général Mercier de s'être rendu complice, tout au moins par faiblesse d'esprit, d'une des plus grandes iniquités du siècle.

J'accuse le général Billot d'avoir eu entre les mains les preuves certaines de l'innocence de Dreyfus et de les avoir étouffées, de s'être rendu coupable de ce crime de lèse-humanité et de lèse-justice, dans un but politique et pour sauver l'état-major compromis.

J'accuse le général de Boisdeffre et le général Gonse de s'être rendus complices du même crime, l'un sans doute par passion cléricale, l'autre peut-être par cet esprit de corps qui fait des bureaux de la guerre l'arche sainte, inattaquable.

J'accuse le général de Pellieux et le commandant Ravary d'avoir fait une enquête scélérate, j'entends par là une enquête de la plus monstrueuse partialité, dont nous avons, dans le rapport du second, un impérissable monument de naïve audace.

J'accuse les trois experts en écritures, les sieurs Belhomme, Varinard et Couard, d'avoir fait des rapports mensongers et frauduleux, à moins qu'un examen médical ne les déclare atteints d'une maladie de la vue et du jugement.

J'accuse les bureaux de la guerre d'avoir mené dans la presse, particulièrement dans *L'Éclair* et dans *L'Écho de Paris*, une campagne abominable, pour égarer l'opinion et couvrir leur faute.

J'accuse enfin le premier conseil de guerre d'avoir violé le droit, en condamnant un accusé sur une pièce restée secrète, et j'accuse le second conseil de guerre d'avoir couvert cette illégalité, par ordre, en commettant à son tour le crime juridique d'acquitter sciemment un coupable.

En portant ces accusations, je n'ignore pas que je me mets sous le coup des articles 30 et 31 de la loi sur la presse du 29 juillet 1881, qui punit les délits de diffamation. Et c'est volontairement que je m'expose.

Quant aux gens que j'accuse, je ne les connais pas, je ne les ai jamais vus, je n'ai contre eux ni rancune ni haine. Ils ne sont pour moi que des entités, des esprits de malfaisance sociale. Et l'acte que j'accomplis ici n'est qu'un moyen révolutionnaire pour hâter l'explosion de la vérité et de la justice.

Je n'ai qu'une passion, celle de la lumière, au nom de l'humanité qui a tant souffert et qui a droit au bonheur. Ma protestation enflammée n'est que le cri de mon âme. Qu'on ose donc me traduire en cour d'assises et que l'enquête ait lieu au grand jour !

J'attends.

Veuillez agréer, monsieur le Président, l'assurance de mon profond respect.

ÉMILE ZOLA

ROMAIN ROLLAND (1866-1944)

Au-dessus de la mêlée (15 septembre 1914)

(Albin Michel)

L'intellectuel et écrivain Romain Rolland est l'auteur de Jean-
Christophe, *roman en dix volumes publié de 1904 à 1912
dans la revue* Les Cahiers de la quinzaine *de son ami Charles
Péguy.*

*À la veille de la Première Guerre mondiale, les deux hommes
se distinguent par leurs positions diamétralement opposées.
Tandis que Péguy — auquel Rolland fait référence dans son
discours — condamne violemment le pacifisme, Romain Rolland,
au contraire, plaide inconditionnellement en faveur de la paix.*

*L'assassinat du tribun socialiste Jean Jaurès, le 31 juillet 1914,
fait taire la voix la plus influente du pacifisme : oubliant leur
promesse de grève générale en cas de déclaration de guerre, les
socialistes de la IIᵉ internationale rallient eux aussi l'Union sacrée,
nom que l'on donne, en France, à la coalition des politiques de
tous bords face à la menace de l'ennemi.*

Romain Rolland est donc bien seul lorsqu'il lance dans le
Journal de Genève — *depuis la Suisse où il s'est installé —
d'ardents réquisitoires contre la guerre dans laquelle tant d'hommes,
jeunes et moins jeunes, intellectuels ou pas, s'engagent « la fleur
au fusil ».*

*Le plus connu de ces textes et celui qui restera dans
les mémoires comme un hymne pacifiste sans équivalent, « Au-
dessus de la mêlée », est aussitôt traduit en italien, en allemand*

et en anglais, puis connaît un fort retentissement dans toute l'Europe.

En France, où sa publication est interdite, il n'en circule que des morceaux tronqués qui valent à son auteur les foudres patriotiques des intellectuels bellicistes. Si Martin du Gard remercie Rolland pour la « bouffée d'air respirable » qu'il lui apporte, les attaques et les procès, en revanche, se multiplient. L'année suivante cependant, Romain Rolland — qui reçoit le prix Nobel de littérature — est autorisé à en donner l'édition intégrale dans un recueil[1] qui connaît un grand succès. De nouvelles demandes de traduction affluent. L'auteur et son combat acquièrent alors une dimension internationale.

Ô jeunesse héroïque du monde! Avec quelle Joie pro-
digue elle verse son sang dans la terre affamée! Quelles
moissons de sacrifices fauchées sous le soleil de ce splendide
été!… Vous tous, jeunes hommes de toutes les nations,
qu'un commun idéal met tragiquement aux prises, jeunes
frères ennemis — Slaves qui courez à l'aide de votre race,
Anglais qui combattez pour l'honneur et le droit, peuple
belge intrépide, qui osa tenir tête au colosse germanique et
défendit contre lui les Thermopyles[2] de l'Occident, Allemands qui luttez pour défendre la pensée et la ville de Kant[3]
contre le torrent des cavaliers cosaques, et vous surtout,

---

1. Dans ce recueil, paru en 1915 à la Librairie Paul Ollendorff, sous le titre *Au-dessus de la mêlée*, figurent seize textes pacifistes dont « Au-dessus de la mêlée », article initialement publié dans le *Journal de Genève*, le 15 septembre 1914.
2. Référence à la bataille antique des Thermopyles, en – 480, qui opposa les Grecs, très inférieurs en nombre, et les Perses, à l'entrée du défilé des Thermopyles qui permettait l'accès à la Grèce le long de la mer Égée.
3. Philosophe allemand des Lumières, originaire de Königsberg, capitale de la Prusse-Orientale.

mes jeunes compagnons français, qui depuis des années me
confiez vos rêves et qui m'avez envoyé, en partant pour le
feu, vos sublimes adieux, vous en qui refleurit la lignée des
héros de la Révolution — comme vous m'êtes chers, vous
qui allez mourir![1] Comme vous nous vengez des années de
scepticisme, de veulerie jouisseuse où nous avons grandi,
protégeant de leurs miasmes notre foi, votre foi, qui
triomphe avec vous sur les champs de bataille! Guerre « de
revanche », a-t-on dit... De revanche, en effet, mais non
comme l'entend un chauvinisme étroit; revanche de la foi
contre tous les égoïsmes des sens et de l'esprit, don absolu
de soi aux idées éternelles...

« Qu'est-ce que nos individus, nos œuvres, devant l'im-
mensité du but? m'écrit un des plus puissants romanciers
de la jeune France, — le caporal ***. — La guerre de la
Révolution contre le féodalisme se rouvre. Les armées de
la République vont assurer le triomphe de la démocratie en
Europe et parfaire l'œuvre de la Convention. C'est plus
que la guerre inexpiable au foyer, c'est le réveil de la
liberté... »

« Ah! mon ami, m'écrit un autre de ces jeunes gens, haut
esprit, âme pure, et qui sera, s'il vit, le premier critique
d'art de notre temps, — le lieutenant ***. — Quelle race
admirable! Si vous voyiez, comme moi, notre armée, vous
seriez enflammé d'admiration pour ce peuple. C'est un élan
de *Marseillaise*, un élan héroïque, grave, un peu religieux. J'ai
vu partir les trois régiments de mon corps: les premiers,
les hommes de l'active, les jeunes gens de vingt ans, d'un
pas ferme et rapide, sans un cri, sans un geste, avec l'air
décidé et pâle d'éphèbes qui vont au sacrifice. Puis, la
réserve, les hommes de vingt-cinq à trente ans, plus mâles

---

1. À l'heure même où nous écrivions ces lignes, Charles Péguy
mourait. *(Note de l'auteur.)*

et plus déterminés, qui viennent soutenir les premiers, feront l'élan irrésistible. Nous, nous sommes les vieillards, les hommes de quarante ans, les pères de famille qui donnent la basse du chœur. Nous partons, nous aussi, confiants, résolus et bien fermes, je vous assure. Je n'ai pas envie de mourir, mais je mourrai sans regret maintenant; j'ai vécu quinze jours qui en valent la peine, quinze jours que je n'osais plus me promettre du destin. On parlera de nous dans l'histoire. Nous aurons ouvert une ère dans le monde. Nous aurons dissipé le cauchemar du matérialisme de l'Allemagne casquée et de la paix armée. Tout cela aura croulé devant nous comme un fantôme. Il me semble que le monde respire. Rassurez votre Viennois[1], cher ami : la France n'est pas près de finir. Nous voyons sa résurrection. Toujours la même : Bouvines[2], croisades, cathédrales, Révolution, toujours les chevaliers du monde, les paladins de Dieu. J'ai assez vécu pour voir cela ! Nous qui le disions depuis vingt ans, quand personne ne voulait nous croire, nous avons lieu d'être contents… »

Ô mes amis, que rien ne trouble donc votre joie ! Quel que soit le destin, vous vous êtes haussés aux cimes de la vie, et vous y avez porté avec vous votre patrie. Vous vaincrez, je le sais. Votre abnégation, votre intrépidité, votre foi absolue en votre cause sacrée, la certitude inébranlable qu'en défendant votre terre envahie vous défendez les libertés du monde, m'assurent de votre victoire, jeunes armées de Marne-et-Meuse, dont le nom est gravé

---

1. Allusion à un écrivain viennois qui m'avait dit, quelques semaines avant la déclaration de guerre, qu'un désastre de la France serait aussi un désastre pour les penseurs libres d'Allemagne. *(Note de l'auteur.)*
2. Fameuse bataille du 27 juillet 1214 qui opposa les troupes royales françaises de Philippe Auguste à une coalition anglo-germano-flamande qui menaçait l'intégrité du royaume.

désormais dans l'histoire, à côté de vos aînées de la Grande
République[1]. Mais quand bien même le malheur eût voulu
que vous fussiez vaincus, et la France avec vous, une telle
mort eût été la plus belle que pût rêver une race. Elle eût
couronné la vie du grand peuple des croisades. Elle eût été
sa suprême victoire… Vainqueurs ou vaincus, vivants ou
morts, soyez heureux ! Comme me l'a dit l'un de vous, « en
m'embrassant étroitement, sur le terrible seuil » :

« Il est beau de se battre, les mains pures et le cœur
innocent, et de faire avec sa vie la justice divine. »

*

Vous faites votre devoir. Mais d'autres, l'ont-ils fait ?

Osons dire la vérité aux aînés de ces jeunes gens, à leurs
guides moraux, aux maîtres de l'opinion, à leurs chefs religieux ou laïques, aux Églises, aux penseurs, aux tribuns
socialistes.

Quoi ! vous aviez, dans les mains, de telles richesses
vivantes, ces trésors d'héroïsme ! À quoi les dépensez-vous ?
Cette jeunesse avide de se sacrifier, quel but avez-vous
offert à son dévouement magnanime ? L'égorgement mutuel
de ces jeunes héros ! La guerre européenne, cette mêlée
sacrilège, qui offre le spectacle d'une Europe démente,
montant sur le bûcher et se déchirant de ses mains, comme
Hercule !

Ainsi, les trois plus grands peuples d'Occident, les gar-
diens de la civilisation, s'acharnent à leur ruine, et appellent
à la rescousse les Cosaques, les Turcs, les Japonais, les Cin-
ghalais, les Soudanais, les Sénégalais, les Marocains, les
Égyptiens, les Sikhs et les Cipayes, les barbares du pôle et
ceux de l'équateur, les âmes et les peaux de toutes les cou-

---

1. La Ire République. Allusion à ceux que l'on appelle les soldats de
l'an II, vainqueurs de la bataille de Valmy.

leurs![1] On dirait l'empire romain au temps de la Tétrarchie[2], faisant appel, pour s'entredévorer, aux hordes de tout l'univers!... Notre civilisation est-elle donc si solide que vous ne craigniez pas d'ébranler ses piliers? Est-ce que vous ne voyez pas que si une seule colonne est ruinée, tout s'écroule sur vous? Était-il impossible d'arriver, entre vous, sinon à vous aimer, du moins à supporter, chacun, les grandes vertus et les grands vices de l'autre? Et n'auriez-vous pas dû vous appliquer à résoudre dans un esprit de paix (vous ne l'avez même pas, sincèrement, tenté) les questions qui vous divisaient, — celles des peuples annexés

---

1. Mes adversaires n'ont pas manqué d'utiliser ce texte pour m'attribuer des sentiments de mépris à l'égard des races d'Asie et d'Afrique. — Cette accusation est d'autant moins fondée que j'ai parmi les intellectuels d'Asie de précieuses amitiés, avec qui je suis resté en communion épistolaire, durant cette guerre; et ces amis se sont si peu trompés sur ma véritable pensée qu'un d'eux, un des principaux écrivains hindous, Ananda K. Coomaraswamy, m'a dédié une admirable étude parue dans *The New Age* (24 décembre 1914) et intitulée : *Une politique mondiale pour les Indes.* — Mais : 1° — Les troupes d'Asie, recrutées parmi les races professionnelles de la guerre, ne représentent nullement la pensée de l'Asie, comme le déclare lui-même Coomaraswamy. 2° — L'héroïsme des troupes d'Afrique et d'Asie n'est pas en cause. On n'avait pas besoin des hécatombes qui en ont été faites depuis un an pour admirer leur magnifique dévouement. 3° — Quant à la barbarie, je me plais à reconnaître que désormais « les peaux blanches » n'ont plus de reproche à faire aux « peaux noires, rouges ou jaunes. » 4° — Ce n'est pas à celles-ci que mon blâme s'adresse, c'est à celles-là. Avec autant de vigueur qu'il y a quatorze mois, je dénonce aujourd'hui encore la politique à courte vue qui a introduit l'Afrique et l'Asie dans les luttes de l'Europe. L'avenir se chargera de me donner raison. (Il est bien entendu que ces dénominations d'Asie et d'Afrique n'ont pas un caractère géographique, mais ethnologique. La Turquie n'est pas, n'a jamais été européenne; et c'est une question de savoir jusqu'à quel point le sont certaines des puissances Balkaniques.) *(Note de l'auteur.)*

2. La Tétrarchie, du grec signifiant *quatre gouvernants*, est le système de gouvernement de l'Empire romain mis en place par Dioclétien à la fin du IIIe siècle pour faire face, sans succès, aux invasions barbares.

contre leur volonté, — et la répartition équitable entre vous du travail fécond et des richesses du monde ? Faut-il que le plus fort rêve perpétuellement de faire peser sur les autres son ombre orgueilleuse, et que les autres perpétuellement s'unissent pour l'abattre ? À ce jeu puéril et sanglant, où les partenaires changent de place tous les siècles, n'y aura-t-il jamais de fin, jusqu'à l'épuisement total de l'humanité ?

Ces guerres, je le sais, les chefs d'États qui en sont les auteurs criminels n'osent en accepter la responsabilité ; chacun s'efforce sournoisement d'en rejeter la charge sur l'adversaire. Et les peuples qui suivent, dociles, se résignent en disant qu'une puissance plus grande que les hommes a tout conduit. On entend, une fois de plus, le refrain séculaire : « Fatalité de la guerre, plus forte que toute volonté », — le vieux refrain des troupeaux, qui font de leur faiblesse un dieu, et qui l'adorent. Les hommes ont inventé le destin, afin de lui attribuer les désordres de l'univers, qu'ils ont pour devoir de gouverner. Point de fatalité ! La fatalité, c'est ce que nous voulons. Et c'est aussi, plus souvent, ce que nous ne voulons pas assez. Qu'en ce moment, chacun de nous fasse son *mea culpa* ! Cette élite intellectuelle, ces Églises, ces partis ouvriers, n'ont pas voulu la guerre… Soit !… Qu'ont-ils fait pour l'empêcher ? Que font-ils pour l'atténuer ? Ils attisent l'incendie. Chacun y porte son fagot.

Le trait le plus frappant de cette monstrueuse épopée, le fait sans précédent est, dans chacune des nations en guerre, l'unanimité pour la guerre. C'est comme une contagion de fureur meurtrière qui, venue de Tokio[1] il y a dix années, ainsi qu'une grande vague, se propage et parcourt tout le corps de la terre. À cette épidémie, pas un n'a résisté. Plus une pensée libre qui ait réussi à se tenir hors d'atteinte du

---

1. Référence à la guerre russo-japonaise de 1904-1905.

fléau. Il semble que sur cette mêlée des peuples, où, quelle qu'en soit l'issue, l'Europe sera mutilée, plane une sorte d'ironie démoniaque. Ce ne sont pas seulement les passions de races, qui lancent aveuglément les millions d'hommes les uns contre les autres, comme des fourmilières, et dont les pays neutres[1] eux-mêmes ressentent le dangereux frisson; c'est la raison, la foi, la poésie, la science, toutes les forces de l'esprit qui sont enrégimentées, et se mettent, dans chaque État, à la suite des armées. Dans l'élite de chaque pays, pas un qui ne proclame et ne soit convaincu que la cause de son peuple est la cause de Dieu, la cause de la liberté et du progrès humains. Et je le proclame aussi...

Des combats singuliers se livrent entre les métaphysiciens, les poètes, les historiens. Eucken contre Bergson, Hauptmann contre Maeterlinck, Rolland contre Hauptmann, Wells contre Bernard Shaw. Kipling et D'Annunzio, Dehmel et de Régnier chantent des hymnes de guerre. Barrès et Maeterlinck entonnent des péans de haine. Entre une fugue de Bach et l'orgue bruissant : *Deutchland über Alles !* le vieux philosophe Wundt, âgé de quatre-vingt-deux ans, appelle de sa voix cassée les étudiants de Leipzig à la « guerre sacrée ». Et tous, les uns aux autres, se lancent le nom de « barbares ». L'Académie des sciences morales de Paris déclare, par la voix de son président, Bergson, que « *la lutte engagée contre l'Allemagne est la lutte même de la civilisation contre la barbarie* ». L'histoire allemande, par la bouche de Karl Lamprecht, répond que « *la guerre est engagée entre le germanisme et la barbarie, et que les combats présents sont la suite logique de ceux que l'Allemagne a livrés, au cours des siècles, contre les Huns et contre les Turcs* ». La science, après l'histoire, descendant dans la lice, proclame, avec E. Perrier,

---

1. Romain Rolland vit en Suisse, pays neutre, au moment où il écrit ce texte.

directeur du Muséum, membre de l'Académie des Sciences, que les Prussiens n'appartiennent pas à la race aryenne, qu'ils descendent en droite ligne des hommes de l'âge de pierre appelés Allophyles[1], et que « *le crâne moderne dont la base, reflet de la vigueur des appétits, rappelle le mieux le crâne de l'homme fossile de la Chapelle-aux-Saints, est celui du prince de Bismarck* » Mais les deux puissances morales, dont cette guerre contagieuse a le plus révélé la faiblesse, c'est le christianisme, et c'est le socialisme. Ces apôtres rivaux de l'internationalisme religieux ou laïque se sont montrés soudain les plus ardents nationalistes. Hervé[2] demande à mourir pour le drapeau d'Austerlitz. Les purs dépositaires de la pure doctrine, les socialistes allemands, appuient au Reichstag les crédits pour la guerre, se mettent aux ordres du ministère prussien, qui se sert de leurs journaux pour répandre ses mensonges jusque dans les casernes, et qui les expédie, comme des agents secrets, pour tâcher de débaucher le peuple italien. On a cru, un moment, pour l'honneur de leur cause, que deux ou trois d'entre eux s'étaient fait fusiller, en refusant de porter les armes contre leurs frères. Ils protestent, indignés : tous marchent, l'arme au bras. Non, Liebknecht[3] n'est pas mort pour la cause socialiste. C'est le député Frank, le principal champion de l'union franco-allemande, qui est tombé sous les balles françaises, pour la cause du militarisme. Car ces hommes, qui n'ont pas le courage de mourir pour leur foi, ont celui de mourir pour la foi des autres.

Quant aux représentants du Prince de la Paix, prêtres, pasteurs, évêques, c'est par milliers qu'ils vont dans la mêlée pratiquer, le fusil au poing, la parole divine : *Tu ne tueras*

---

1. C'est-à-dire d'une autre race.
2. Militant socialiste (1871-1944), antimilitariste jusqu'en 1912.
3. Communiste révolutionnaire allemand (1871-1919).

point, et : *Aimez-vous les uns les autres*. Chaque bulletin de victoire des armées allemandes, autrichiennes ou russes, remercie le maréchal Dieu, — *unser alter Gott*, *notre* Dieu, — comme dit Guillaume II, ou M. Arthur Meyer[1]. Car chacun a le sien. Et chacun de ces Dieux, vieux ou jeune, a ses lévites pour le défendre et briser le Dieu des autres.

Vingt mille prêtres français marchent sous les drapeaux. Les jésuites offrent leurs services aux armées allemandes. Des cardinaux lancent des mandements guerriers. On voit les évêques serbes de Hongrie engager leurs fidèles à combattre leurs frères de la Grande Serbie. Et les journaux enregistrent, sans paraître s'étonner, la scène paradoxale des socialistes italiens, à la gare de Pise, acclamant les séminaristes qui rejoignent leurs régiments, et tous ensemble chantant la *Marseillaise*. — Tant est fort le cyclone qui les emporte tous ! Tant sont faibles les hommes qu'il rencontre sur sa route, — et moi, comme les autres...

Allons, ressaisissons-nous ! Quelle que soit la nature et la virulence de la contagion — épidémie morale, forces cosmiques — ne peut-on résister ? On combat une peste, on lutte même pour parer aux désastres d'un tremblement de terre. Ou bien, nous inclinerons-nous, satisfaits, devant eux, comme l'honorable Luigi Luzzatti, en son fameux article : *Dans le désastre universel, les patries triomphent* ? Dirons-nous avec lui que, pour comprendre « cette vérité grande et simple », l'amour de la patrie, il est bon, il est sain que « se déchaîne le démon des guerres internationales, qui fauchent des milliers d'êtres » ? Ainsi, l'amour de la patrie ne pourrait fleurir que dans la haine des autres patries et le massacre de ceux qui se livrent à leur défense ? Il y a dans cette proposition une féroce absurdité et je ne sais quel dilettan-

---

1. Directeur du journal *Le Gaulois*, de confession juive (1844-1924).

tisme néronien, qui me répugnent, qui me répugnent, jusqu'au fond de mon être. Non, l'amour de ma patrie ne veut pas que je haïsse et que je tue les âmes pieuses et fidèles qui aiment les autres patries. Il veut que je les honore et que je cherche à m'unir à elles pour notre bien commun.

Vous, chrétiens, pour vous consoler de trahir les ordres de votre Maître, vous dites que la guerre exalte les vertus de sacrifice. Et il est vrai qu'elle a le privilège de faire surgir des cœurs les plus médiocres le génie de la race. Elle brûle dans son bain de feu les scories, les souillures ; elle trempe le métal des âmes ; d'un paysan avare, d'un bourgeois timoré, elle peut faire demain un héros de Valmy. Mais n'y a-t-il pas de meilleur emploi au dévouement d'un peuple que la ruine des autres peuples ? Et ne peut-on se sacrifier, chrétiens, qu'en sacrifiant son prochain avec soi ? Je sais bien, pauvres gens, que beaucoup d'entre vous offrent plus volontiers leur sang qu'ils ne versent celui des autres... Mais quelle faiblesse, au fond ! Avouez donc que vous qui ne tremblez pas devant les balles et les shrapnells[1], vous tremblez devant l'opinion soumise à l'idole sanglante, plus haute que le tabernacle de Jésus : l'orgueil de race jaloux ! Chrétiens d'aujourd'hui, vous n'eussiez pas été capables de refuser le sacrifice aux dieux de la Rome impériale. Votre pape, Pie X, est mort de douleur, dit-on, de voir éclater cette guerre. Il s'agissait bien de mourir ! Le Jupiter du Vatican, qui prodigua sa foudre contre les prêtres inoffensifs que tentait la noble chimère du modernisme, qu'a-t-il fait contre ces princes, contre ces chefs criminels, dont l'ambition sans mesure a déchaîné sur le monde la misère et la mort ! Que Dieu inspire au nouveau pontife, qui vient de monter sur le

---

1. Obus projetant des éclats en explosant.

trône de Saint-Pierre, les paroles et les actes qui lavent l'Église de ce silence!

Quant à vous, socialistes, qui prétendez, chacun, défendre la liberté contre la tyrannie, — Français contre le *Kaiser*, — Allemands contre le Tsar, — s'agit-il de défendre un despotisme contre un autre despotisme? Combattez-les tous deux et mettez-vous ensemble!

Entre nos peuples d'Occident, il n'y avait aucune raison de guerre. En dépit de ce que répète une presse envenimée par une minorité qui a son intérêt à entretenir ces haines, frères de France, frères d'Angleterre, frères d'Allemagne, nous ne nous haïssons pas. Je vous connais, je nous connais. Nos peuples ne demandaient que la paix et que la liberté. Le tragique du combat, pour qui serait placé au centre de la mêlée et qui pourrait plonger son regard, des hauts plateaux de Suisse, dans tous les camps ennemis, c'est que chacun des peuples est vraiment menacé dans ses biens les plus chers, dans son indépendance, son honneur et sa vie. Mais qui a lancé sur eux ces fléaux? Qui les a acculés à cette nécessité désespérée, d'écraser l'adversaire ou de mourir? Qui, sinon leurs États, et d'abord (à mon sens), les trois grands coupables, les trois aigles rapaces, les trois Empires, la tortueuse politique de la maison d'Autriche, le tsarisme dévorant, et la Prusse brutale! Le pire ennemi n'est pas au-dehors des frontières, il est dans chaque nation; et aucune nation n'a le courage de le combattre. C'est ce monstre à cent têtes, qui se nomme l'impérialisme, cette volonté d'orgueil et de domination, qui veut tout absorber, ou soumettre, ou briser, qui ne tolère point de grandeur libre, hors d'elle. Le plus dangereux pour nous, hommes de l'Occident, celui dont la menace levée sur la tête de l'Europe l'a forcée à s'unir en armes contre lui, est cet impérialisme prussien, qui est l'expression d'une caste militaire et féodale, fléau non pas seulement pour le reste du monde, mais pour l'Al-

L'intellectuel engagé

lemagne même dont il a savamment empoisonné la pensée. C'est lui qu'il faut détruire d'abord. Mais il n'est pas le seul. Le tsarisme aura son tour. Chaque peuple a, plus ou moins, son impérialisme ; quelle qu'en soit la forme, militaire, financier, féodal, républicain, social, intellectuel, il est la pieuvre qui suce le meilleur sang de l'Europe. Contre lui, reprenons, hommes libres de tous les pays, dès que la guerre sera finie, la devise de Voltaire[1] !

1. « Écrasons l'infâme. » *(Note de l'auteur.)*

ANDRÉ GIDE (1869-1951)

Retour de l'U.R.S.S. (1936)

(Gallimard)

Grand voyageur, André Gide rapporte de ses séjours à l'étranger des impressions et des pensées multiples qui nourrissent son œuvre. En 1927, peu après un long voyage avec Marc Allégret au Congo et au Tchad, il publie Voyage au Congo, dans lequel il dénonce les exactions des compagnies concessionnaires et les injustices du système colonial. L'ouvrage fait grand bruit, mais, en dépit de déclarations d'intention de la part de députés à l'Assemblée nationale, il ne donne lieu à aucune mesure spécifique. Gide en reste là, lui aussi.

Quelques années plus tard, il témoigne un intérêt croissant pour l'expérience soviétique. En 1936, ses propos élogieux à l'égard du communisme lui valent d'être invité en U.R.S.S., dont les autorités organisent régulièrement la venue de célébrités sympathisant avec le régime. Gide — qui part en compagnie de quelques proches : Louis Guilloux, Pierre Herbart, Eugène Dabit et Jacques Schiffrin — est ainsi convié à admirer les réussites soviétiques : ici un chantier, là un jardin public, ailleurs une maison de repos ou une école. S'il constate en effet les progrès et les réussites d'une utopie en marche, il décèle rapidement que, sous la direction de Staline, le pays est devenu, à son grand regret, une dictature.

« J'ai déclaré, il y a trois ans, mon admiration pour l'U.R.S.S., et mon amour. Là-bas une expérience sans précédent était

tentée qui nous gonflait le cœur d'espérance et d'où nous atten-
dions un immense progrès, un élan capable d'entraîner l'hu-
manité tout entière. [...] J'ai toujours professé que le désir de
demeurer constant avec soi-même comportait trop souvent un
risque d'insincérité; et j'estime que s'il importe d'être sincère,
c'est bien lorsque la foi d'un grand nombre, avec la nôtre propre,
est engagée.», écrit Gide dans l'avant-propos à son Retour de
l'U.R.S.S. dont l'intérêt réside notamment dans cette tension
entre désir de continuer à croire coûte que coûte et sincérité
inébranlable.

C'est la sincérité qui l'emporte. Elle lui vaut de vives critiques,
auxquelles il répondra quelques mois plus tard, en juin 1937,
par Retouches à mon retour de l'U.R.S.S. *qui devait consacrer*
sa rupture avec le communisme.

En U.R.S.S., il est admis d'avance et une fois pour toutes
que, sur tout et n'importe quoi, il ne saurait y avoir plus
d'une opinion. Du reste, les gens ont l'esprit ainsi façonné
que ce conformisme leur devient facile, naturel, insensible,
au point que je ne pense pas qu'il y entre de l'hypocrisie.
Sont-ce vraiment ces gens-là qui ont fait la révolution?
Non; ce sont ceux-là qui en profitent. Chaque matin, la
Pravda[1] leur enseigne ce qu'il sied de savoir, de penser, de
croire. Et il ne fait pas bon sortir de là! De sorte que,
chaque fois que l'on converse avec un Russe, c'est comme
si l'on conversait avec tous. Non point que chacun obéisse
précisément à un mot d'ordre; mais tout est arrangé de
manière qu'il ne puisse pas dissembler. Songez que ce façon-
nement de l'esprit commence dès la plus tendre enfance...
De là d'extraordinaires acceptations dont parfois, étranger,

---

1. *Vérité*, en russe. Journal quotidien, organe de presse officiel du
Parti communiste à l'époque soviétique.

tu t'étonnes, et certaines possibilités de bonheur qui te surprennent plus encore.

Tu plains ceux-ci de faire la queue durant des heures; mais eux trouvent tout naturel d'attendre. Le pain, les légumes, les fruits te paraissent mauvais; mais il n'y en a point d'autres. Ces étoffes, ces objets que l'on te présente, tu les trouves laids; mais il n'y a pas le choix. Tout point de comparaison enlevé, sinon avec un passé peu regrettable, tu te contenteras joyeusement de ce qu'on t'offre. L'important ici, c'est de persuader aux gens qu'on est aussi heureux que, en attendant mieux, on peut l'être; de persuader aux gens qu'on est moins heureux qu'eux partout ailleurs. L'on n'y peut arriver qu'en empêchant soigneusement toute communication avec le dehors (j'entends de par delà les frontières). Grâce à quoi, à conditions de vie égales, ou même sensiblement inférieures, l'ouvrier russe s'estime heureux, est plus heureux, beaucoup plus heureux que l'ouvrier de France. Leur bonheur est fait d'espérance, de confiance et d'ignorance.

Il m'est extrêmement difficile d'apporter de l'ordre dans ces réflexions, tant les problèmes, ici, s'entrecroisent et se chevauchent. Je ne suis pas un technicien et c'est par leur retentissement psychologique que les questions économiques m'intéressent. Je m'explique fort bien, psychologiquement, pourquoi il importe d'opérer en vase clos, de rendre opaques les frontières: jusqu'à nouvel ordre et tant que les choses n'iront pas mieux, il importe au bonheur des habitants de l'U.R.S.S. que ce bonheur reste à l'abri.

Nous admirons en U.R.S.S. un extraordinaire élan vers l'instruction, la culture; mais cette instruction ne renseigne que sur ce qui peut amener l'esprit à se féliciter de l'état des choses présent et à penser: *Ô U.R.S.S... Ave! Spes unica*[1]!

_____

1. *Ô U.R.S.S., salut, unique espérance!* Déformation de l'expression *O Crux Ave, Spes Unica*, issue d'un hymne chrétien à la Sainte Croix.

Cette culture est toute aiguillée dans le même sens; elle n'a rien de désintéressé; elle accumule et l'esprit critique (en dépit du marxisme) y fait à peu près complètement défaut. Je sais bien: on fait grand cas, là-bas, de ce qu'on appelle «l'auto-critique». Je l'admirais de loin et pense qu'elle eût pu donner des résultats merveilleux, si sérieusement et sincerement appliquée. Mais j'ai vite dû comprendre que, en plus des dénonciations et des remontrances (la soupe du réfectoire est mal cuite ou la salle de lecture du club mal balayée) cette critique ne consiste qu'à se demander si ceci ou cela est «dans la ligne» ou ne l'est pas. Ce n'est pas elle, la ligne, que l'on discute. Ce que l'on discute, c'est de savoir si telle œuvre, tel geste ou telle théorie est conforme à cette ligne sacrée. Et malheur à celui qui chercherait à pousser plus loin! Critique en deçà, tant qu'on voudra. La critique au-delà n'est pas permise. Il y a des exemples de cela dans l'histoire.

Et rien, plus que cet état d'esprit, ne met en péril la culture. Je m'en expliquerai plus loin.

Le citoyen soviétique reste dans une extraordinaire ignorance de l'étranger[1]. Bien plus: on l'a persuadé que tout, à l'étranger, et dans tous les domaines, allait beaucoup moins bien qu'en U.R.S.S. Cette illusion est savamment entretenue; car il importe que chacun, même peu satisfait, se félicite du régime qui le préserve de pires maux.

D'où certain *complexe de supériorité*, dont je donnerai quelques exemples:

Chaque étudiant est tenu d'apprendre une langue étrangère. Le français est complètement délaissé. C'est l'anglais, c'est l'allemand surtout, qu'ils sont censés connaître. Je

---

1. Ou du moins n'en connaît que ce qui l'encourage dans son sens. *(Note de l'auteur.)*

m'étonne de les entendre le parler si mal; un élève de seconde année de chez nous en sait davantage.

De l'un d'entre eux que nous interrogeons, nous recevons cette explication (en russe et Jef Last[1] nous le traduit):

— Il y a quelques années encore l'Allemagne et les États-Unis pouvaient, sur quelques points, nous instruire. Mais à présent, nous n'avons plus rien à apprendre des étrangers. Donc à quoi bon parler leur langue[2]?

Du reste, s'ils s'inquiètent tout de même de ce qui se fait à l'étranger, ils se soucient bien davantage de ce que l'étranger pense d'eux. Ce qui leur importe c'est de savoir si nous les admirons assez. Ce qu'ils craignent, c'est que nous soyons insuffisamment renseignés sur leurs mérites. Ce qu'ils souhaitent de nous, ce n'est point tant qu'on les renseigne, mais qu'on les complimente.

Les petites filles charmantes qui se pressent autour de moi dans ce jardin d'enfants (où du reste tout est à louer, comme tout ce qu'on fait ici pour la jeunesse) me harcèlent de questions. Ce qu'elles voudraient savoir, ce n'est pas si nous avons des jardins d'enfants en France; mais bien si nous savons en France qu'ils ont en U.R.S.S. d'aussi beaux jardins d'enfants.

Les questions que l'on vous pose sont souvent si ahurissantes que j'hésite à les rapporter. On va croire que je les invente: — on sourit avec scepticisme lorsque je dis que Paris a, lui aussi, son métro. Avons-nous seulement des

---

1. Écrivain et poète néerlandais ami d'André Gide et sympathisant communiste, comme lui.
2. Devant notre stupeur non dissimulée, l'étudiant ajoutait il est vrai: «Je comprends et nous comprenons aujourd'hui que c'est un raisonnement absurde. La langue étrangère, quand elle ne sert plus à instruire, peut bien servir encore à enseigner.» *(Note de l'auteur.)*

tramways? des omnibus?... L'un demande (et ce ne sont plus des enfants, mais bien des ouvriers instruits) si nous avons aussi des écoles en France. Un autre, un peu mieux renseigné, hausse les épaules; des écoles, oui, les Français en ont; mais on y bat les enfants; il tient ce renseignement de source sûre. Que tous les ouvriers, chez nous, soient très malheureux, il va sans dire, puisque nous n'avons pas encore «fait la révolution». Pour eux, hors de l'U.R.S.S., c'est la nuit. À part quelques capitalistes éhontés, tout le reste du monde se débat dans les ténèbres.

Des jeunes filles instruites et fort «distinguées» (au camp d'Artek[1] qui n'admet que les sujets hors ligne) s'étonnent beaucoup lorsque, parlant des films russes, je leur dis que *Tchapaïev*[2] et *Nous de Cronstadt*[3] ont eu à Paris grand succès. On leur avait pourtant bien affirmé que tous les films russes étaient interdits en France. Et, comme ceux qui leur ont dit cela, ce sont leurs maîtres, je vois bien que la parole que ces jeunes filles mettent en doute, c'est la mienne. Les Français sont tellement blagueurs!

Dans une société d'officiers de marine, à bord d'un cuirassé que l'on vient de me faire admirer («complètement fait en U.R.S.S., celui-là») je me risque à oser dire que je crains qu'on ne soit moins bien renseigné en U.R.S.S. sur ce qui se fait en France, qu'en France sur ce qui se fait en U.R.S.S., un murmure nettement désapprobateur s'élève: «*La Pravda* renseigne sur tout suffisamment.» Et, brusquement, quelqu'un, lyrique, se détachant du groupe, s'écrie:

---

1. Colonie de vacances pour les pionniers (mouvement de jeunesse communiste) la plus prestigieuse de l'Union soviétique, créée en 1925 et située en Crimée.
2. Du nom d'un militaire, héros de la révolution bolchevique et d'un film sorti en 1934.
3. Film inspiré de la révolte des marins de Kronstadt contre les Russes blancs, sorti en 1936.

«Pour raconter tout ce qui se fait en U.R.S.S. de neuf et de beau et de grand, on ne trouverait pas assez de papier dans le monde.»

Dans ce même camp modèle d'Artek, paradis pour enfants modèles, petits prodiges, médaillés, diplômés — ce qui fait que je lui préfère de beaucoup d'autres camps de pionniers, plus modestes, moins aristocrates — un enfant de treize ans qui, si j'ai bien compris, vient d'Allemagne mais qu'a déjà façonné l'Union, me guide à travers le parc dont il fait valoir les beautés. Il récite :

— Voyez : ici, il n'y avait rien dernièrement encore... Et, tout à coup : cet escalier. Et c'est partout ainsi en U.R.S.S. : hier rien ; demain tout. Regardez ces ouvriers, là-bas, comme ils travaillent ! Et partout en U.R.S.S. des écoles et des camps semblables. Naturellement, pas tout à fait aussi beaux, parce que ce camp d'Artek n'a pas son pareil au monde. Staline s'y intéresse tout particulièrement. Tous les enfants qui viennent ici sont remarquables.

«Vous entendrez tout à l'heure un enfant de treize ans, qui sera le meilleur violoniste du monde. Son talent a déjà été tellement apprécié chez nous qu'on lui a fait cadeau d'un violon historique, d'un violon d'un fabricant de violons d'autrefois très célèbres [1].

«Et ici : — Regardez cette muraille ! Dirait-on qu'elle a été construite en dix jours ?»

L'enthousiasme de cet enfant paraît si sincère que je me garde de lui faire remarquer que ce mur de soutènement, trop hâtivement dressé, déjà se fissure. Il ne consent à voir, ne peut voir que ce qui flatte son orgueil, et ajoute dans un transport :

---

1. J'entendis, peu après, ce petit prodige exécuter sur son Stradivarius du Paganini, puis un *pot-pourri* de Gounod — et dois reconnaître qu'il est stupéfiant. *(Note de l'auteur.)*

— Les enfants même s'en étonnent[1]!

Ces propos d'enfants (propos dictés, appris peut-être) m'ont paru si topiques que je les ai transcrits le soir même et que je les rapporte ici tout au long.

Je ne voudrais pourtant pas laisser croire que je n'ai pas remporté d'Artek d'autres souvenirs. Il est vrai : ce camp d'enfants est merveilleux. Dans un site admirable fort ingénieusement aménagé, il s'étage en terrasses et s'achève à la mer. Tout ce que l'on a pu imaginer pour le bien-être des enfants, pour leur hygiène, leur entraînement sportif, leur amusement, leur plaisir, est groupé et ordonné sur ces paliers et le long de ces pentes. Tous les enfants respirent la santé, le bonheur. Ils s'étaient montrés fort déçus lorsque nous leur avons dit que nous ne pourrions rester jusqu'à la nuit : ils avaient préparé le feu de camp traditionnel, orné les arbres du jardin d'en bas de banderoles en notre honneur. Les réjouissances diverses : chants et danses qui devaient avoir lieu le soir, je demandai que tout fût reporté avant cinq heures. La route du retour était longue ; j'insistai pour rentrer à Sébastopol avant le soir. Et bien m'en prit, car c'est ce même soir qu'Eugène Dabit[2], qui m'avait accom-

---

1. Eugène Dabit avec qui je parlais de ce complexe de supériorité, auquel son extrême modestie le rendait particulièrement sensible, me tendit le second volume des *Âmes mortes* (éditions N.R.F.) qu'il était en train de relire. Au début figure une lettre de Gogol où Dabit me signale ce passage : «Beaucoup d'entre nous, surtout parmi les jeunes gens, exaltent outre mesure les vertus russes ; au lieu de développer en eux ces vertus, ils ne songent qu'à les étaler et à crier à l'Europe : "Regardez, étrangers, nous sommes meilleurs que vous !" — Cette jactance est affreusement pernicieuse. Tout en irritant les autres, elle nuit à qui en fait preuve. La vantardise avilit la plus belle action du monde… Pour moi, je préfère à la suffisance un découragement passager.» — Cette «jactance» russe que Gogol déplore, l'éducation d'aujourd'hui la développe et l'enhardit. (*Note de l'auteur.*)

2. Écrivain français, auteur notamment du roman *Hôtel du Nord*, qui fait également partie du voyage officiel de Gide en U.R.S.S.

pagné là-bas, tomba malade. Rien n'annonçait cela pourtant et il put se réjouir pleinement du spectacle que nous offrirent ces enfants ; de la danse surtout de l'exquise petite Tadjikstane, qui s'appelle Tamar, je crois : celle même que l'on voyait embrassée par Staline sur toutes les affiches énormes qui couvraient les murs de Moscou. Rien ne dira le charme de cette danse et la grâce de cette enfant. « Un des plus exquis souvenirs de l'U.R.S.S. », me disait Dabit ; et je le pensais avec lui. Ce fut sa dernière journée de bonheur.

L'hôtel de Sotchi[1] est des plus plaisants ; ses jardins sont fort beaux ; sa plage est des plus agréables, mais aussitôt les baigneurs voudraient nous faire avouer que nous n'avons rien de comparable en France. Par décence nous nous retenons de leur dire qu'en France nous avons mieux, beaucoup mieux.

Non : l'admirable ici, c'est que ce demi-luxe, ce confort, soient mis à l'usage du peuple — si tant est pourtant que ceux qui viennent habiter ici ne soient pas trop, de nouveau, des privilégiés. En général, sont favorisés les plus méritants, mais à condition toutefois qu'ils soient conformes, bien « dans la ligne » ; et ne bénéficient des avantages que ceux-ci.

L'admirable, à Sotchi, c'est cette quantité de sanatoriums, de maisons de repos, autour de la ville, tous merveilleusement installés. Et que tout cela soit construit pour les travailleurs, c'est parfait. Mais, tout auprès, l'on souffre d'autant plus de voir les ouvriers employés à la construction du nouveau théâtre, si peu payés et parqués dans les campements sordides.

[...]

À côté de l'hôtel, un sovkhose[2] a été créé en vue d'ap-

---

1. Station balnéaire au bord de la mer Noire.
2. Ferme d'État en Union soviétique.

provisionner celui-ci. J'y admire une écurie modèle, une
étable modèle, une porcherie modèle, et surtout un gigantesque poulailler dernier cri. Chaque poule porte à la patte
sa bague numérotée; sa ponte est soigneusement enre-
gistrée; chacune a, pour y pondre, son petit box particulier,
où on l'enferme et d'où elle ne sort qu'après avoir pondu.
(Et je ne m'explique pas qu'avec tant de soins, les œufs que
l'on nous sert à l'hôtel ne soient pas meilleurs.) J'ajoute
qu'on ne pénètre dans ces locaux qu'après avoir posé ses
pieds sur un tapis imprégné de substances stérilisantes pour
désinfecter ses souliers. Le bétail, lui, passe à côté; tant
pis !

Si l'on traverse un ruisseau qui délimite le sovkhose, un
alignement de taudis. On y loge à quatre, dans une pièce de
deux mètres cinquante sur deux mètres, louée à raison de
deux roubles par personne et par mois. Le repas, au res-
taurant du sovkhose, coûte deux roubles, luxe que ne peuvent
se permettre ceux dont le salaire n'est que de soixante-
quinze roubles par mois. Ils doivent se contenter, en plus
du pain, d'un poisson sec.

[...]

Comment n'être pas choqué par le mépris, ou tout au
moins l'indifférence que ceux qui sont et qui se sentent « du
bon côté », marquent à l'égard des « inférieurs », des domestiques[1], des manœuvres, des hommes et des femmes « de
journée », et j'allais dire : des pauvres. Il n'y a plus de classes,
en U.R.S.S., c'est entendu. Mais il y a des pauvres. Il y en a
trop; beaucoup trop. J'espérais pourtant bien ne plus en

---

1. Et, comme en reflet de ceci, quelle servilité, quelle obséquiosité,
chez les domestiques; non point ceux des hôtels, qui sont le plus
souvent d'une dignité parfaite — très cordiaux néanmoins; mais bien
chez ceux qui ont affaire aux dirigeants, aux « responsables ». *(Note de
l'auteur.)*

voir, ou même plus exactement : c'est pour ne plus en voir que j'étais venu en U.R.S.S.

Ajoutez que la philanthropie n'est plus de mise, ni plus la simple charité[1]. L'État s'en charge. Il se charge de tout et l'on n'a plus besoin, c'est entendu, de secourir. De là certaine sécheresse dans les rapports, en dépit de toute camaraderie. Et, naturellement, il ne s'agit pas ici des rapports entre égaux ; mais, à l'égard de ces « inférieurs », dont je parlais, le *complexe de supériorité* joue en plein.

Cet état d'esprit petit-bourgeois qui, je le crains, tend à se développer là-bas, est, à mes yeux, profondément et foncièrement contre-révolutionnaire.

Mais ce qu'on appelle « contre-révolutionnaire », en U.R.S.S. aujourd'hui, ce n'est pas du tout cela. C'est même à peu près le contraire.

L'esprit que l'on considère comme « contre-révolutionnaire » aujourd'hui, c'est ce même esprit révolutionnaire, ce ferment qui d'abord fit éclater les douves à demi-pourries du vieux monde tzariste. On aimerait pouvoir penser qu'un débordant amour des hommes, ou tout au moins un impérieux besoin de justice, emplit les cœurs. Mais une fois la révolution accomplie, triomphante, stabilisée, il n'est plus question de cela, et de tels sentiments, qui d'abord animaient les premiers révolutionnaires, deviennent encombrants, gênants, comme ce qui a cessé de servir. Je les compare, ces sentiments, à ces étais grâce auxquels on élève une arche, mais qu'on enlève après que la clef de voûte est posée. Maintenant que la révolution a triomphé,

---

1. Je me hâte pourtant d'ajouter ceci : dans le jardin public de Sébastopol, un enfant estropié, qui ne peut se mouvoir qu'avec des béquilles, passe devant les bancs où des promeneurs sont assis. Je l'observe, longuement, qui fait la quête. Sur vingt personnes à qui il s'adresse, dix-huit ont donné ; mais qui sans doute ne se sont laissé émouvoir qu'en raison de son infirmité. *(Note de l'auteur.)*

maintenant qu'elle se stabilise, et s'apprivoise ; qu'elle pactise, et certains diront : s'assagit, ceux que ce ferment révolutionnaire anime encore et qui considèrent comme compromissions toutes ces concessions successives, ceux-là gênent et sont honnis, supprimés. Alors ne vaudrait-il pas mieux, plutôt que de jouer sur les mots, reconnaître que l'esprit révolutionnaire (et même simplement : l'esprit critique) n'est plus de mise, qu'il n'en faut plus ? Ce que l'on demande à présent, c'est l'acceptation, le conformisme. Ce que l'on veut et exige, c'est une approbation de tout ce qui se fait en U.R.S.S. ; ce que l'on cherche à obtenir, c'est que cette approbation ne soit pas résignée, mais sincère, mais enthousiaste même. Le plus étonnant, c'est qu'on y parvient. D'autre part, la moindre protestation, la moindre critique est passible des pires peines, et du reste aussitôt étouffée. Et je doute qu'en aucun autre pays aujourd'hui, fût-ce dans l'Allemagne de Hitler, l'esprit soit moins libre, plus courbé, plus craintif (terrorisé), plus vassalisé.

FRANÇOIS MAURIAC (1885-1970)

« La nation française a une âme » (1947)

(in *Le Cahier noir*)

Intellectuel catholique de droite, François Mauriac s'est déjà distingué avant guerre de sa famille politique. Ses prises de position antifascistes (en particulier lors de la guerre d'Espagne) ont été saluées par Jacques Decour en 1939 dans un article de Commune. *Quand sonne la défaite, en juin 1940, Mauriac, tout d'abord désespéré, n'hésite pas à rallier le camp de ceux qui résistent à l'envahisseur tout autant qu'à ses séides de Vichy.*

Peut-être, ainsi qu'il le dira lui-même plus tard, n'a-t-il guère eu le choix : d'une part, il est l'une des cibles privilégiées de la presse collaborationniste ; d'autre part, certains de ses amis l'encouragent à rejoindre leur rang. Ainsi, dès le 17 août 1940, et par la voix des ondes de Radio-Londres, Maurice Schumann[1] lui lance-t-il un appel personnel à résister.

*Tout au long de la guerre, François Mauriac exprime son engagement par l'écriture : tantôt dans des journaux de la zone libre (*Le Figaro *puis* Temps nouveau, *notamment) ; tantôt dans son œuvre littéraire dont la possible interprétation politique n'échappe à personne :* La Pharisienne *(1941), surtout, résonne comme une critique du régime de Vichy.*

---

1. Journaliste, écrivain et homme politique français (1911-1998), dont on entend régulièrement la voix dans l'émission « Honneur et Patrie » sur les ondes de Radio-Londres.

Mais plus encore, dès le début de 1940, Mauriac rédige, rassemble et retravaille ses notes sur la situation désastreuse de la France. Dans le courant de l'été 1941, elles deviennent Lettre à un désespéré pour qu'il espère, puis en 1943, relues et à nouveau remaniées, le fameux Cahier noir, pamphlet contre la politique de collaboration, et texte majeur de la littérature clandestine.

À l'époque de sa parution, Mauriac appartient au Comité national des écrivains [1] et fait partie des auteurs qui apparaissent dans le premier numéro des Lettres françaises clandestines, dont son ami Jean Paulhan est l'un des fondateurs. C'est ce dernier qui le met en contact avec les Éditions de Minuit [2] auxquelles Mauriac donne Le Cahier noir, dont la publication le contraint à se cacher durant plusieurs mois pour échapper aux poursuites de la Gestapo.

C'est en 1944, toujours clandestinement, que François Mauriac écrit « La nation française a une âme », nouveau virulent réquisitoire contre l'attitude collaborationniste de ceux qu'il appelle les « nationalistes intégraux », les maurrassiens de L'Action française, et vibrant plaidoyer pour la France libre.

Le texte qui va suivre a été écrit durant l'Occupation et était destiné, comme Le Cahier noir, aux Éditions de Minuit. M. Claude Morgan [3] me pria de le réserver au premier numéro non clandestin des Lettres françaises qu'il préparait pour le jour de la libération.

---

1. Organe de la Résistance littéraire fondé en 1941 par le Front national des écrivains, émanant lui-même du Parti communiste français.
2. Créées par Jean Bruller (dit Vercors) et Pierre de Lescure.
3. Romancier et journaliste (1898-1980), il prit la direction de la revue clandestine Les Lettres françaises après l'arrestation et l'exécution de Jacques Decour, en 1942, et jusqu'en 1953, date à laquelle Louis Aragon lui succède.

Je dus changer les premières pages, mais, pour le reste, je n'eus que peu de retouches à y apporter. Les attaques personnelles, que je me suis interdites après la victoire, s'expliquent ici puisqu'elles datent d'une époque ou *L'Action française* était toute-puissante et où je devais me cacher.

Ce n'est point que je renie une ligne de *La nation française a une âme*: je demande seulement au lecteur de situer ces pages à l'époque (1943) où elles me furent dictées par la colère et par l'espérance.

*

Nous ne pouvons nous prévaloir de rien, sinon de notre foi qui, durant ce cauchemar de quatre années, n'aura pas défailli. Même en juin 40, le Reich eut beau hurler sa joie à tous les micros de l'Occident et, sur une France vidée par tous les suçoirs, par toutes les ventouses de la pieuvre, les maurassiens de Vichy eurent beau, en tremblant de joie, essayer enfin leur système, oui, même alors nous demeurions fous d'espérance.

Ce n'est pas que nous ayons toujours ignoré la tentation du désespoir — durant les derniers mois surtout, alors que la griffe se resserrait sur nous jusqu'à nous couper le souffle et que, le sang de la bête coulant par mille blessures, nous nous sentions pris dans l'étau de sa dernière convulsion. Cela peut paraître étrange que, si près d'être délivrés, nous ayons dû parfois nous débattre contre une angoisse mortelle.

Oh! je sais bien: le monotone grondement de la mort dans le soleil ou sous les étoiles, et la vieille maison qui frémissait de toutes ses vitres, et cette jeunesse de France traquée par les argousins de Vichy au service du Minotaure, et ces amis disparus tout à coup, et ces chambres de tortures où nous savions qu'ils avaient refusé de parler, et les

feux de peloton qui saluaient chaque aurore de ces printemps radieux, de ces étés où il ne pleuvait jamais et, deux
fois par jour, retentissant au-dessus de notre honte infinie,
cet appel de Vichy à toutes les lâchetés poussé par Philippe
Henriot[1]... Mais non, tant d'horreur n'aurait pas suffi à nous
abattre: sous les coups de ce destin ignominieux, quelle
rosse endolorie, dans un dernier sursaut, ne se fût relevée
sur ses jambes tremblantes?

Et nous nous relevions, en effet. Nous n'avons jamais
douté, grâce à Dieu, que la France dût revivre. Mais, la
tourmente passée, songions-nous quelle serait sa place? À
quel rang risquait-elle de se trouver ravalée? Lui resterait-il
même assez de force pour s'y maintenir? Les plus fins de
ceux qui ont trahi pressentaient bien cette angoisse en
nous: tous leurs discours, tous leurs écrits s'efforçaient de
la réveiller. S'ils avaient atteint à nous persuader que la
grande nation de naguère ne serait plus désormais qu'une
comparse dans le conflit des empires, du même coup ils
eussent été absous à leurs yeux et aux nôtres: là où les
nations n'existent plus, le mot trahison n'a plus de sens.
Quel n'eût été leur bonheur si vraiment la France avait pu
passer pour morte! Car on ne saurait trahir une morte. À
les entendre, ils avaient embrassé les genoux du vainqueur
parce qu'ils ne trouvaient plus aucune patrie à qui se vouer.
Nous observions de loin ces faux orphelins qui faisaient
semblant de croire qu'ils n'avaient plus de mère.

Allons-nous encore nous interroger, le cœur dévoré d'inquiétude et de doute? Nous n'étions pas si exigeants dans
les premiers jours de notre esclavage. Ah! il s'agissait bien

---

1. Homme politique français d'extrême droite collaborationniste
(1889-1944). Surnommé le «Goebbels français», il prend quotidiennement la parole à Radio-Paris durant toute l'Occupation. Il est
exécuté par un commando résistant.

alors de la place qu'occuperait plus tard la France parmi les nations! Il s'agissait bien de son hégémonie perdue! Pour elle, en ces heures-là, aucun autre dilemme qu'être ou ne pas être. Qu'elle ne meure pas avant d'avoir été délivrée, qu'elle survive, qu'elle dure, cette seule angoisse nous serrait la gorge. Eh bien! voici que son existence n'est plus en jeu. Couverte de plaies qui saignent encore, mais vivante entre toutes les nations vivantes, elle se dresse devant l'Europe, serrant contre sa poitrine ceux de ses fils qui l'ont délivrée.

Allons-nous renoncer à la joie de cette résurrection et, avec un Drieu la Rochelle[1], refaire sans cesse le compte des habitants de chaque empire, comparer le nombre de kilomètres carrés et vouer la France, chiffres en main, à n'être plus que le satellite misérable d'un des mastodontes triomphants?

[...]

Ceux qui espèrent tout de notre humiliation et de notre fatigue infinie auront beau ajouter chaque jour un trait à l'image de nous-mêmes qu'ils s'efforcent de nous imposer, à cette caricature d'un vieux pays agricole, arriéré, décrépit, dont les magnats des deux mondes n'attendent plus que des fromages, des vins et des modèles de robes, inlassablement nous leur rappellerons ce qu'ils feignent d'oublier, ce qu'ils ont intérêt à oublier: que la nation française a une âme.

Oui, une âme. Je n'ignore pas que certains mots irritent les Français de 1944.

Quand une grande nation a touché l'extrême du malheur, quand, foulée aux pieds depuis quatre années par son vain-

1. Auteur de *L'Homme couvert de femmes* en 1925 ou de *Gilles* en 1939, Pierre Drieu la Rochelle écrit régulièrement dans *La Nouvelle Revue française* dont il devient le directeur durant l'Occupation. Très impliqué dans la Collaboration, il se suicide le 15 mars 1945.

queur, elle a été traitée comme ces tribus que les puissances esclavagistes décimaient et déportaient — quand un
peuple enfin a atteint ce comble de la honte qu'il a fourni
lui-même à ses maîtres des domestiques et des bourreaux,
on est mal venu de lui parler de son âme et d'opposer aux
chiffres qui consacrent sa ruine économique des effusions
et des attendrissements.

[...] Mais enfin lorsqu'en septembre 1939, la France
divisée contre elle-même, désarmée, déjà chancelante, se
dressa pour défendre la Pologne et pour accomplir le geste
que le viol de Prague n'avait pu la résoudre à tenter, chacun
sait bien — et même les Français qui lui en font un crime
aujourd'hui — à quelle exigence de sa vocation elle obéit.
Et quand le gouvernement de Monsieur Pétain souscrit aux
lois raciales, livre à la Gestapo les étrangers qui avaient cru
en la parole de la France, quand le bourreau nazi trouve
dans la police de Vichy, parmi les hommes de Doriot[1], de
Darnand[2], assez d'aides et de valets pour n'avoir presque
plus besoin de se salir les mains lui-même, qui pourrait
feindre de ne pas voir que c'est d'une trahison, ou plus
précisément d'une apostasie[3] que ces misérables chargent
la conscience de cette personne, de cette âme vivante : la
nation française ?

Si vivante en dépit d'un tel opprobre, que les complices
de ses bourreaux se sont d'abord acharnés contre cette
âme au lendemain du désastre, et tant qu'ils ont cru en la
victoire du Führer. Plus tard, lorsqu'ils ne doutèrent plus de

---

1. Homme politique français (1898-1945) d'abord communiste
puis fasciste. Fondateur du Parti populaire français, il fut l'une des
principales figures de la Collaboration.
2. Militaire et homme politique français (1897-1945), fondateur et
dirigeant de la Milice française. Il est jugé et condamné à mort par la
Haute Cour de justice.
3. Trahison, reniement d'une doctrine.

sa perte prochaine, ce fut sur notre déficience économique et sur l'inévitable hégémonie bolcheviste ou anglo-saxonne qu'ils mirent l'accent. Mais aux premiers jours de notre servitude, cela seul leur importait : que la France ne retrouvât pas dans son passé de gloire, dans ce qui subsistait de son antique vertu, la force de tenir le coup contre le maître germain. Il fallait lui boucher les oreilles pour que l'insistante, l'inlassable voix du général de Gaulle ne l'arrachât pas à cette boue dans laquelle Vichy la maintenait agenouillée et prostrée. [...] Entre juin 1940 et 1944 une immense risée s'élève de toutes les salles de rédaction vers la patrie liée au poteau et bâillonnée. « *Tu n'es plus rien* », c'est le thème qu'ils orchestrent tous. Ces journalistes de deuxième et de troisième zone qui tiennent alors la vedette, ah ! ce n'est pas assez de dire qu'ils ont la patte lourde ! Seul, un véritable écrivain, M. de Montherlant, dans *Le Solstice de juin*, dispense non sans art aux « chenilles » françaises le crachat et l'urine[1].

Je vous supplie de les croire si vous ne m'en croyez pas : ces Français au service de l'Allemagne... (non, ce n'est pas assez dire : au service des passions inhumaines de l'Allemagne nazie) ces Français ne s'acharnaient pas contre un fantôme, mais contre cette part de nous-mêmes qui proteste, résiste, contre cette âme affaiblie, certes, profanée, souillée, mais vivante et c'est là le tout. La martyre dont le vainqueur a abusé et dont un bâillon serre la bouche, regardez sa tête qui ne s'interrompt pas de bouger de droite à gauche et de faire depuis bientôt cinq années le signe du refus.

C'est à nourrir cette flamme que je vous convie. Là encore, je me méfie d'une image, mais je vous supplie d'attacher votre esprit à la réalité qu'elle recouvre. Nous

---

1. Depuis la Libération, je crois que M. de Montherlant a donné de cette image une interprétation différente. *(Note de l'auteur.)*

n'avons rien d'autre à faire qu'à redevenir nous-mêmes le plus vite possible, car, pour assurer notre indivisibilité, peu de temps nous est départi dans cet univers livré aux grands empires triomphants. D'autant que ce pays, déjà déchiré par les factions avant le conflit, nous n'ignorons pas que les circonstances y ont élevé de nouvelles barrières, creusé de nouveaux abîmes à l'intérieur même des partis et des classes. Par bonheur, la Résistance a réuni d'abord autour du général de Gaulle, puis confondu et amalgamé dans une passion unique les Français de tout bord et de toute condition. Que cet alliage demeure, qu'il résiste à toutes les puissances de dissociation, il n'existe pas d'autre promesse de salut que celle-là.

Mais un grand événement de la politique intérieure m'incline à croire que cette espérance ne sera pas vaine : l'hypothèque est levée que les émigrés éternels faisaient peser sur l'idée de nation. La collusion avec l'ennemi d'un certain nombre de nationalistes — non sans doute du plus grand nombre, grâce à Dieu ! — et singulièrement de ceux qui se glorifiaient d'adhérer au nationalisme intégral, la trahison de *L'Action française* en un mot, a pu remplir de stupeur ceux-là mêmes qui, à son propos, nourrissaient le moins d'illusions, elle devrait surtout les combler de joie ; car rien ne défend plus désormais aux Français fidèles : gaullistes de droite, syndicalistes, communistes, de demeurer étroitement unis dans le culte de la nation, accaparée depuis un demi-siècle par des hommes qui avaient confisqué la patrie.

L'événement démasque ces nationalistes par antiphrase qui haïssent la nation. Quelques-uns d'entre eux en sont demeurés stupéfaits : ils ne se connaissaient pas eux-mêmes. C'était de bonne foi qu'ils avaient monopolisé la patrie au service de leur classe et qu'ils avaient atteint à se persuader qu'un citoyen a le droit d'arrêter, de fixer l'histoire de son pays à un certain moment du passé et que l'on peut tout ensemble chérir la France et exécrer ce qui, aux yeux du monde entier, se confond avec elle.

Il faut leur rendre cette justice que jusqu'à la fin de l'autre guerre, nul ne mit jamais en doute leur sincérité. Des milliers de garçons formés par Barrès, par Péguy, mais aussi par le Maurras des premières années du siècle, donnèrent leur vie. Qu'accorderons-nous encore à Charles Maurras ? Après beaucoup d'autres, mais avec une patiente, avec une quotidienne furie, il a dénoncé pendant près d'un demi-siècle les déviations d'un parlementarisme dégénéré ; il a su dégager, à partir de l'expérience, certaines conditions nécessaires à la vie nationale. Mais à quoi bon poursuivre ? Hélas ! tout ce qu'on pourrait avancer pour sa défense s'effondre devant cet aboutissement effroyable de son enseignement : sans l'avoir voulu, lui et ses disciples se sont réveillés, un jour, dans le camp de l'ennemi, du même côté que le bourreau allemand et que ses valets français.

Comment le nationalisme intégral a-t-il pu aboutir à la trahison ? Que se passa-t-il donc entre les deux armistices, celui de la gloire et celui de la honte ? Simplement ceci, que les principes chers aux nationalistes français, et dont ils n'avaient pu assurer le triomphe dans leur propre pays, l'emportaient au delà des Alpes et du Rhin. Leur rêve s'accomplissait, mais chez l'ennemi. L'écrasement des socialistes, des communistes et des juifs exécrés, la destruction des bourses du travail et des syndicats, le primat de la force proclamé et pratiqué au dedans et au dehors, la classe ouvrière désarmée et humiliée, l'individu asservi grâce à la toute-puissance d'un parti incarné dans un homme, une police enfin, régnant au delà du bien et du mal, sur les consciences et sur les cœurs, par la torture et par le crime, ce beau songe qu'avaient vainement caressé chez nous, depuis cinquante années, tant de bonapartistes sans César, et de boulangistes sans Général, ils le voyaient enfin de leurs yeux.

Mussolini les avait émerveillés ; l'ascension d'Hitler fut un éblouissement. Par contraste, ce qui se passait en France leur parut d'autant plus horrible. Voici qu'enfin ils donnaient raison à l'adversaire : eh bien ! oui, c'était sans remède : la France demeurait liée à jamais au parlementarisme et à la démocratie ; la nation et les principes qu'elle servait s'effondreraient ensemble, ils en acceptaient l'augure. dans le champ clos de l'Espagne, le jugement de Dieu avait été rendu et des milliers de cadavres abyssins attestaient sous les étoiles indifférentes le triomphe de la force.

Le mot affreux d'un nommé Laubreaux[1], lors de la déclaration de guerre : qu'il souhaitait à son pays une guerre courte et désastreuse, tous n'eurent pas l'audace de le crier, c'était bien là pourtant le cri du cœur d'un certain nationalisme français.

L'ennemi, à leurs yeux, détenait seul la formule de vie. Les idées de Sorel[2] et de Maurras, étouffées chez nous par l'ivraie démocratique, comme elles avaient germé, comme elles avaient levé en Italie et en Allemagne ! Et ils suivaient de loin, ils écoutaient à la radio le piétinement de ces défilés devant l'idole, ils se prosternaient avec cette jeunesse en uniforme, athlétique, sans regard, sans pensée, obéissant au geste et à la voix. Ils saluaient comme des sauveurs ces millions de robots à qui l'empire du monde était promis.

[...]

Rien donc n'empêchera désormais les Français de tous les partis, engagés dans la même résistance à l'envahisseur, de demeurer unis autour de cette idée de nation que quelques prétendus « nationaux » n'accaparent plus. [...]

---

1. Journaliste et écrivain collaborationniste (1899-1968).
2. Philosophe et sociologue français (1847-1922), il s'est rapproché un temps de *L'Action française* de Charles Maurras avant la Première Guerre mondiale.

Nous savons maintenant que la liberté doit être défendue. Nous ne nous embarrasserons plus d'une contradiction qui nous paralysait naguère. Nous n'hésiterons pas à défendre la liberté par la force contre ses ennemis éternels. Nous comprenons maintenant le sens de la devise révolutionnaire que les timides républicains du Second Empire avaient amputée de l'essentiel : Liberté, Égalité, Fraternité OU LA MORT. Oui, ou la mort. Non qu'il s'agisse pour nous d'instaurer des délits d'opinion, ni de dresser des échafauds, mais simplement de monter autour de la République une garde farouche.

Au lendemain même de la paix, selon l'attitude que prendront nos chefs à l'égard des tenants de *L'Action française* et de tous ceux qui, directement ou indirectement, relèvent de son esprit, même s'ils la renient des lèvres, nous pourrons mesurer les chances de la République ressuscitée. [...]

De ceux qui ont eu part à cette faute, le moins que la République puisse exiger, c'est la retraite et c'est le silence. Nous n'avons certes pas la folie de leur interdire de penser ce qu'ils pensent ni de croire ce qu'ils croient. Mais ils ne retourneront plus contre la liberté, ainsi qu'ils l'ont fait impunément durant un demi-siècle, les armes que leur livrait cette Marianne avachie, aux seins écroulés, inventée par leurs caricaturistes, reine du jeu de massacre dont la presse dite nationale a fait ses longues délices.

Tous les régimes se ressemblent par les scandales, c'est le trait qui leur est commun. Le diable sait ce que furent les dessous des dictatures. [...]

Mais la paix revenue change les données du problème français. Communistes, socialistes, gaullistes, souvenons-nous de l'erreur affreuse de Maurras : ne rejetons pas de notre héritage national la part dont nous serions tentés de croire que notre parti n'a plus l'usage, ou dont le charme ne nous toucherait plus, nous qui savons aujourd'hui qu'aucun parti politique, fût-il international, ne saurait demeurer vivant dans une patrie morte.

JEAN-PAUL SARTRE (1905-1980)

Réflexions sur la question juive (1946)

(Gallimard)

Jean-Paul Sartre devient la figure intellectuelle majeure de l'après-guerre : il multiplie alors écrits et interviews qui développent et précisent sa philosophie existentialiste et son engagement. Dans la revue Les Temps modernes, *qu'il vient de fonder, il publie en décembre 1945 « Portrait de l'antisémite », premier chapitre de ses* Réflexions sur la question juive, *écrites au cours du dernier trimestre de l'année précédente.*

Si Sartre évoque les conditions faites aux Juifs sous l'Occupation et le silence dont on entoure le retour des rescapés juifs des camps de concentration et d'extermination — « [...] les journaux consacrent des colonnes entières aux prisonniers de guerre, aux déportés. Va-t-on parler des Juifs ? » —, il brosse d'abord, comme le montrait le titre initial de la première partie de l'ouvrage, le portrait de l'antisémite. Animé par une passion de colère, pétri de préjugés, colportant les stéréotypes dont le Juif est depuis toujours l'objet, l'antisémite, selon Sartre, étouffe ses angoisses, par lâcheté et peur de lui-même, en faisant sienne « une conception du monde manichéiste et primitive où la haine du Juif prend place à titre de grand mythe explicateur ».

Sartre pose alors la question de savoir « qui est le Juif ? », et s'interroge sur sa « situation » en France : « car c'est le problème du Juif français qui est notre problème », écrit-il, rappelant qu'en

France le Juif est encore considéré comme «l'étranger, l'intrus, l'inassimilé au sein même de la société».

Ses réflexions se concluent sur l'idée que «ce n'est pas le caractère juif qui provoque l'antisémitisme, mais, au contraire, que c'est l'antisémite qui crée le Juif». Le problème juif étant né de l'antisémitisme, c'est donc en supprimant l'antisémitisme que la question juive sera résolue.

L'essai de Sartre lui a été inspiré par des réflexions plus anciennes, ainsi qu'en témoignent d'autres écrits — comme ses Carnets de la drôle de guerre —, mais aussi en partie par la désillusion provoquée par l'antisémitisme d'un écrivain qu'il avait admiré et qui avait nourri son œuvre avant guerre, Louis-Ferdinand Céline, auteur de plusieurs pamphlets antisémites, auquel il s'en prend nommément dans Réflexions sur la question juive.

Si un homme attribue tout ou partie des malheurs du pays et de ses propres malheurs à la présence d'éléments juifs dans la communauté, s'il propose de remédier à cet état de choses en privant les Juifs de certains de leurs droits ou en les écartant de certaines fonctions économiques et sociales ou en les expulsant du territoire ou en les exterminant tous, on dit qu'il a des *opinions* antisémites.

Ce mot d'*opinion* fait rêver… C'est celui qu'emploie la maîtresse de maison pour mettre fin à une discussion qui risque de s'envenimer. Il suggère que tous les avis sont équivalents, il rassure et donne aux pensées une physionomie inoffensive en les assimilant à des goûts. Tous les goûts sont dans la nature, toutes les opinions sont permises; des goûts, des couleurs, des opinions il ne faut pas discuter. Au nom des institutions démocratiques, au nom de la liberté d'opinion, l'antisémite réclame le droit de prêcher partout la croisade antijuive. […] Un homme peut être bon père et bon mari, citoyen zélé, fin lettré, philanthrope et d'autre part antisémite. Il peut aimer la pêche à la ligne et les plaisirs de l'amour, être tolérant en matière de religion, plein d'idées généreuses sur la condition des indigènes d'Afrique centrale *et*, d'autre part, détester les Juifs. S'il ne les aime pas, dit-on, c'est que son expérience lui a révélé qu'ils étaient mauvais, c'est que les statistiques lui ont appris qu'ils étaient dangereux, c'est que certains facteurs historiques ont influencé son jugement. Ainsi cette opinion semble l'effet de causes extérieures et ceux qui veulent l'étudier négligeront la personne même de l'antisémite pour faire état du pourcentage des Juifs mobilisés en 14, du pourcentage des Juifs banquiers, industriels, médecins, avocats, de l'histoire des Juifs en France depuis les origines. Ils parviendront à déceler une situation rigoureusement objective déterminant un certain courant d'opinion également objectif qu'ils nommeront antisémitisme, dont ils pourront dresser la carte ou établir les variations de 1870 à 1944. De la sorte, l'antisémitisme paraît être à la fois un goût subjectif qui entre en composition avec d'autres goûts pour former la personne et un phénomène impersonnel et social qui peut s'exprimer par des chiffres et des moyennes, qui est conditionné par des constantes économiques, historiques et politiques.

Je ne dis pas que ces deux conceptions soient nécessairement contradictoires. Je dis qu'elles sont dangereuses et fausses. [...] Mais je me refuse à nommer opinion une doctrine qui vise expressément des personnes particulières et qui tend à supprimer leurs droits ou à les exterminer. Le Juif que l'antisémite veut atteindre ce n'est pas un être schématique et défini seulement par sa fonction comme dans le droit administratif ; par sa situation ou par ses actes, comme dans le Code. C'est un Juif, fils de Juifs, reconnaissable à son physique, à la couleur de ses cheveux, à son

vêtement peut-être et, dit-on, à son caractère. L'antisémitisme ne rentre pas dans la catégorie de pensées que pro-
tège le Droit de libre opinion.

D'ailleurs, c'est bien autre chose qu'une pensée. C'est
d'abord une *passion*. Sans doute peut-il se présenter sous
forme de proposition théorique. L'antisémite «modéré» est
un homme courtois qui vous dira doucement: « Moi, je ne
déteste pas les Juifs. J'estime simplement préférable, pour
telle ou telle raison, qu'ils prennent une part réduite à l'activité de la nation.» Mais, l'instant d'après, si vous avez
gagné sa confiance, il ajoutera avec plus d'abandon: «Voyez-
vous, il doit y avoir "quelque chose" chez les Juifs: ils me
gênent physiquement.» L'argument, que j'ai entendu cent
fois, vaut la peine d'être examiné. D'abord il ressortit à la
logique passionnelle. Car enfin imaginerait-on quelqu'un qui
dirait sérieusement: «Il doit y avoir quelque chose dans la
tomate, puisque j'ai horreur d'en manger.» Mais en outre,
il nous montre que l'antisémitisme, sous ses formes les plus
tempérées, les plus évoluées reste une totalité syncrétique[1]
qui s'exprime par des discours d'allure raisonnable, mais
qui peut entraîner jusqu'à des modifications corporelles.
Certains hommes sont frappés soudain d'impuissance s'ils
apprennent de la femme avec qui ils font l'amour qu'elle est
Juive. Il y a un dégoût du Juif, comme il y a un dégoût du
Chinois ou du nègre chez certaines gens. Et ce n'est donc
pas du corps que naît cette répulsion puisque vous pouvez
fort bien aimer une Juive si vous ignorez sa race, mais elle
vient au corps par l'esprit; c'est un engagement de l'âme,
mais si profond et si total qu'il s'étend au physiologique,
comme c'est le cas dans l'hystérie.

Cet engagement n'est pas provoqué par l'expérience. J'ai

---

1. Qui opère la fusion entre différentes religions ou différentes
philosophies.

interrogé cent personnes sur des raisons de leur antisémitisme. La plupart se sont bornées à m'énumérer les défauts
que la tradition prête aux Juifs. «Je les déteste parce qu'ils
sont intéressés, intrigants, collants, visqueux, sans tact, etc.»
— «Mais, du moins, en fréquentez-vous quelques-uns?» —
«Ah! je m'en garderais bien!» Un peintre m'a dit: «Je suis
hostile aux Juifs parce que, avec leurs habitudes critiques, ils
encouragent nos domestiques à l'indiscipline.» Voici des
expériences plus précises. Un jeune acteur sans talent prétend que les Juifs l'ont empêché de faire carrière dans le
théâtre en le maintenant dans les emplois subalternes. Une
jeune femme me dit: «J'ai eu des démêlés insupportables
avec des fourreurs, ils m'ont volée, ils ont brûlé la fourrure
que je leur avais confiée. Eh bien, ils étaient tous Juifs.»
Mais pourquoi a-t-elle choisi de haïr les Juifs plutôt que les
fourreurs? Pourquoi les Juifs ou les fourreurs plutôt que tel
Juif, tel fourreur particulier? C'est qu'elle portait en elle
une prédisposition à l'antisémitisme. [...] Loin que l'expérience engendre la notion de Juif, c'est celle-ci qui éclaire
l'expérience au contraire; si le Juif n'existait pas, l'antisémite
l'inventerait.

Soit, dira-t-on, mais à défaut d'expérience, ne faut-il pas
admettre que l'antisémitisme s'explique par certaines données
historiques? Car enfin il ne naît pas de l'air du temps. Il me
serait facile de répondre que l'histoire de France n'apprend
rien sur les Juifs: ils ont été opprimés jusqu'en 1789; par la
suite, ils ont participé comme ils l'ont pu à la vie de la
nation, profitant, c'est certain, de la liberté de concurrence
pour prendre la place des faibles, mais ni plus ni moins que
les autres Français: ils n'ont pas commis de crime contre la
France, ni fait de trahison. [...] Autrement dit, ce qui est ici
essentiel, ce n'est pas la «donnée historique» mais l'idée
que les agents de l'histoire se faisaient du Juif. [...] Ainsi les
Polonais de 1940 traitaient les Israélites en *Juifs*, parce que

leurs ancêtres de 1848 en avaient usé de même avec leurs contemporains. Et peut-être cette représentation tradition-nelle aurait-elle, en d'autres circonstances, disposé les Juifs d'aujourd'hui à agir comme ceux de 48. C'est donc *l'idée* qu'on se fait du Juif qui semble déterminer l'histoire, non la « donnée historique » qui fait naître l'idée. Et puisqu'on nous parle aussi de « données sociales », regardons-y mieux et nous trouverons le même cercle : il y a trop d'avocats juifs, nous dit-on. Mais se plaint-on qu'il y ait trop d'avocats normands ? Quand bien même tous les Bretons seraient médecins, ne se bornerait-on pas à dire que « la Bretagne fournit de médecins la France entière » ? Ah ! répliquera-t-on, ce n'est pas du tout la même chose. Sans doute, mais c'est que, précisément, nous considérons les Normands comme des Normands et les Juifs comme des Juifs. Ainsi, de quelque côté que nous nous retournions, c'est *l'idée de Juif* qui paraît l'essentiel.

Il devient évident pour nous qu'aucun facteur externe ne peut introduire dans l'antisémite son antisémitisme. L'anti-sémitisme est un choix libre et total de soi-même, une attitude globale que l'on adopte non seulement vis-à-vis des Juifs, mais vis-à-vis des hommes en général, de l'histoire et de la société ; c'est à la fois une passion et une conception du monde. Sans doute, chez tel antisémite, certains carac-tères seront plus marqués que chez tel autre. Mais ils sont toujours tous présents à la fois et ils se commandent les uns les autres. C'est cette totalité syncrétique qu'il nous faut à présent tenter de décrire.

J'ai noté tout à l'heure que l'antisémitisme se présente comme une passion. Tout le monde a compris qu'il s'agit d'une affection de haine ou de colère. Mais, à l'ordinaire, la haine et la colère sont *sollicitées* : je hais celui qui m'a fait souffrir, celui qui me nargue ou qui m'insulte. Nous venons de voir que la passion antisémite ne saurait avoir un tel caractère : elle devance les faits qui devraient la faire naître, elle va les chercher pour s'en alimenter, elle doit même les interpréter à sa manière pour qu'ils deviennent vraiment offensants. Et pourtant, si vous parlez du Juif à l'antisémite, il donne tous les signes d'une vive irritation. Si nous nous rappelons par ailleurs, que nous devons toujours *consentir* à une colère pour qu'elle puisse se manifester, et que, suivant l'expression si juste, on *se met* en colère, nous devrons convenir que l'antisémite a *choisi* de vivre sur le mode passionné. Il n'est pas rare que l'on opte pour une vie passionnelle plutôt que pour une vie raisonnable. Mais c'est qu'à l'ordinaire on aime les *objets* de la passion : les femmes, la gloire, le pouvoir, l'argent. Puisque l'antisémite a choisi la haine, nous sommes obligés de conclure que c'est *l'état* passionné qu'il aime. À l'ordinaire, ce genre d'affection ne plaît guère : celui qui désire passionnément une femme est passionné à cause de la femme et malgré la passion : on se défie des raisonnements passionnels, qui visent à démontrer par tous les moyens des opinions qu'a dictées l'amour ou la jalousie ou la haine ; on se défie des égarements passionnels et de ce qu'on a nommé le monoïdéisme[1]. C'est là, au contraire, ce que l'antisémite choisit d'abord. Mais comment peut-on choisir de raisonner faux ? C'est qu'on a la nostalgie de l'imperméabilité. L'homme sensé cherche en gémissant, il sait que ses raisonnements ne sont que probables, que d'autres considérations viendront les révoquer en doute ; il ne sait jamais très bien où il va ; il est «ouvert», il peut passer pour hésitant. Mais il y a des gens qui sont attirés par la permanence de la pierre. Ils veulent être massifs et impénétrables, ils ne veulent pas changer : où donc le changement les mènerait-il ? Il s'agit d'une peur de soi originelle et d'une peur de la vérité. Et ce qui les effraie, ce n'est pas

---

1. Concentration totale de l'individu sur une seule idée.

le contenu de la vérité, qu'ils ne soupçonnent même pas, mais la forme même du vrai, cet objet d'indéfinie approximation. C'est comme si leur propre existence était perpétuellement en sursis. Mais ils veulent exister tout à la fois et tout de suite. Ils ne veulent point d'opinions acquises, ils les souhaitent innées ; comme ils ont peur du raisonnement, ils veulent adopter un mode de vie où le raisonnement et la recherche n'aient qu'un rôle subordonné, où l'on ne cherche jamais que ce qu'on a déjà trouvé, où l'on ne devient jamais que ce que déjà, on était. Il n'en est pas d'autre que la passion. [...] Ne croyez pas que les antisémites se méprennent tout à fait sur l'absurdité de ces réponses[1]. Ils savent que leurs discours sont légers, contestables ; mais ils s'en amusent, c'est leur adversaire qui a le devoir d'user sérieusement des mots puisqu'il croit aux mots ; eux, ils ont *le droit* de jouer. Ils aiment même à jouer avec le discours car, en donnant des raisons bouffonnes, ils jettent le discrédit sur le sérieux de leur interlocuteur ; ils sont de mauvaise foi avec délices, car il s'agit pour eux, non pas de persuader par de bons arguments, mais d'intimider ou de désorienter. Si vous les pressez trop vivement, ils se ferment, ils vous signifient d'un mot superbe que le temps d'argumenter est passé ; ce n'est pas qu'ils aient peur d'être convaincus : ils craignent seulement d'avoir l'air ridicule ou que leur embarras fasse mauvais effet sur un tiers qu'ils veulent attirer dans leur parti.

Si donc l'antisémite est, comme chacun a pu voir, imperméable aux raisons et à l'expérience, ce n'est pas que sa conviction soit forte ; mais plutôt sa conviction est forte parce qu'il a choisi d'abord d'être imperméable.

[...] Mais, dira-t-on, s'il n'était ainsi qu'à l'égard des Juifs ?

---

1. Allusion aux réponses données par l'antisémite sur les raisons de l'antisémitisme (fourreur malhonnête ou subversion des domestiques évoqués précédemment).

Si, pour le reste, il se conduisait avec bon sens? Je réponds que c'est impossible : voici un poissonnier qui, en 1942, agacé par la concurrence de deux poissonniers juifs qui dissimulaient leur race, a pris un beau jour la plume et les a dénoncés. On m'assure qu'il était par ailleurs doux et jovial, le meilleur fils du monde. Mais je ne le crois pas : un homme qui trouve naturel de dénoncer des hommes ne peut avoir notre conception de l'humain; même ceux dont il se fait le bienfaiteur, il ne les voit pas avec nos yeux; sa générosité, sa douceur, ne sont pas semblables à notre douceur, à notre générosité, on ne peut pas localiser la passion.

L'antisémite reconnaît volontiers que le Juif est intelligent et travailleur; il s'avouera même inférieur à lui sous ce rapport. Cette concession ne lui coûte pas grand-chose : il a mis ces qualités entre parenthèses. Ou plutôt elles tirent leur valeur de celui qui les possède : plus le Juif aura de vertus, plus il sera dangereux. Quant à l'antisémite, il ne se fait pas d'illusion sur ce qu'il est. Il se considère comme un homme de la moyenne, de la petite moyenne, au fond comme un médiocre; il n'est pas d'exemple qu'un antisémite revendique sur les Juifs une supériorité individuelle. Mais il ne faudrait pas croire que sa médiocrité lui fasse honte : il s'y complaît au contraire; je dirai qu'il l'a choisie. Cet homme redoute toute espèce de solitude, celle du génie aussi bien que celle de l'assassin : c'est l'homme des foules; si petite que soit sa taille, il prend encore la précaution de se baisser, de peur d'émerger du troupeau et de se retrouver en face de lui-même. S'il s'est fait antisémite, c'est qu'on ne peut pas l'être tout seul. Cette phrase : «Je hais les Juifs», est de celles qu'on prononce en groupe; en la prononçant on se rattache à une tradition et à une communauté : celles des médiocres. Aussi convient-il de rappeler qu'on n'est pas nécessairement humble ni même modeste parce qu'on a consenti à la médiocrité. C'est tout le contraire : il y a orgueil passionné des médiocres et l'antisémitisme est une tentative pour valoriser la médiocrité en tant que telle, pour créer l'élite des médiocres. [...] Maurras nous l'affirme : un Juif sera toujours incapable de comprendre ce vers de Racine : «*Dans l'Orient désert, quel devint mon ennui.*»

Et pourquoi *moi*, moi médiocre, pourrais-je entendre ce que l'intelligence la plus déliée, la plus cultivée n'a pu saisir ? parce que je possède Racine. Racine et ma langue et mon sol. Peut-être que le Juif parle un français plus pur que je ne fais, peut-être connaît-il mieux la syntaxe, la grammaire, peut-être même est-il écrivain : il n'importe. Cette langue, il la parle depuis vingt ans seulement et moi depuis mille ans. La correction de son style est abstraite, apprise ; mes fautes de français sont conformes au génie de la langue. On reconnaît là le raisonnement que Barrès tournait contre les boursiers. Pourquoi s'en étonner ? Les Juifs ne sont-ils pas les boursiers de la nation ? [...] Après cela beaucoup d'antisémites — la majorité peut-être — appartiennent à la petite bourgeoisie des villes ; ce sont des fonctionnaires, des employés, de petits commerçants qui ne possèdent rien. Mais justement, c'est en se dressant contre le Juif qu'ils prennent soudain conscience d'être propriétaires : en se représentant l'Israélite comme un voleur, ils se mettent dans l'enviable position de gens qui pourraient être volés ; puisque le Juif veut leur dérober la France, c'est que la France est à eux. [...] Les vrais Français, les bons Français sont tous égaux car chacun d'eux possède pour soi seul la France indivise. Aussi nommerais-je volontiers l'antisémitisme un snobisme du pauvre.

SIMONE DE BEAUVOIR (1908-1986)
Le Deuxième Sexe (1949)
(Gallimard)

À la fin des années quarante, le couple que Simone de Beauvoir forme avec son compagnon Jean-Paul Sartre attise toutes les curiosités. Mais ils ne s'en préoccupent pas et chacun poursuit son œuvre avec le soutien de l'autre.

Déjà auteur d'un roman inspiré de sa vie publié en 1943, L'Invitée, Simone de Beauvoir songe au cours de l'année 1948 à écrire sur elle-même[1]. Alors qu'elle précise son projet, elle prend conscience que son statut de femme a joué et joue encore un rôle majeur dans l'édification et l'évolution de sa personnalité. Sartre, auquel elle fait part de ses réflexions, l'encourage à en élargir le champ à la condition féminine en général.

Simone de Beauvoir se lance alors dans un travail d'enquête sur tous les aspects et dans toutes les disciplines touchant à la condition des femmes. En juin 1949, paraît ainsi le premier tome du Deuxième Sexe : Les faits et les mythes ; puis en décembre, le second : L'expérience vécue. Aussitôt, le retentissement est considérable. En une semaine, ce sont vingt mille exemplaires du premier tome qui sont vendus. Mais le succès est de scandale, et la critique se déchaîne. François Mauriac se fait virulent dans Le Figaro, fustigeant la « pornographie » de

---

1. Simone de Beauvoir le fera plus tard avec les tomes de ses Mémoires, publiés entre 1958 et 1960.

l'ouvrage dont l'extrait « L'initiation sexuelle de la femme », publié d'abord en mai 1949 dans Les Temps modernes, *a tout particulièrement déclenché les foudres de l'écrivain catholique. S'il est le plus acharné, Mauriac n'est pas le seul à s'indigner : c'est un tombereau d'insultes venues de toutes parts qui s'abat sur l'ouvrage.*

Qu'importe, avec Le Deuxième Sexe, *Simone de Beauvoir a livré une somme remarquable, dont la thèse essentielle — selon laquelle « on ne naît pas femme, on le devient » — devait fournir un nécessaire fondement théorique au combat en faveur de l'égalité des sexes.*

Si dès l'âge le plus tendre, la fillette était élevée avec les mêmes exigences et les mêmes honneurs, les mêmes sévérités et les mêmes licences que ses frères, participant aux mêmes études, aux mêmes jeux, promise à un même avenir, entourée de femmes et d'hommes qui lui apparaîtraient sans équivoque comme des égaux, le sens du « complexe de castration » et du « complexe d'Œdipe »[1] seraient profondément modifiés. Assumant au même titre que le père la responsabilité matérielle et morale du couple, la mère jouirait du même durable prestige ; l'enfant sentirait autour d'elle un monde androgyne et non un monde masculin ; fût-elle affectivement plus attirée par son père — ce qui n'est pas même sûr — son amour pour lui serait nuancé par une volonté d'émulation et non par un sentiment d'impuissance : elle ne s'orienterait pas vers la passivité ; autorisée à prouver sa valeur dans le travail et le sport, rivalisant activement avec les garçons, l'absence de pénis — compensée par la promesse de l'enfant — ne suffirait pas à engendrer un

---

1. Références aux théories freudiennes concernant les stades d'évolution du système psychique.

« complexe d'infériorité » ; corrélativement, le garçon n'aurait pas spontanément un « complexe de supériorité » si on ne le lui insufflait pas et s'il estimait les femmes autant que les hommes[1]. La fillette ne chercherait donc pas de stériles compensations dans le narcissisme et le rêve, elle ne se prendrait pas pour donnée, elle s'intéresserait à ce qu'elle *fait*, elle s'engagerait sans réticence dans ses entreprises. J'ai dit combien sa puberté serait plus facile si elle la dépassait, comme le garçon, vers un libre avenir d'adulte ; la menstruation ne lui inspire tant d'horreur que parce qu'elle constitue une chute brutale dans la féminité ; elle assumerait aussi bien plus tranquillement son jeune érotisme si elle n'éprouvait pas un dégoût effaré pour l'ensemble de son destin ; un enseignement sexuel cohérent l'aiderait beaucoup à surmonter cette crise. Et grâce à l'éducation mixte, le mystère auguste de l'Homme n'aurait pas l'occasion de naître : il serait tué par la familiarité quotidienne et les franches compétitions. Les objections qu'on oppose à ce système impliquent toujours le respect des tabous sexuels : mais il est vain de prétendre inhiber chez l'enfant la curiosité et le plaisir ; on n'aboutit qu'à créer des refoulements, des obsessions, des névroses ; la sentimentalité exaltée, les ferveurs homosexuelles, les passions platoniques des adolescentes avec tout leur cortège de niaiserie et de dissipation sont bien plus néfastes que quelques jeux enfantins et quelques précises expériences. Ce qui serait surtout profitable à la jeune fille, c'est que ne cherchant pas dans le mâle un demi-dieu — mais seulement un camarade, un ami, un partenaire

---

1. Je connais un petit garçon de huit ans qui vit avec une mère, une tante, une grand-mère, toutes trois indépendantes et actives, et un vieux grand-père à demi impotent. Il a un écrasant « complexe d'infériorité » à l'égard du sexe féminin, bien que sa mère s'applique à le combattre. Au lycée il méprise camarades et professeurs parce que ce sont de pauvres mâles. *(Note de l'auteur.)*

— elle ne serait pas détournée d'assumer elle-même son existence ; l'érotisme, l'amour prendraient le caractère d'un libre dépassement et non celui d'une démission ; elle pourrait les vivre comme un rapport d'égal à égal. Bien entendu, il n'est pas question de supprimer d'un trait de plume toutes les difficultés que l'enfant a à surmonter pour se changer en un adulte ; l'éducation la plus intelligente, la plus tolérante, ne saurait le dispenser de faire à ses frais sa propre expérience ; ce qu'on peut demander, c'est qu'on n'accumule pas gratuitement des obstacles sur son chemin. Qu'on ne cautérise plus au fer rouge les fillettes « vicieuses », c'est déjà un progrès ; la psychanalyse a un peu instruit les parents ; cependant les conditions actuelles dans lesquelles s'accomplissent la formation et l'initiation sexuelle de la femme sont si déplorables qu'aucune des objections que l'on oppose à l'idée d'un radical changement ne saurait être valable. Il n'est pas question d'abolir en elle les contingences et les misères de la condition humaine, mais de lui donner le moyen de les dépasser.

La femme n'est victime d'aucune mystérieuse fatalité ; les singularités qui la spécifient tirent leur importance de la signification qu'elles revêtent ; elles pourront être surmontées dès qu'on les saisira dans des perspectives nouvelles ; ainsi on a vu qu'à travers son expérience érotique la femme éprouve — et souvent déteste — la domination du mâle : il n'en faut pas conclure que ses ovaires la condamnent à vivre éternellement à genoux. L'agressivité virile n'apparaît comme un privilège seigneurial qu'au sein d'un système qui tout entier conspire à affirmer la souveraineté masculine ; et la femme ne se *sent* dans l'acte amoureux si profondément passive que parce que déjà elle se *pense* comme telle. Revendiquant leur dignité d'être humain, beaucoup de femmes modernes saisissent encore leur vie érotique à partir d'une tradition d'esclavage : aussi leur paraît-il humiliant d'être couchées sous l'homme, pénétrées par lui et elles se crispent dans la frigidité ; mais si la réalité était différente le sens qu'expriment symboliquement gestes et postures amoureux le seraient aussi : une femme qui paie, qui domine son amant, peut par exemple se sentir fière de sa superbe oisiveté et considérer qu'elle asservit le mâle qui activement se dépense ; et il existe d'ores et déjà quantité de couples sexuellement équilibrés où les notions de victoire et de défaite font place à une idée d'échange. En vérité, l'homme est comme la femme une chair, donc une passivité, jouet de ses hormones et de l'espèce, proie inquiète de son désir ; et elle est comme lui au sein de la fièvre charnelle consentement, don volontaire, activité ; ils vivent chacun à sa manière l'étrange équivoque de l'existence faite corps. Dans ces combats où ils croient s'affronter l'un l'autre, c'est contre soi que chacun lutte, projetant en son partenaire cette part de lui-même qu'il répudie ; au lieu de vivre l'ambiguïté de sa condition, chacun s'efforce d'en faire supporter par l'autre l'abjection et de s'en réserver l'honneur. Si cependant tous deux l'assumaient avec une lucide modestie, corrélative d'un authentique orgueil, ils se reconnaîtraient comme des semblables et vivraient en amitié le drame érotique. Le fait d'être un être humain est infiniment plus important que toutes les singularités qui distinguent les êtres humains ; ce n'est jamais le donné qui confère des supériorités : la « vertu » comme l'appelaient les Anciens se définit au niveau de « ce qui dépend de nous ». Dans les deux sexes se joue le même drame de la chair et de l'esprit, de la finitude et de la transcendance ; les deux sont rongés par le temps, guettés par la mort, ils ont un même essentiel besoin de l'autre ; et ils peuvent tirer de leur liberté la même gloire ; s'ils savaient la goûter, ils ne seraient plus tentés de se disputer de fallacieux privilèges ; et la fraternité pourrait alors naître entre eux.

On me dira que toutes ces considérations sont bien uto-
piques puisqu'il faudrait pour « refaire la femme » que déjà
la société en ait fait *réellement* l'égale de l'homme ; les conser-
vateurs n'ont jamais manqué en toutes circonstances ana-
logues de dénoncer ce cercle vicieux : pourtant l'histoire ne
tourne pas en rond. Sans doute si on maintient une caste en
état d'infériorité, elle demeure inférieure : mais la liberté
peut briser le cercle ; qu'on laisse les Noirs voter, ils deviennent dignes du vote ; qu'on donne à la femme des responsabilités, elle sait les assumer ; le fait est qu'on ne saurait
attendre des oppresseurs un mouvement gratuit de générosité ; mais tantôt la révolte des opprimés, tantôt l'évolution
même de la caste privilégiée crée des situations nouvelles ;
ainsi les hommes ont été amenés, dans leur propre intérêt,
à émanciper partiellement les femmes : elles n'ont plus qu'à
poursuivre leur ascension et les succès qu'elles obtiennent
les encouragent ; il semble à peu près certain qu'elles accé-
deront d'ici un temps plus ou moins long à la parfaite égalité
économique et sociale, ce qui entraînera une métamor-
phose intérieure.

En tout cas, objecteront certains, si un tel monde est
possible, il n'est pas désirable. Quand la femme sera « la
même » que son mâle, la vie perdra « son sel poignant ».
Cet argument non plus n'est pas nouveau : ceux qui ont
intérêt à perpétuer le présent versent toujours des larmes
sur le mirifique passé qui va disparaître sans accorder un
sourire au jeune avenir. Il est vrai qu'en supprimant les
marchés d'esclaves on a assassiné les grandes plantations si
magnifiquement parées d'azalées et de camélias, on a miné
toute la délicate civilisation sudiste ; les vieilles dentelles ont
rejoint dans les greniers du temps les timbres si purs des
castrats de la Sixtine et il y a un certain « charme féminin »
qui menace de tomber lui aussi en poussière. Je conviens
que c'est être un barbare que de ne pas apprécier les fleurs

rares, les dentelles, le cristal d'une voix d'eunuque, le charme féminin. Quand elle s'exhibe dans sa splendeur, la «femme charmante» est un objet bien plus exaltant que «les peintures idiotes, dessus-de-porte, décors, toiles de saltimbanques, enseignes, enluminures populaires»[1] qui affolaient Rimbaud; parée des artifices les plus modernes, travaillée selon les techniques les plus neuves, elle arrive du fond des âges, de Thèbes, de Minos[2], de Chichen Itza[3]; et elle est aussi le totem planté au cœur de la brousse africaine; c'est un hélicoptère et c'est un oiseau; et voilà la plus grande merveille: sous ses cheveux peints le bruissement des feuillages devient une pensée et des paroles s'échappent de ses seins. Les hommes tendent des mains avides vers le prodige; mais dès qu'ils s'en saisissent, celui-ci s'évanouit; l'épouse, la maîtresse parlent comme tout le monde, avec leur bouche: leurs paroles valent tout juste ce qu'elles valent; leurs seins aussi. Un si fugitif miracle — et si rare — mérite-t-il qu'on perpétue une situation qui est néfaste pour les deux sexes? On peut apprécier la beauté des fleurs, le charme des femmes et les apprécier à leur prix; si ces trésors se paient avec du sang ou avec du malheur, il faut savoir les sacrifier.

Le fait est que ce sacrifice paraît aux hommes singulièrement lourd; il en est peu pour souhaiter du fond du cœur que la femme achève de s'accomplir; ceux qui la méprisent ne voient pas ce qu'ils auraient à y gagner, ceux qui la chérissent voient trop ce qu'ils ont à y perdre; et il est vrai que l'évolution actuelle ne menace pas seulement le charme féminin: en se mettant à exister pour soi, la femme abdiquera la fonction de double et de médiatrice qui lui vaut

---

1. Citation tirée de *Une Saison en enfer* (1873).
2. Villes mythiques de la Grèce antique.
3. Ancienne ville maya située au Mexique.

dans l'univers masculin sa place privilégiée ; pour l'homme pris entre le silence de la nature et la présence exigeante d'autres libertés, un être qui soit à la fois son semblable et une chose passive apparaît comme un grand trésor ; la figure sous laquelle il perçoit sa compagne peut bien être mythique, les expériences dont elle est la source ou le prétexte n'en sont pas moins réelles : et il n'en est guère de plus précieuses, de plus intimes, de plus brûlantes ; que la dépendance, l'infériorité, le malheur féminins leur donnent leur caractère singulier, il ne peut être question de le nier ; assurément l'autonomie de la femme, si elle épargne aux mâles bien des ennuis, leur déniera aussi maintes facilités ; assurément il est certaines manières de vivre l'aventure sexuelle qui seront perdues dans le monde de demain ; mais cela ne signifie pas que l'amour, le bonheur, la poésie, le rêve en seront bannis. Prenons garde que notre manque d'imagination dépeuple toujours l'avenir ; il n'est pour nous qu'une abstraction ; chacun de nous y déplore sourdement l'absence de ce qui fut lui ; mais l'humanité de demain le vivra dans sa chair et dans sa liberté, ce sera son présent et à son tour elle le préférera ; entre les sexes naîtront de nouvelles relations charnelles et affectives dont nous n'avons pas idée : déjà sont apparues entre hommes et femmes des amitiés, des rivalités, des complicités, des camaraderies, chastes ou sexuelles, que les siècles révolus n'auraient su inventer. Entre autres, rien ne me paraît plus contestable que le slogan qui voue le monde nouveau à l'uniformité, donc à l'ennui. Je ne vois pas que de ce monde-ci l'ennui soit absent ni que jamais la liberté crée l'uniformité. D'abord, il demeurera toujours entre l'homme et la femme certaines différences ; son érotisme, donc son monde sexuel, ayant une figure singulière ne saurait manquer d'engendrer chez elle une sensualité, une sensibilité singulière : ses rapports à son corps, au corps mâle, à l'enfant ne seront jamais identiques à ceux que l'homme soutient avec son corps, avec le corps féminin et avec l'enfant ; ceux qui parlent tant d'« égalité dans la différence » auraient mauvaise grâce à ne pas m'accorder qu'il puisse exister des différences dans l'égalité. D'autre part, ce sont les institutions qui créent la monotonie : jeunes et jolies, les esclaves du sérail sont toujours les mêmes entre les bras du sultan ; le christianisme a donné à l'érotisme sa saveur de péché et de légende en douant d'une âme la femelle de l'homme ; qu'on lui restitue sa souveraine singularité, on n'ôtera pas aux étreintes amoureuses leur goût pathétique. Il est absurde de prétendre que l'orgie, le vice, l'extase, la passion deviendraient impossibles si l'homme et la femme étaient concrètement des semblables ; les contradictions qui opposent la chair à l'esprit, l'instant au temps, le vertige de l'immanence à l'appel de la transcendance, l'absolu du plaisir au néant de l'oubli ne seront jamais levées ; dans la sexualité se matérialiseront toujours la tension, le déchirement, la joie, l'échec et le triomphe de l'existence. Affranchir la femme, c'est refuser de l'enfermer dans les rapports qu'elle soutient avec l'homme, mais non les nier ; qu'elle se pose pour soi elle n'en continuera pas moins à exister *aussi* pour lui : se reconnaissant mutuellement comme sujet, chacun demeurera cependant pour l'autre un *autre* ; la réciprocité de leurs relations ne supprimera pas les miracles qu'engendre la division des êtres humains en deux catégories séparées : le désir, la possession, l'amour, le rêve, l'aventure ; et les mots qui nous émeuvent : donner, conquérir, s'unir, garderont leur sens ; c'est au contraire quand sera aboli l'esclavage d'une moitié de l'humanité et tout le système d'hypocrisie qu'il implique que la « section » de l'humanité révélera son authentique signification et que le couple humain trouvera sa vraie figure.

« Le rapport immédiat, naturel, nécessaire, de l'homme à

l'homme est le *rapport de l'homme à la femme* » a dit Marx[1].
« Du caractère de ce rapport il suit jusqu'à quel point l'homme
s'est compris lui-même comme *être générique*, comme homme ;
le rapport de l'homme à la femme est le rapport le plus
naturel de l'être humain à l'être humain. Il s'y montre donc
jusqu'à quel point le comportement *naturel* de l'homme est
devenu *humain* ou jusqu'à quel point l'être *humain* est
devenu son être *naturel*, jusqu'à quel point sa *nature humaine*
est devenue sa *nature.* »

On ne saurait mieux dire. C'est au sein du monde donné
qu'il appartient à l'homme de faire triompher le règne de la
liberté ; pour remporter cette suprême victoire, il est entre
autres nécessaire que par-delà leurs différenciations naturelles hommes et femmes affirment sans équivoque leur
fraternité.

---

1. *Œuvres philosophiques*, tome VI. C'est Marx qui souligne. *(Note de l'auteur.)*

AIMÉ CÉSAIRE (1913-2008)
Discours sur le colonialisme (1955)
(Présence africaine)

Écrivain et poète, Aimé Césaire est également un intellectuel engagé qui se présente devant le peuple pour obtenir ses suffrages et qui fait valoir ses idées sur les bancs de l'Assemblée nationale. Élu maire de Fort-de-France en 1945, il est aussi élu député de la Martinique (il va le rester, de mandat en mandat successif, jusqu'en 1993).

Il prend la parole avec force et conviction lorsque la Liberté et la Justice sont bafouées. Ainsi se comprend l'inlassable combat de Césaire contre le colonialisme dont le manifeste est ce Discours sur le colonialisme, dans lequel il dénonce avec virulence non seulement les exactions commises par les colonisateurs, mais le principe même de la colonisation, intrinsèquement illégitime, dont les violences réelles ou symboliques relèvent, selon lui, des pires régimes totalitaires. L'engagement de Césaire pour la reconnaissance de la culture des peuples noirs est au centre de son brûlot qui rencontre un grand écho au moment même où la France voit son empire colonial ébranlé par la montée du mouvement d'émancipation des peuples indigènes. Écrit dans le contexte de l'après-guerre et fortement teinté de marxisme, son discours fustige l'arrogance de l'Occident, mais aussi la bonne conscience, le sentiment de supériorité, les justifications de « l'homme blanc » prompt à imposer ses valeurs universelles humanistes pour justifier son œuvre destructrice de civilisations.

Le poète de la négritude apparaît dès lors comme l'intellectuel emblématique de la cause anticolonialiste.

Paru une première fois en 1950 aux Éditions Réclame, le Discours sur le colonialisme *fait l'objet d'une nouvelle publication cinq ans plus tard aux Éditions* Présence africaine, *émanation de la revue du même nom créée en 1947 par Alioune Diop, avec le soutien d'Aimé Césaire. C'est également l'équipe de la revue* Présence africaine *qui organisera, en 1966, un événement qui fera date dans l'histoire culturelle africaine : le Festival mondial des arts nègres qui se déroule à Dakar et dont Aimé Césaire est le vice-président.*

Fidèle à lui-même, Aimé Césaire — qui prononça en 1987 son Discours sur la négritude *à l'université de Floride — s'insurge contre la loi du 23 février 2005, qui, dans son article 4, impose aux programmes scolaires de faire état « du rôle positif de la présence française outre-mer ».*

Une civilisation qui s'avère incapable de résoudre les problèmes que suscite son fonctionnement est une civilisation décadente.

Une civilisation qui choisit de fermer les yeux à ses problèmes les plus cruciaux est une civilisation atteinte.

Une civilisation qui ruse avec ses principes est une civilisation moribonde.

Le fait est que la civilisation dite « européenne », la civilisation « occidentale », telle que l'ont façonnée deux siècles de régime bourgeois, est incapable de résoudre les deux problèmes majeurs auxquels son existence a donné naissance : le problème du prolétariat et le problème colonial ; que, déférée à la barre de la « raison » comme à la barre de la « conscience », cette Europe-là est impuissante à se justifier ; et que, de plus en plus, elle se réfugie dans une hypocrisie d'autant plus odieuse qu'elle a de moins en moins de chance de tromper.

L'Europe est indéfendable.

Il paraît que c'est la constatation que se confient tout bas les stratèges américains.

En soi cela n'est pas grave.

Le grave est que « l'Europe » est moralement, spirituellement indéfendable.

Et aujourd'hui il se trouve que ce ne sont pas seulement les masses européennes qui incriminent, mais que l'acte d'accusation est proféré sur le plan mondial par des dizaines et des dizaines de millions d'hommes qui, du fond de l'esclavage, s'érigent en juges.

On peut tuer en Indochine, torturer à Madagascar, emprisonner en Afrique Noire, sévir aux Antilles. Les colonisés savent désormais qu'ils ont sur les colonialistes un avantage. Ils savent que leurs « maîtres » provisoires mentent.

Donc que leurs maîtres sont faibles.

Et puisque aujourd'hui il m'est demandé de parler de la colonisation et de la civilisation, allons droit au mensonge principal à partir duquel prolifèrent tous les autres.

Colonisation et civilisation ?

La malédiction la plus commune en cette matière est d'être la dupe de bonne foi d'une hypocrisie collective, habile à mal poser les problèmes pour mieux légitimer les odieuses solutions qu'on leur apporte.

Cela revient à dire que l'essentiel est ici de voir clair, de penser clair, entendre dangereusement, de répondre clair à l'innocente question initiale : qu'est-ce en son principe que la colonisation ? De convenir de ce qu'elle n'est point : ni évangélisation, ni entreprise philanthropique, ni volonté de reculer les frontières de l'ignorance, de la maladie, de la tyrannie, ni élargissement de *Dieu*, ni extension du *Droit* ; d'admettre une fois pour toutes, sans volonté de broncher aux conséquences, que le geste décisif est ici de l'aventurier et du pirate, de l'épicier en grand et de l'armateur, du chercheur d'or et du marchand, de l'appétit et de la force, avec, derrière, l'ombre portée, maléfique, d'une forme de civilisation qui, à un moment de son histoire, se constate obligée, de façon interne, d'étendre à l'échelle mondiale la concurrence de ses économies antagonistes.

Poursuivant mon analyse, je trouve que l'hypocrisie est de date récente ; que ni Cortez découvrant Mexico du haut du grand *téocalli*[1], ni Pizarre[2] devant Cuzco[3] (encore moins Marco Polo devant *Cambaluc*[4]), ne protestent d'être les fourriers[5] d'un ordre supérieur ; qu'ils tuent ; qu'ils pillent ; qu'ils ont des casques, des lances, des cupidités ; que les baveurs sont venus plus tard ; que le grand responsable dans ce domaine est le pédantisme chrétien, pour avoir posé les équations malhonnêtes : *christianisme = civilisation* ; *paganisme = sauvagerie*, d'où ne pouvait que s'ensuivre d'abominables conséquences colonialistes et racistes, dont les victimes devaient être les Indiens, les Jaunes, les Nègres.

Cela réglé, j'admets que mettre les civilisations différentes en contact les unes avec les autres est bien ; que marier des mondes différents est excellent ; qu'une civilisation, quel que soit son génie intime, à se replier sur elle-même, s'étiole ; que l'échange est ici l'oxygène, et que la grande chance de l'Europe est d'avoir été un carrefour, et que, d'avoir été le lieu géométrique de toutes les idées, le réceptacle de toutes les philosophies, le lieu d'accueil de

---

1. Pyramide de l'Amérique précolombienne sur la terrasse de laquelle s'élève un temple.

2. Francisco Pizarro, célèbre conquistador espagnol.

3. Ville du Pérou au milieu des Andes.

4. Actuelle ville de Pékin en Chine.

5. Personnes chargées d'annoncer l'arrivée ou l'avènement de quelqu'un ou quelque chose.

tous les sentiments en a fait le meilleur redistributeur d'énergie.

Mais alors, je pose la question suivante : la colonisation a-t-elle vraiment *mis en contact* ? Ou, si l'on préfère, de toutes les manières *d'établir contact*, était-elle la meilleure ?

Je réponds *non*.

Et je dis que de la *colonisation* à la *civilisation*, la distance est infinie ; que, de toutes les expéditions coloniales accumulées, de tous les statuts coloniaux élaborés, de toutes les circulaires ministérielles expédiées, on ne saurait réussir une seule valeur humaine.

Il faudrait d'abord étudier comment la colonisation travaille à *déciviliser* le colonisateur, à *l'abrutir* au sens propre du mot, à le dégrader, à le réveiller aux instincts enfouis, à la convoitise, à la violence, à la haine raciale, au relativisme moral, et montrer que, chaque fois qu'il y a au Viêt-nam une tête coupée et un œil crevé et qu'en France on accepte, une fillette violée et qu'en France on accepte, un Malgache supplicié et qu'en France on accepte, il y a un acquis de la civilisation qui pèse de son poids mort, une égression[1] universelle qui s'opère, une gangrène qui s'installe, un foyer d'infection qui s'étend et qu'au bout de tous ces traités violés, de tous ces mensonges propagés, de toutes ces expéditions punitives tolérées, de tous ces prisonniers ficelés et « interrogés », de tous ces patriotes torturés, au bout de cet orgueil racial encouragé, de cette jactance étalée, il y a le poison instillé dans les veines de l'Europe, et le progrès lent, mais sûr, de l'*ensauvagement* du continent.

Et alors, un beau jour, la bourgeoisie est réveillée par un

---

1. Terme médical : fait, pour une dent, de dépasser le niveau des autres dents, lorsque sa dent opposée sur l'autre mâchoire fait défaut.

formidable choc en retour : les gestapos s'affairent, les prisons s'emplissent, les tortionnaires inventent, raffinent, discutent autour des chevalets.

On s'étonne, on s'indigne. On dit : « Comme c'est curieux ! Mais, bah ! C'est le nazisme, ça passera ! » Et on attend, et on espère ; et on se tait à soi-même la vérité, que c'est une barbarie, mais la barbarie suprême, celle qui couronne, celle qui résume la quotidienneté des barbaries ; que c'est du nazisme, oui, mais qu'avant d'en être la victime, on en a été le complice ; que ce nazisme-là, on l'a supporté avant de le subir, on l'a absous, on a fermé l'œil là-dessus, on l'a légitimé, parce que, jusque-là, il ne s'était appliqué qu'à des peuples non européens ; que ce nazisme-là, on l'a cultivé, on en est responsable, et qu'il sourd, qu'il perce, qu'il goutte, avant de l'engloutir dans ses eaux rougies de toutes les fissures de la civilisation occidentale et chrétienne.

Oui, il vaudrait la peine d'étudier, cliniquement, dans le détail, les démarches d'Hitler et de l'hitlérisme et de révéler au très distingué, très humaniste, très chrétien bourgeois du XXᵉ siècle qu'il porte en lui un Hitler qui s'ignore, qu'Hitler l'*habite*, qu'Hitler est son *démon*, que s'il le vitupère, c'est par manque de logique, et qu'au fond, ce qu'il ne pardonne pas à Hitler, ce n'est pas *le crime* en soi, *le crime contre l'homme*, ce n'est pas *l'humiliation de l'homme en soi*, c'est le crime contre l'homme blanc, c'est l'humiliation de l'homme blanc, et d'avoir appliqué à l'Europe des procédés colonialistes dont ne relevaient jusqu'ici que les Arabes d'Algérie, les coolies de l'Inde et les nègres d'Afrique.

Et c'est là le grand reproche que j'adresse au pseudo-humanisme : d'avoir trop longtemps rapetissé les droits de l'homme, d'en avoir eu, d'en avoir encore une conception étroite et parcellaire, partielle et partiale et, tout compte fait, sordidement raciste.

J'ai beaucoup parlé d'Hitler. C'est qu'il le mérite : il

permet de voir gros et de saisir que la société capitaliste, à son stade actuel, est incapable de fonder un droit des gens, comme elle s'avère impuissante à fonder une morale individuelle. Qu'on le veuille ou non : au bout du cul-de-sac Europe, je veux dire l'Europa d'Adenauer[1], de Schuman[2], Bidault[3] et quelques autres, il y a Hitler. Au bout du capitalisme, désireux de se survivre, il y a Hitler. Au bout de l'humanisme formel et du renoncement philosophique, il y a Hitler.

Et, dès lors, une de ses phrases s'impose à moi : « Nous aspirons, non pas à l'égalité, mais à la domination. Le pays de race étrangère devra redevenir un pays de serfs, de journaliers agricoles ou de travailleurs industriels. Il ne s'agit pas de supprimer les inégalités parmi les hommes, mais de les amplifier et d'en faire une loi. »

Cela sonne net, hautain, brutal, et nous installe en pleine sauvagerie hurlante.

[...]

Où veux-je en venir ? À cette idée : que nul ne colonise innocemment, que nul non plus ne colonise impunément ; qu'une nation qui colonise, qu'une civilisation qui justifie la colonisation — donc la force — est déjà une civilisation malade, une civilisation moralement atteinte, qui, irrésistiblement, de conséquence en conséquence, de reniement en reniement, appelle son Hitler, je veux dire son châtiment.

Colonisation : tête de pont dans une civilisation de la barbarie d'où, à n'importe quel moment, peut déboucher la négation pure et simple de la civilisation.

---

1. Homme politique allemand (1876-1967) considéré comme l'un des pères fondateurs de l'Europe.
2. Homme d'État français (1886-1963) également considéré comme l'un des pères fondateurs de l'Europe.
3. Homme politique français (1899-1983), fervent défenseur de l'État colonial.

J'ai relevé dans l'histoire des expéditions coloniales quelques traits que j'ai cités ailleurs tout à loisir.

Cela n'a pas eu l'heur de plaire à tout le monde. Il paraît que c'est tirer de vieux squelettes du placard. Voire !

Était-il inutile de citer le colonel de Montagnac[1], un des conquérants de l'Algérie :

« Pour chasser les idées qui m'assiègent quelquefois, je fais couper des têtes, non pas des têtes d'artichauts, mais bien des têtes d'hommes. »

Convenait-il de refuser la parole au comte d'Hérisson :

« Il est vrai que nous rapportons un plein baril d'oreilles récoltées, paire à paire, sur les prisonniers, amis ou ennemis. »

Fallait-il refuser à Saint-Arnaud le droit de faire sa profession de foi barbare :

« On ravage, on brûle, on pille, on détruit les maisons et les arbres. »

Fallait-il empêcher le maréchal Bugeaud de systématiser tout cela dans une théorie audacieuse et de se revendiquer des grands ancêtres :

« Il faut une grande invasion en Afrique qui ressemble à ce que faisaient les Francs, à ce que faisaient les Goths[2]. »

Fallait-il enfin rejeter dans les ténèbres de l'oubli le fait d'arme mémorable du commandant Gérard et se taire sur la prise d'Ambike, une ville qui, à vrai dire, n'avait jamais songé à se défendre :

« Les tirailleurs n'avaient ordre de tuer que les hommes, mais on ne les retint pas ; enivrés de l'odeur du sang, ils n'épargnèrent pas une femme, pas un enfant... À la fin de

---

1. *Montagnac, Hérisson, Saint-Arnaud, Bugeaud, Gérard* : officiers de l'armée française ayant commandé en Algérie, la plupart au cours du XIXe siècle, le dernier au XXe et durant la guerre d'Algérie.

2. Peuples ayant participé aux « invasions barbares » qui signent le déclin définitif de l'Empire romain.

l'après-midi, sous l'action de la chaleur, un petit brouillard s'éleva : c'était le sang des cinq mille victimes, l'ombre de la ville, qui s'évaporait au soleil couchant. »

Oui ou non, ces faits sont-ils vrais ? Et les voluptés sadiques, les innommables jouissances qui vous friselisent[1] la carcasse de Loti[2] quand il tient au bout de sa lorgnette d'officier un bon massacre d'Annamites[3] ? Vrai ou pas vrai[4] ? Et si ces faits sont vrais, comme il n'est au pouvoir de personne de le nier, dira-t-on, pour les minimiser, que ces cadavres ne prouvent rien ?

Pour ma part, si j'ai rappelé quelques détails de ces hideuses boucheries, ce n'est point par délectation morose, c'est parce que je pense que ces têtes d'hommes, ces récoltes d'oreilles, ces maisons brûlées, ces invasions gothiques, ce sang qui fume, ces villes qui s'évaporent au tranchant du glaive, on ne s'en débarrassera pas à si bon compte. Ils prouvent que la colonisation, je le répète, déshumanise l'homme même le plus civilisé ; que l'action coloniale, l'entreprise coloniale, la conquête coloniale, fondée sur le mépris de l'homme indigène et justifiée par ce mépris, tend inévitablement à modifier celui qui l'entreprend ; que le colonisateur qui, pour se donner bonne conscience, s'habitue à voir dans l'autre *la bête*, s'entraîne à le traiter en bête, tend objectivement à se

---

1. Néologisme de l'auteur : donner le frisson.
2. Écrivain français (1850-1923), également officier de marine.
3. Vietnamiens.
4. Il s'agit du récit de la prise de Thouan-An paru dans *Le Figaro* en septembre 1883 et cité dans le livre de N. Serban : *Loti, sa vie, son œuvre*. « Alors la grande tuerie avait commencé. On avait fait des feux de salve-deux ! et c'était plaisir de voir ces gerbes de balles, si facilement dirigeables, s'abattre sur eux deux fois par minute, au commandement d'une manière méthodique et sûre… On en voyait d'absolument fous, qui se relevaient pris d'un vertige de courir… Ils faisaient en zigzag et tout de travers cette course de la mort, se retroussant jusqu'aux reins d'une manière comique… et puis on s'amusait à compter les morts, etc. » *(Note de l'auteur.)*

transformer lui-même *en bête*. C'est cette action, ce choc en retour de la colonisation qu'il importait de signaler.

[...]

Passant plus outre, je ne fais point mystère de penser qu'à l'heure actuelle, la barbarie de l'Europe occidentale est incroyablement haute, surpassée par une seule, de très loin, il est vrai, l'*américaine*.

Et je ne parle pas de Hitler, ni du garde-chiourme, ni de l'aventurier, mais du «brave homme» d'en face; ni du S.S., ni du gangster, mais de l'honnête bourgeois. La candeur de Léon Bloy[1] s'indignait jadis que des escrocs, des parjures, des faussaires, des voleurs, des proxénètes fussent chargés de «porter aux Indes l'exemple des vertus chrétiennes».

Le progrès est qu'aujourd'hui, c'est le détenteur des «vertus chrétiennes» qui brigue — et s'en tire fort bien — l'honneur d'administrer outre-mer selon les procédés des faussaires et des tortionnaires.

Signe que la cruauté, le mensonge, la bassesse, la corruption ont merveilleusement mordu l'âme de la bourgeoisie européenne.

Je répète que je ne parle ni de Hitler, ni du S.S., ni du pogrom, ni de l'exécution sommaire. Mais de telle réaction surprise, de tel réflexe admis, de tel cynisme toléré. Et, si on veut des témoignages, de telle scène d'hystérie anthropophagique à laquelle il m'a été donné d'assister à l'Assemblée Nationale[2] française.

Bigre, mes chers collègues (comme on dit), je vous ôte mon chapeau (mon chapeau d'anthropophage, bien entendu).

Pensez donc! quatre-vingt-dix mille morts à Madagascar!

---

1. Écrivain français (1846-1917) connu pour la virulence de certains de ses écrits.
2. Aimé Césaire a été député de Martinique de 1945 à 1993.

L'Indochine piétinée, broyée, assassinée, des tortures ramenées du fond du Moyen Âge! Et quel spectacle! Ce frisson d'aise qui vous revigorait les somnolences! Ces clameurs sauvages! Bidault avec son air d'hostie conchiée — l'anthropophagie papelarde et Sainte-Nitouche; Teitgen[1], fils grabeleur[2] en diable, l'Aliboron[3] du décervelage — l'anthropophagie des Pandectes[4]; Moutet, l'anthropophagie maquignarde[5], la baguenaude[6] ronflante et du beurre sur la tête; Coste-Floret, l'anthropophagie faite ours mal léché et les pieds dans le plat.

Inoubliable, messieurs! De belles phrases solennelles et froides comme des bandelettes, on vous ligote le Malgache. De quelques mots convenus, on vous le poignarde. Le temps de se rincer le sifflet, on vous l'étripe. Le beau travail! Pas une goutte de sang ne sera perdue!

[...] J'avoue que, pour la bonne santé de l'Europe et de la civilisation, ces «tue! tue!», ces «il faut que ça saigne» éructés par le vieillard qui tremble et le bon jeune homme, élèves des bons Pères, m'impressionnent beaucoup plus désagréablement que les plus sensationnels hold-up à la porte d'une banque parisienne.

Et cela, voyez-vous, n'a rien de l'exception.

[...]

Et puis, plus bas, toujours plus bas, jusqu'au fond de la fosse, plus bas que ne peut descendre la pelle, M. Jules Romains[7], de l'Académie française et de la *Revue des Deux*

---

1. Hommes politiques français contemporains d'Aimé Césaire.
2. Spécialiste du détail, souvent inutile.
3. Personnage stupide. Nom réservé à l'âne chez La Fontaine.
4. Recueil de compilations de lois.
5. De maquignon (vendeur de bétail réputé pour sa roublardise).
6. Loisir stupide.
7. Poète et écrivain français (1885-1972), de son vrai nom Louis Farigoule. Salsette est le nom d'un de ses personnages.

Mondes[1] (peu importe, bien entendu, que M. Farigoule change de nom une fois de plus et se fasse, ici, appeler Salsette pour la commodité de la situation). L'essentiel est que M. Jules Romains en arrive à écrire ceci :

« Je n'accepte la discussion qu'avec des gens qui consentent à faire l'hypothèse suivante : une France ayant sur son sol métropolitain dix millions de Noirs, dont cinq ou six millions dans la vallée de la Garonne. Le préjugé de race n'aurait-il jamais effleuré nos vaillantes populations du Sud-Ouest ? Aucune inquiétude, si la question s'était posée de remettre tous les pouvoirs à ces nègres, fils d'esclaves ?... Il m'est arrivé d'avoir en face de moi une rangée d'une vingtaine de Noirs purs... je ne reprocherai même pas à nos nègres et négresses de mâcher du chewing-gum. J'observerai seulement... que ce mouvement a pour effet de mettre les mâchoires bien en valeur et que les évocations qui vous viennent à l'esprit vous ramènent plus près de la forêt équatoriale que de la procession des Panathénées[2]... La race noire n'a encore donné, ne donnera jamais un Einstein, un Stravinsky, un Gershwin[3]. »

Comparaison idiote pour comparaison idiote : puisque le prophète de la *Revue des Deux Mondes* et autres lieux nous invite aux rapprochements « distants », qu'il permette au nègre que je suis de trouver — personne n'étant maître de ses associations d'idées — que sa voix a moins de rapport avec le chêne, voire les chaudrons de Dodone[4], qu'avec le braiement des ânes du Missouri.

---

    1. La plus ancienne et l'une des plus prestigieuses revues littéraires et intellectuelles françaises, elle fut fondée en 1829.
    2. Fêtes antiques en l'honneur de la déesse Athéna.
    3. Igor Stravinsky et George Gershwin sont des musiciens célèbres.
    4. Site d'un oracle de Zeus où se trouvait un chêne sacré entouré de chaudrons tous en contact les uns avec les autres. Lorsqu'on frappait sur l'un des chaudrons, le son se répercutait successivement sur

Encore une fois, je fais systématiquement l'apologie de nos vieilles civilisations nègres : c'étaient des civilisations courtoises.

[...] Ces Malgaches, que l'on torture aujourd'hui, étaient, il y a moins d'un siècle, des poètes, des artistes, des administrateurs ? Chut ! Bouche cousue ! Et le silence se fait profond comme un coffre-fort ! Heureusement qu'il reste les nègres. Ah ! les nègres ! parlons-en des nègres !

Eh bien, oui, parlons-en.

Des empires soudanais ? Des bronzes du Bénin ? De la sculpture Shongo ? Je veux bien ; ça nous changera de tant de sensationnels navets qui adornent tant de capitales européennes. De la musique africaine. Pourquoi pas ?

Et de ce qu'ont dit, de ce qu'ont vu les premiers explorateurs... Pas de ceux qui mangent aux râteliers des Compagnies ! Mais des d'Elbée[1], des Marchais, des Pigafetta ! Et puis de Frobénius ! Hein, vous savez qui c'est, Frobénius ? Et nous lisons ensemble :

« Civilisés jusqu'à la moelle des os ! L'idée du nègre barbare est une invention européenne. »

Le petit bourgeois ne veut plus rien entendre. D'un battement d'oreilles, il chasse l'idée.

L'idée, la mouche importune.

[...] Des valeurs inventées jadis par la bourgeoisie et qu'elle lança à travers le monde, l'une est celle de *l'homme* et de l'humanisme — et nous avons vu ce qu'elle est devenue —, l'autre est celle de la nation.

C'est un fait : la *nation* est un phénomène bourgeois...

Mais précisément, si je détourne les yeux de *l'homme*

tous ; c'est ce son ainsi que celui du vent dans les feuilles du chêne qu'interprétaient les prêtres.

1. Explorateurs de différentes époques jusqu'au XXe siècle.

pour regarder les *nations*, je constate qu'ici encore, le péril
est grand ; que l'entreprise coloniale est, au monde moderne,
ce que l'impérialisme romain fut au monde antique : pré-
parateur du *Désastre* et fourrier de la *Catastrophe* : Eh quoi ?
les Indiens massacrés, le monde musulman vidé de lui-même,
le monde chinois pendant un bon siècle souillé et dénaturé ;
le monde nègre disqualifié ; d'immenses voix à tout jamais
éteintes ; des foyers dispersés au vent ; tout ce bousillage,
tout ce gaspillage, l'humanité réduite au monologue et vous
croyez que tout cela ne se paie pas ? La vérité est que, dans
cette politique, la *perte de l'Europe elle-même est inscrite*, et
que l'Europe, si elle n'y prend garde, périra du vide qu'elle
a fait autour d'elle.

On a cru n'abattre que des Indiens, ou des Hindous, ou
des Océaniens, ou des Africains. On a en fait renversé, les
uns après les autres, les remparts en deçà desquels la civilisation européenne pouvait se développer librement.

Je sais tout ce qu'il y a de fallacieux dans les parallèles
historiques, dans celui que je vais esquisser notamment.
Cependant, que l'on me permette ici de recopier une page
de Quinet[1] pour la part non négligeable de vérité qu'elle
contient et qui mérite d'être méditée.

La voici :

« On demande pourquoi la barbarie a débouché d'un seul
coup dans la civilisation antique. Je crois pouvoir le dire. Il
est étonnant qu'une cause si simple ne frappe pas tous les
yeux. Le système de la civilisation antique se composait d'un
certain nombre de nationalités, de patries, qui, bien qu'elles
semblassent ennemies, ou même qu'elles s'ignorassent, se protégeaient, se soutenaient, se gardaient l'une l'autre. Quand
l'empire romain, en grandissant, entreprit de conquérir et de

---

1. Écrivain et historien français (1803-1875).

détruire ces corps de nations, les sophistes[1] éblouis crurent voir, au bout de ce chemin, l'humanité triomphante dans Rome. On parla de l'unité de l'esprit humain ; ce ne fut qu'un rêve. Il se trouva que ces nationalités étaient autant de boulevards qui protégeaient Rome elle-même... Lors donc que Rome, dans cette prétendue marche triomphale vers la civilisation unique, eut détruit, l'une après l'autre, Carthage, l'Égypte, la Grèce, la Judée, la Perse, la Dacie, les Gaules, il arriva qu'elle avait dévoré elle-même les digues qui la protégeait contre l'océan humain sous lequel elle devait périr. Le magnanime César, en écrasant les Gaules, ne fit qu'ouvrir la route aux Germains. Tant de sociétés, tant de langues éteintes, de cités, de droits, de foyers anéantis, firent le vide autour de Rome, et là où les barbares n'arrivaient pas, la barbarie naissait d'elle-même. Les Gaulois détruits se changeaient en Bagaudes[2]. Ainsi la chute violente, l'extirpation progressive des cités particulières causa l'écroulement de la civilisation antique. Cet édifice social était soutenu par les nationalités comme par autant de colonnes différentes de marbre ou de porphyre.

« Quand on eut détruit, aux applaudissements des sages du temps, chacune de ces colonnes vivantes, l'édifice tomba par terre et les sages de nos jours cherchent encore comment ont pu se faire en un moment de si grandes ruines ! »

Et alors, je le demande : qu'a-t-elle fait d'autre, l'Europe bourgeoise ? Elle a sapé les civilisations, détruit les patries, ruiné les nationalités, extirpé « la racine de diversité ». Plus de digue. Plus de boulevard. L'heure est arrivée du Barbare.

---

1. Philosophes faisant reposer leur discours sur des arguments séduisants mais faux.
2. Bandes de brigands pratiquant le pillage dans la Gaule de la fin de l'Empire romain.

Du Barbare moderne. L'heure américaine. Violence, démesure, gaspillage, mercantilisme[1], bluff, grégarisme[2], la bêtise, la vulgarité, le désordre.

En 1913, Page écrivait à Wilson[3] :

« L'avenir du monde est à nous. Qu'allons-nous faire lorsque bientôt la domination du monde va tomber entre nos mains ? »

Et en 1914 : « Que ferons-nous de cette Angleterre et de cet Empire, prochainement, quand les forces économiques auront mis entre nos mains la direction de la race ? »

Cet Empire... Et les autres...

Et de fait, ne voyez-vous pas avec quelle ostentation ces messieurs viennent de déployer l'étendard de l'anticolonialisme ?

« *Aide aux pays déshérités* », dit Truman[4]. « Le temps du vieux colonialisme est passé. » C'est encore du Truman.

Entendez que la grande finance américaine juge l'heure venue de rafler toutes les colonies du monde. Alors, chers amis, de ce côté-ci, attention !

Je sais que beaucoup d'entre vous, dégoûtés de l'Europe, de la grande dégueulasserie dont vous n'avez pas choisi d'être les témoins, se tournent — oh ! en petit nombre ! — vers l'Amérique, et s'accoutument à voir en elle une possible libératrice.

« L'aubaine ! » pensent-ils.

« Les bulldozers ! Les investissements massifs de capitaux ! Les routes ! Les ports !

Mais le racisme américain !

Peuh ! le racisme européen aux colonies nous a aguerris ! »

---

1. Recherche du gain ou du bénéfice à tout prix dans le domaine commercial.
2. Tendance à vivre en groupe.
3. Président des États-Unis de 1912 à 1921.
4. Président des États-Unis de 1945 à 1952.

Et nous voilà prêts à courir le grand risque yankee.

Alors, encore une fois, attention !

L'américaine, la seule domination dont on ne réchappe pas. Je veux dire dont on ne réchappe pas tout à fait indemne.

Et puisque vous parlez d'usines et d'industries, ne voyez-vous pas, hystérique, en plein cœur de nos forêts ou de nos brousses, crachant ses escarbilles, la formidable usine, mais à larbins, la prodigieuse mécanisation, mais de l'homme, le gigantesque viol de ce que notre humanité de spoliés a su encore préserver d'intime, d'intact, de non souillé, la machine, oui, jamais vue, la machine, mais à écraser, à broyer, à abrutir les peuples ?

En sorte que le danger est immense…

En sorte que, si l'Europe occidentale ne prend d'elle-même, en Afrique, en Océanie, à Madagascar, c'est-à-dire aux portes de l'Afrique du Sud, aux Antilles, c'est-à-dire aux portes de l'Amérique, l'initiative d'une politique des *nationalités*, l'ini-tiative d'une politique nouvelle fondée sur le respect des peuples et des cultures ; que dis-je ? si l'Europe ne galvanise les cultures moribondes ou ne suscite des cultures nou-velles ; si elle ne se fait réveilleuse de patries et de civilisation, ceci dit sans tenir compte de l'admirable résistance des peuples coloniaux, que symbolisent actuellement le Viêt-nam de façon éclatante, mais aussi l'Afrique du R.D.A.[1], l'Europe se sera enlevé à elle-même son ultime *chance* et, de ses propres mains, aura tiré sur elle-même le drap des mortelles ténèbres.

Ce qui, en net, veut dire que le salut de l'Europe n'est pas l'affaire d'une révolution dans les méthodes ; que c'est l'affaire de la *Révolution* ; celle qui, à l'étroite tyrannie d'une bourgeoisie déshumanisée, substituera, en attendant la société

---

1. Rassemblement démocratique africain.

sans classes, la prépondérance de la seule classe qui ait encore mission universelle, car dans sa chair elle souffre de tous les maux de l'histoire, de tous les mots universels : le prolétariat.

ALBERT CAMUS (1913-1960)
Terrorisme et répression
(*L'Express*, 9 juillet 1955)

Romancier et philosophe, Albert Camus écrivit également tout au long de sa vie un grand nombre d'articles. Les plus anciens datent de 1938, alors qu'il vivait en Algérie où il est né : son ami Pascal Pia l'avait invité à rejoindre l'équipe de L'Alger républicain, qu'il venait de fonder. Camus y fit paraître aussi bien des critiques littéraires (dont deux sur des ouvrages de Jean-Paul Sartre : La Nausée et Le Mur) que des articles sans concession ou des enquêtes rigoureuses sur la misère et l'injustice : « La seule façon d'enrayer le nationalisme algérien, écrit-il alors, c'est de supprimer l'injustice dont il est né. »

Le journalisme de Camus, qui ne se contente pas de la simple description des faits ou des événements, est ainsi depuis l'origine un journalisme engagé : d'abord en faveur de l'égalité et de la justice pour les diverses communautés d'Algérie ; puis contre l'occupant nazi.

Durant l'Occupation, Camus travaille au journal clandestin Combat, rédigé à Paris et clandestinement imprimé à Lyon. Il s'occupe de la mise en pages et publie quelques articles. Beaucoup de collaborateurs du journal sont arrêtés et certains déportés ; Camus, lui-même menacé, doit « disparaître de la vie publique ». À partir de la fin août 1944, le journal, « après quatre ans de lutte clandestine contre l'ennemi », paraît au grand jour. Camus, qui en devient le rédacteur en chef, donne la parole à Malraux,

*Bernanos, Mounier ou Sartre et ouvre ses colonnes à de jeunes
talents. Outre sa polémique avec Mauriac à propos de l'épu-
ration (dont celui-ci dénonce les excès), Camus — qui est avec
Mauriac l'un des signataires de la demande de grâce en faveur
de Brasillach — aborde dans* Combat *(où il fera paraître plus
de cent cinquante textes d'août 1944 à juin 1947) les multiples
événements qui agitent la France de l'après-guerre, dont bientôt
ceux qui se déroulent dans l'une de ses colonies, l'Algérie.*

*Durant les années 1948 à 1955, Albert Camus prend ses
distances avec la presse. Ce n'est qu'en mai 1955 qu'il revient
au journalisme — forme importante de l'engagement, selon lui,
« à condition de pouvoir tout dire » — en collaborant à* L'Express *:
Camus espère alors que le retour de Pierre Mendès France au
pouvoir permettra de régler le problème de l'Algérie. Le 9 juillet,
il fait ainsi paraître « Terrorisme et répression », article dans
lequel il expose son analyse du problème algérien et les solutions
qui seraient de nature à permettre une entente entre les parties
en présence.*

Si l'Algérie doit mourir, elle mourra de résignation généralisée. La métropole indifférente comme la colonie exas-
pérée semblent admettre que la communauté franco-arabe
est impossible et que l'épreuve de force est désormais inévitable. Au nom du progrès ou de la réaction ici, par la
terreur ou par la répression là-bas, tous semblent accepter
d'avance le pire : la séparation définitive du Français et de
l'Arabe sur une terre de sang ou de prisons.

Je suis de ceux qui ne peuvent justement se résigner à
voir ce grand pays se casser en deux pour toujours. La
communauté franco-arabe, bien qu'une politique aveugle ait
longtemps empêché qu'elle entre dans les institutions, existe
déjà pour moi, comme pour beaucoup de Français d'Algérie.
Si je me sens plus près, par exemple d'un paysan arabe, d'un

berger kabyle, que d'un commerçant de nos villes du Nord, c'est qu'un même ciel, une nature impérieuse, la communauté des destins ont été plus forts, pour beaucoup d'entre nous[1], que les barrières naturelles ou les fossés artificiels entretenus par la colonisation.

Nous ne sommes pas résignés

L'épreuve où l'Algérie d'aujourd'hui est plongée, comment pourrions-nous alors la vivre, sinon dans ce perpétuel déchirement où chaque mort, française ou arabe, est ressentie comme un malheur personnel ? C'est pourquoi la résignation nous est moins facile qu'à d'autres. Nous ne sommes pas résignés au triomphe de ceux qui, recevant chaque acte de justice comme une offense particulière, rêvent de tuer ou de terroriser ces neuf millions d'Arabes avec qui nous voulons, au contraire, construire un avenir fraternel et fécond.

Mais nous ne sommes pas résignés non plus à croire, avec ceux qui définissent le progrès comme le paiement d'une injustice par une autre, que le déracinement d'un million et demi de Français, installés depuis plusieurs générations et passionnément attachés à leur pays, puisse fournir une solution intelligente de notre problème. En politique, tuer ou fuir sont deux démissions, et deux manières de renoncer à l'avenir. Nous ne sommes pas démissionnaires et ce n'est pas sans raison que nous voulons donner un sens à cet avenir. Car il existe, malgré le sang et la terreur, il a encore une chance, nous avons à le définir. Simplement, nous ne pouvons plus le faire avec des précautions de langage et des omissions calculées.

---

1. Par cette première personne du pluriel, Camus désigne les Français d'Algérie, ceux que l'on appelle familièrement pieds-noirs.

Je parlerai donc ici comme je le puis, m'adressant d'abord aux miens, Français et Arabes, en homme qui, depuis vingt ans, n'a pas cessé de vivre le drame algérien, qui ne désespère pourtant pas de son pays, et qui croit encore possible un dernier appel à la raison, d'une part, à la justice, de l'autre.

Les sources du terrorisme

Il faut, avant toute chose, ramener la paix en Algérie. Non par les moyens de la guerre, mais par une politique qui tienne compte des causes profondes de la tragédie actuelle. Le terrorisme, en effet, n'a pas mûri tout seul ; il n'est pas le fruit du hasard et de l'ingratitude malignement conjugués. On parle beaucoup à son propos d'influences étrangères et sans doute, elles existent. Mais elles ne seraient rien sans le terrain où elles s'exercent, qui est celui du désespoir. En Algérie, comme ailleurs, le terrorisme s'explique par l'absence d'espoir. Il naît toujours et partout, en effet, de la solitude, de l'idée qu'il n'y a plus de recours ni d'avenir, que les murs sans fenêtres sont trop épais et que, pour respirer seulement, pour avancer un peu, il faut les faire sauter.

Ceux qui parlent au nom des Français d'Algérie refusent de reconnaître que le peuple arabe vivait sans avenir, et dans l'humiliation. Mais c'est qu'ils refusent inconsciemment de considérer ce peuple comme une personne ; ils oublient que l'honneur, et ses souffrances, a longtemps été une vertu traditionnelle du monde arabe. Est-il donc trop tard pour leur demander, devant le désastre, de passer par-dessus leur rancœur et leurs fureurs, même légitimes, pour reconnaître enfin, avec réalisme, leur longue erreur ?

Depuis trente ans, en effet, nous avons beaucoup promis au peuple arabe et nous n'avons à peu près rien tenu. À l'époque du projet Blum-Viollette[1], en 1936, les Ulémas[2], aujourd'hui nationalistes, avaient comme revendication extrême l'assimilation. Ils demandaient pour leur peuple astreint aux devoirs des citoyens français, et d'abord à l'impôt du sang, quelques-uns des droits de la citoyenneté française. Le projet Blum-Viollette leur répondait timidement (soixante mille électeurs environ pour une population de sept millions) mais leur répondait.

La réaction des Français d'Algérie fut alors si puissante que le projet ne vint même pas devant les Chambres. Ce jour-là, l'Algérie perdit sa meilleure chance. Les chefs des Français d'Algérie ont cru sincèrement, en 1936, comme maintenant, servir, en même temps que leurs intérêts, la présence française : ils lui ont porté, en réalité, un coup mortel. Quand, sept ans plus tard, après une deuxième guerre, et un autre impôt sanglant, l'ordonnance du gouvernement provisoire reprit l'essentiel du projet, il était trop tard, personne ne voulait plus de l'assimilation.

Le dernier espoir, avant la flambée, a été le statut de l'Algérie, enfin voté par les Chambres. Mais l'aveuglement obstiné des dirigeants de l'Algérie vint encore à bout de cet espoir : l'application du statut fut sabotée et les élections de 1948[3] systématiquement truquées. De ces élections falsifiées est sortie, non pas l'Algérie du statut, mais l'Algérie du meurtre et de la répression. À cette date, en effet, le peuple arabe a retiré sa confiance à la France.

---

1. Projet du gouvernement de Front populaire visant à accorder la citoyenneté française à un petit nombre (60 000 rappelle Camus) de musulmans d'Algérie.
2. Association de musulmans algériens dont la devise était : « L'arabe est ma langue, l'Algérie est mon pays, l'islam est ma religion. » Le gouvernement français se méfie de cette association qui n'a jamais cessé de rappeler la distinction entre France et Algérie.
3. Élections de délégués à l'Assemblée algérienne (60 pour 8 millions d'algériens) entachées de truquages et fraudes grossières.

Aussitôt, les murs se sont refermés autour d'une masse sans représentants, ni bey ni sultan[1], qui puissent parler pour elle et la personnifier. Le silence, la misère, l'absence d'avenir et d'espoir, le sentiment aigu d'une humiliation particulière au moment où les autres peuples arabes prenaient la parole, tout a contribué à faire peser sur les masses algériennes une sorte de nuit désespérée d'où fatalement devaient sortir des combattants.

Alors a commencé de fonctionner une dialectique irrésistible dont nous devons comprendre l'origine et le mortel mécanisme si nous voulons lui échapper. L'oppression, même bienveillante, le mensonge d'une occupation qui parlait toujours d'assimilation sans jamais rien faire pour elle, ont suscité d'abord des mouvements nationalistes, pauvres en doctrine, mais riches en audace. Ces mouvements ont été réprimés.

Chaque répression, mesurée ou démente, chaque torture policière comme chaque jugement légal, ont accentué le désespoir et la violence chez les militants frappés. Pour finir, les policiers ont couvé les terroristes qui ont enfanté eux-mêmes une police multipliée. Au terme affreux, mais non dernier, de cette évolution, la révolte, débordant l'Aurès, assiège Philippeville[2], et aussitôt la responsabilité collective est érigée en principe de répression.

Devant ce mouvement sans cesse accéléré, la tentation est grande de se résigner, en effet, et l'on comprend que,

---

1. Souverains ou hauts représentants de souverains arabes.
2. Vaste région montagneuse au nord-est de l'Algérie où se situe l'actuelle ville de Skikda, baptisée Philippeville en hommage à Louis-Philippe au moment de la colonisation, nom qu'elle conserve jusqu'à l'Indépendance. Le 20 août 1955, la ville fut le théâtre d'une série d'attaques menées par des unités de l'Armée de libération nationale (ALN) contre des cibles européennes. Les représailles de l'armée française furent terribles.

dans la métropole, tant de Pilate se lavent les mains. Mais cette résignation ne peut qu'aggraver encore les problèmes quasi insolubles qui se posent à nous.

Les Français sont peut-être prêts à perdre dans l'indifférence ce qu'ils reçurent autrefois dans la distraction. Mais, hélas ! ils ne sont plus seuls ! Et ils ne se débarrasseront pas si facilement des dix millions d'hommes dont ils sont maintenant responsables. Pour vivre eux-mêmes, ils doivent assurer l'avenir de cette communauté, en stoppant, pendant qu'il en est temps, le mécanisme que nos fautes ont déclenché. Comment y parvenir sans subir ni exercer la terreur, c'est aujourd'hui le premier problème qui se pose à la France et qu'elle ne pourra plus éluder.

La tragédie des assiégés

Disons d'abord ce que tout le monde sait, même les colons et les nationalistes : l'action terroriste et la répression sont, en Algérie, deux forces purement négatives, vouées toutes deux à la destruction pure, sans autre avenir qu'un redoublement de fureur et de folie. Ceux qui font mine de l'ignorer ou qui exaltent l'un à l'exclusion de l'autre, ne parviennent qu'à resserrer le nœud où l'Algérie étouffe et nuisent pour finir à l'une ou l'autre cause qu'ils veulent pourtant servir.

Le terrorisme algérien est une erreur sanglante, à la fois en lui-même et dans ses conséquences. *Il l'est en lui-même et dans ses conséquences.* Il l'est en lui-même parce qu'il tend, par la force des choses, à devenir raciste à son tour et, débordant ses inspirateurs mêmes, à cesser d'être l'instrument contrôlé d'une politique pour devenir l'arme folle d'une haine élémentaire.

À cet égard, le silence ou les précautions de l'opinion libérale en France sont graves. Ce n'est pas à Paris qu'on a le droit de prendre à la légère la tragédie des familles assiégées dans leurs villages ou leurs fermes isolées. L'Algérie, on semble parfois l'ignorer, n'est pas peuplée d'un million et demi de colons. Les représentants de la réaction algérienne sont une poignée, et qui vivent dans les grandes villes, non sur leurs terres. L'immense majorité des Français d'Algérie qui peinent et travaillent, au contraire, dans une angoisse mortelle, ont droit, au moins, que nous ne fassions rien pour encourager ce qui les assiège ou les tue.

Le terrorisme est aussi une erreur quant à ses consé-quences. Son premier résultat, en effet, est de fermer la bouche aux Français libéraux d'Algérie et, par conséquent, de renforcer le parti de la réaction et de la répression. Ceux qui, sur les lieux mêmes, pourraient faire entendre la voix de la raison (et le gouverneur général[1] lui-même) se voient imposer silence au nom de l'instituteur assassiné, du médecin blessé, du passant égorgé et des écoles incen-diées.

Le terrorisme, dans le cadre algérien, aboutit ainsi à mettre tous les instruments du pouvoir dans les mêmes mains impla-cables, et à instaurer une épreuve de force généralisée. De cette épreuve, le peuple algérien ne pourra sortir que mutilé. L'Algérie, il faut le rappeler, n'est ni l'Indochine ni la France de la Résistance. À quelques infiltrations près, le terrorisme arabe se trouvera seul, en vase clos, face à un énorme système de répression qui, si on le laisse s'étendre, a les moyens de se maintenir aussi longtemps qu'il le faudra. La grande propriété algérienne n'a pas la mauvaise conscience de la bourgeoisie française. Elle sait, clairement et for-tement, ce qu'elle ne veut pas et ne reculera devant rien

---

1. Jacques Soustelle.

pour assurer sa victoire. La proclamation de la responsabilité collective[1] en est le premier et sinistre avertissement.

La répression aveugle et imbécile

Mais, inversement, et pour les mêmes raisons, nous devons nous prononcer avec plus de force encore contre cette répression aveugle et imbécile qui ne peut qu'accélérer la dialectique[2] dont j'ai parlé.

La responsabilité collective, nous sommes payés pour le savoir, est un principe totalitaire. Il est incroyable qu'il puisse être proclamé par des Français affolés, impensable qu'un gouvernement puisse céder sur ce point et se rallier à l'idée d'une répression indifférenciée qui frapperait des villages entiers sous le prétexte d'une complicité imposée le plus souvent. Nous l'avons fait dans le Constantinois[3], pour notre honte, en 1945. Nous cueillons aujourd'hui les fruits de cette action d'éclat. Puisque le gouvernement est à la recherche des gestes à faire, il peut, il doit déjà déclarer solennellement que la France ne fera jamais sien le principe de la responsabilité collective et que la justice sera rendue en Algérie en vertu d'une loi commune selon les usages des nations civilisées.

L'abominable violence dont a parlé le Président de la République[4] à Marseille ne sera pas jugulée par l'exercice d'une autre violence non moins abominable, qui la renforcera au contraire et lui donnera, pour s'exercer contre la

---

1. Politique répressive consistant à considérer que tout membre d'une communauté — en l'occurrence les Arabes d'Algérie — est responsable des actes de cette communauté, qu'ils soient individuels ou collectifs.
2. Le raisonnement.
3. Du département de Constantine au nord-est de l'Algérie. Où eurent lieu les émeutes et la répression de Sétif en 1945.
4. René Coty.

collectivité des Français d'Algérie, des raisons qui lui manquaient jusqu'ici. Sauver des vies et des libertés du côté arabe revient au contraire à épargner des vies du côté français, et à arrêter, par le seul moyen qui nous soit offert, la surenchère dégoûtante entre les crimes. C'est ainsi que nous aiderons, non pas à la fraternité, puisque ce mot donnerait à rire aujourd'hui, mais à la survie de deux peuples et aux chances de leur entente future.

D'abord une conférence

Cette politique peut-elle se traduire par une action immédiate et concrète? Si l'analyse qui précède est correcte, la réponse est oui.

Certes des abcès aussi considérables n'apparaissent que sur des organismes dangereusement débilités; c'est un traitement général qu'il faut instaurer. Mais quand l'abcès risque de tout infecter et d'empêcher un traitement rationnel, on doit avant tout le débrider. Dans le cas de l'Algérie, il faut d'abord obtenir l'apaisement, en vue de conquérir un jour la paix. Et l'apaisement peut être obtenu tout de suite: par la convocation immédiate, à Paris, d'une conférence réunissant les représentants du gouvernement, ceux de la colonisation, et ceux des mouvements arabes (U.D.M.A., Ulémas, et les deux tendances du M.T.L.D.[1]). Cette conférence, où chacun devra prendre ses responsabilités, aura pour seul et unique objet d'arrêter l'effusion de sang. L'exemple tunisien[2] est là

---

1. Union démocratique du manifeste algérien et Mouvement pour le triomphe des libertés démocratiques. Partis nationalistes algériens.

2. Les représentants tunisiens et l'État français ont signé, en juin 1955, une série de conventions qui entérinent l'autonomie de la Tunisie sans heurts excessifs.

En septembre, le gouvernement est exclusivement composé de

pour montrer qu'une solution est possible et ni les grands colons ni les nationalistes arabes n'ont d'intérêt à ce qu'elle soit retardée.

À partir de là, dans une deuxième session, les participants pourront confronter leurs points de vue sur la réforme générale devenue nécessaire, et dont je parlerai dans un deuxième article.

Mais répétons-le, cette conférence doit être convoquée sans délai, avant toute autre décision. Le feu gagne tous les jours, même quand il semble couver. Bientôt, demain peut-être, il sera trop tard, voilà le cri que doivent pousser sans relâche tous ceux, Arabes ou Français, qui refusent en même temps la solitude et la démission.

Tunisiens et le 20 mars 1956 la Tunisie accède à l'indépendance. Mais cela, Camus l'ignore au moment où il signe cet article.

RAOUL VANEIGEM (né en 1937)

Traité de savoir-vivre
à l'usage des jeunes générations (1967)
(Gallimard)

L'Internationale situationniste, dont Raoul Vaneigem va être l'un des membres actifs au cours des années 1960, a été fondée en 1957 par un petit groupe d'intellectuels — dont Guy Debord et l'artiste Asger Jorn — qui entend « présenter partout une alternative révolutionnaire à la culture dominante ». Hostiles à tout phénomène de mode, les membres de l'IS ne s'en tiennent pas à la seule critique de l'art (partageant avec les dadaïstes et les lettristes le goût de la provocation), mais — à travers des œuvres cinématographiques ou des textes théoriques (publiés principalement dans la revue L'Internationale situationniste, créée en 1958) — inventent une poétique de la dérive, s'opposent (dans la lignée d'un Castoriadis) au pouvoir bureaucratique de type marxiste-léniniste, élaborent une théorie révolutionnaire à travers une relecture de Karl Marx.

C'est en 1960 que Raoul Vaneigem rejoint l'Internationale situationniste, influencée alors par les travaux sociologiques d'Henri Lefebvre sur la vie quotidienne, lesquels permettent — pour Guy Debord, en particulier — une critique radicale de l'idéologie capitaliste. Face au pouvoir de la marchandise qui organise la vie sous le mode du spectacle, « il ne s'agit pas d'élaborer le spectacle du refus, mais bien de refuser le spectacle », déclare Vaneigem dès 1961.

Prenant leurs distances avec les artistes d'avant-garde, Debord,

Vaneigem et les autres membres de l'IS multiplient exclusions et polémiques, et privilégient réflexions théoriques et publications de textes politiques. Guy Debord poursuit l'écriture de La Société du spectacle, *tandis que Raoul Vaneigem adresse son manuscrit du* Traité de savoir-vivre *à l'usage des jeunes générations aux Éditions Gallimard qui, après quelques hésitations « devant ce copieux essai, qui dissimule sous la litote du titre une grande fureur », décident de le publier. Il paraît — tout comme l'ouvrage de Debord — en 1967, et deviendra le manifeste d'une partie des étudiants de Mai 68.*

L'ère du bonheur

Le Welfare State[1] contemporain correspond anachroniquement aux garanties de survie exigées par les déshérités de l'ancienne société de production (1). — *La richesse de survie implique la paupérisation de la vie* (2). — *Le pouvoir d'achat est la licence d'acheter du pouvoir, de devenir objet dans l'ordre des choses. Opprimés et oppresseurs tendent à tomber, mais à des vitesses inégales, sous une même dictature du consommable* (3).

I

Le visage du bonheur a cessé d'apparaître en filigrane dans les œuvres de l'art et de la littérature depuis qu'il s'est multiplié à perte de vue le long des murs et des palissades, offrant à chaque passant particulier l'image universelle où il est invité à se reconnaître.

Avec Volkswagen, plus de problèmes ! Vivez sans soucis avec Balamur[2] !

---

1. L'État-providence.
2. Marque de revêtement mural imitant le carrelage.

Cet homme de goût est aussi un sage. Il choisit Mercedes Benz.

Le bonheur n'est pas un mythe, réjouissez-vous, Adam Smith et Bentham Jérémie[1] ! « Plus nous produirons, mieux nous vivrons », écrit l'humaniste Fourastié[2], tandis qu'un autre génie, le général Eisenhower, répond comme en écho : « Pour sauver l'économie, il faut acheter, acheter n'importe quoi. » Production et consommation sont les mamelles de la société moderne. Allaitée de pareille façon, l'humanité croît en force et en beauté : élévation du niveau de vie, facilités sans nombre, divertissements variés, culture pour tous, confort de rêve. À l'horizon du rapport Khrouchtchev, l'aube radieuse et communiste se lève enfin, inaugurant son règne par deux décrets révolutionnaires : la suppression des impôts et les transports gratuits. Oui, l'âge d'or est en vue, à un jet de salive.

Dans ce bouleversement, un grand disparu : le prolétariat.

S'est-il évanoui ? A-t-il pris le maquis ? Le relègue-t-on dans un musée ? *Sociologi disputant*[3]. Dans les pays hautement industrialisés, le prolétaire a cessé d'exister, assurent certains. L'accumulation de réfrigérateurs, de T.V., de Dauphine, d'H.L.M, de théâtres populaires l'atteste. D'autres, par contre, s'indignent, dénoncent le tour de passe-passe, le doigt braqué sur une frange de travailleurs dont les bas salaires et les conditions misérables évoquent indéniablement le XIXe siècle. « Secteurs retardataires, rétorquent les premiers, poches en voie de résorption ; nierez-vous que le sens de l'évo-

---

1. Philosophes et économistes britanniques du XVIIIe siècle à l'origine du libéralisme économique.

2. Économiste français (1907-1990) connu pour son optimisme économique. Auteur de l'expression « Trente Glorieuses ».

3. *Les sociologues en discutent.*

lution économique aille vers la Suède, vers la Tchécoslo-
vaquie, vers le Welfare State, et non vers l'Inde ? »

Le rideau noir se lève : la chasse aux affamés et au dernier
prolétaire est ouverte. C'est à qui lui vendra sa voiture et
son *mixer*, son bar et sa bibliothèque. C'est à qui l'identi-
fiera au personnage souriant d'une affiche bien rassurante :
« Heureux qui fume Lucky Strike. »

Et heureuse, heureuse humanité qui va, dans un futur
rapproché, réceptionner les colis dont les insurgés du
XIXᵉ siècle ont arraché, au prix des luttes que l'on sait, les
ordres de livraison. Les révoltés de Lyon et de Fourmies[1]
ont bien de la chance à titre posthume. Des millions d'êtres
humains fusillés, torturés, emprisonnés, affamés, abrutis,
ridiculisés savamment ont du moins, dans la paix des char-
niers et des fosses communes, la garantie historique d'être
morts pour qu'isolés dans des appartements à air conditionné leurs descendants apprennent à répéter, sur la foi
des émissions télévisées quotidiennement, qu'ils sont heureux
et libres. « Les communards se sont fait tuer jusqu'au
dernier pour que toi aussi tu puisses acheter une chaîne
stéréophonique Philips haute fidélité. » Un bel avenir qui
aurait fait la joie du passé, on n'en doute pas.

Le présent seul n'y trouve pas son compte. Ingrate et
inculte, la jeune génération veut tout ignorer de ce glorieux
passé offert en prime à tout consommateur d'idéologie
trotskisto-réformiste. Elle prétend que revendiquer, c'est
revendiquer pour l'immédiat. Elle rappelle que la raison des
luttes passées est ancrée dans le présent des hommes qui
les ont menées et que ce présent-là, en dépit des conditions historiques différentes, est aussi le sien. En bref, il y

---

1. Allusions à la répression sanglante des grèves d'ouvriers du
textile au XIXᵉ siècle : les canuts à Lyon, en 1831 ; les ouvriers de Fourmies dans le nord de la France, en 1891.

aurait, à la croire, un projet constant qui animerait les courants révolutionnaires radicaux : le projet de l'homme total,
une *volonté de vivre totalement* à laquelle Marx le premier
aurait su donner une tactique de réalisation scientifique.
Mais ce sont là d'abominables théories que les Églises chrétiennes et staliniennes n'ont jamais manqué de flétrir avec
assiduité. Augmentation de salaires, de réfrigérateurs, de
saints sacrements et de T.N.P.[1], voilà qui devrait rassasier la
fringale révolutionnaire actuelle.

Sommes-nous condamnés à l'état de bien-être ? Les
esprits pondérés ne manqueront pas de regretter la forme
sous laquelle est menée la contestation d'un programme
qui, de Khrouchtchev au docteur Schweitzer, du pape à
Fidel Castro, d'Aragon à feu Kennedy, fait l'unanimité.

En décembre 1956, un millier de jeunes gens se déchaînent
dans les rues de Stockholm, incendiant les voitures, brisant
les enseignes lumineuses, lacérant les panneaux publici-
taires, saccageant les grands magasins. À Merlebach[2], lors
d'une grève déclenchée pour décider le patronat à remonter
les corps de sept mineurs tués par un éboulement, les
ouvriers s'en prennent aux voitures en stationnement
devant les bâtiments. En janvier 1961, les grévistes de Liège
mettent à sac la gare des Guillemins[3] et détruisent les installations du journal *La Meuse*. Sur les côtes belges et
anglaises, et à l'issue d'une opération concertée, quelques
centaines de blousons noirs dévastent les installations bal-
néaires, en mars 1964. À Amsterdam (1966), les ouvriers
tiennent la rue pendant plusieurs jours. Pas un mois ne
s'écoule sans qu'une grève sauvage n'éclate, dressant les

1. Théâtre national populaire.
2. Ville minière de Moselle.
3. Principale gare ferroviaire de Liège (Belgique).

travailleurs à la fois contre les patrons et les dirigeants syndicaux. Welfare State. Le quartier de Watts[1] a répondu.

Un ouvrier d'Espérance-Longdoz[2] résumait comme suit son désaccord avec les Fourastié, Berger, Armand, Moles[3] et autres chiens de garde du futur: «Depuis 1936, je me suis battu pour des revendications de salaires; mon père, avant moi, s'est battu pour des revendications de salaires. J'ai la T.V., un réfrigérateur, une Volkswagen. Au total, je n'ai jamais cessé d'avoir une vie de con.»

En paroles ou en gestes, la nouvelle poésie s'accommode mal du Welfare State.

2

Les plus beaux modèles de radio *à la portée de tous* (1). Vous aussi entrez dans *la grande famille* des DAFistes[4] (2). Carven vous offre la qualité. Choisissez *librement* dans la gamme de ses produits (3).

Dans le royaume de la consommation, le citoyen est roi. Une royauté démocratique: égalité devant la consommation (1), fraternité dans la consommation (2), liberté selon la consommation (3). La dictature du consommable a parfait l'effacement des barrières de sang, de lignage ou de race; il conviendrait de s'en réjouir sans réserve si elle n'avait interdit par la logique des *choses* toute différenciation qualitative, pour ne plus tolérer entre les valeurs et les hommes que des différences de quantité.

Entre ceux qui possèdent beaucoup et ceux qui possèdent

---

1. Référence aux émeutes de 1965 qui ensanglantèrent ce quartier noir et très pauvre de Los Angeles.
2. Société métallurgique de Liège.
3. Économistes et sociologues.
4. DAF est un constructeur de voitures néerlandais dont les amateurs se nomment «DAFistes».

peu, mais toujours davantage, la distance n'a pas changé, mais les degrés intermédiaires se sont multipliés, rapprochant en quelque sorte les extrêmes, dirigeants et dirigés, d'un même centre de médiocrité. Être riche se réduit aujourd'hui à posséder un grand nombre d'objets pauvres.

Les biens de consommation tendent à n'avoir plus de valeur d'usage. Leur nature est d'être consommable à tout prix. (On connaît la vogue récente aux U.S.A. du *nothing box*, un objet parfaitement impropre à quelque utilisation que ce soit.) Et comme l'expliquait très sincèrement le général Dwight Eisenhower, l'économie actuelle ne peut se sauver qu'en transformant l'homme en consommateur, en l'identifiant à la plus grande quantité possible de valeurs consommables, c'est-à-dire de non-valeurs ou de valeurs vides, fictives, abstraites. Après avoir été le « capital le plus précieux », selon l'heureuse expression de Staline, l'homme doit devenir le bien de consommation le plus apprécié. L'image, le stéréotype de la vedette, du pauvre, du communiste, du meurtrier par amour, de l'honnête citoyen, du révolté, du bourgeois, va substituer à l'homme un système de catégories mécanographiquement[1] rangées selon la logique irréfutable de la robotisation. Déjà la notion de *teen-ager* tend à conformer l'acheteur au produit acheté, à réduire sa variété à une gamme variée, mais limitée d'objets à vendre (disques, guitare, *blue-jeans*…). On n'a plus l'âge du cœur ou de la peau, mais l'âge de ce que l'on achète. Le temps de production qui était, disait-on, de l'argent, va devenir, en se mesurant au rythme de succession des produits achetés, usés, jetés, un temps de consommation et de consomption[2],

---

1. Utilisant des techniques et outils permettant le traitement mécanique de l'information.
2. Consumation.

un temps de vieillissement précoce, qui est l'éternelle jeunesse des arbres et des pierres.

Le concept de paupérisation trouve aujourd'hui son éclatante démonstration non, comme le pensait Marx, dans le cadre des biens nécessaires à la survie, puisque ceux-ci, loin de se raréfier, n'ont cessé d'augmenter, mais bien dans la survie elle-même, toujours antagoniste à la vraie vie. Le confort, dont on espérait un enrichissement de la vie déjà vécue richement par l'aristocratie féodale, n'aura été que l'enfant de la productivité capitaliste, un enfant prématurément destiné à vieillir sitôt que le circuit de la distribution l'aura métamorphosé en simple objet de consommation passive. Travailler pour survivre, survivre en consommant et pour consommer, le cycle infernal est bouclé. Survivre est, sous le règne de l'économisme, à la fois nécessaire et suffisant. C'est la vérité première qui fonde l'ère bourgeoise. Et il est vrai qu'une étape historique fondée sur une vérité aussi antihumaine ne peut constituer qu'une étape de transition, un passage entre la vie obscurément vécue des maîtres féodaux et la vie rationnellement et passionnellement construite des maîtres sans esclaves. Il reste une trentaine d'années pour empêcher que l'ère transitoire des esclaves sans maître ne dure deux siècles.

3

[...]

Le pouvoir d'achat est la licence d'acheter du pouvoir. L'ancien prolétariat vendait sa force de travail pour subsister ; son maigre temps de loisir, il le vivait tant bien que mal en discussion, querelles, jeux du bistrot et de l'amour, trimard[1], fêtes et émeutes. Le nouveau prolétariat vend sa force de travail pour consommer. Quand il ne cherche pas

---

1. Vagabondage ou racolage.

dans le travail forcé une promotion hiérarchique, le travailleur est invité à s'acheter des objets (voiture, cravate, culture...) qui l'indexeront sur l'échelle sociale. Voici le temps où l'idéologie de la consommation devient consommation d'idéologie. Que personne ne sous-estime les échanges Est-Ouest! D'un côté, *l'homo consomator* achète un litre de whisky et reçoit en prime le mensonge qui l'accompagne. De l'autre, l'homme communiste achète de l'idéologie et reçoit en prime un litre de vodka. Paradoxalement, les régimes soviétisés et les régimes capitalistes empruntent une voie commune, les premiers grâce à leur économie de production, les seconds par leur économie de consommation.

En U.R.S.S., le sur-travail des travailleurs n'enrichit pas directement, à proprement parler, le camarade directeur du trust. Il lui confère simplement un pouvoir renforcé d'organisateur et de bureaucrate. Sa plus-value est une plus-value de pouvoir. (Mais cette plus-value de type nouveau ne cesse pas pour autant d'obéir à la baisse tendancielle du taux de profit. Les lois de Marx pour la vie économique démontrent aujourd'hui leur véracité dans l'économie de la vie.) Il la gagne, non au départ d'un capital-argent, mais sur une accumulation primitive de capital-confiance qu'une docile absorption de matière idéologique lui a value. La voiture et la *datcha*[1] ajoutées de surcroît en récompense des services rendus à la patrie, au prolétariat, au rendement, à la Cause, laissent bien prévoir une organisation sociale où l'argent disparaîtrait, faisant place à des distinctions honorifiques, à des grades, à un mandarinat[2] du biceps et de la pensée spé-

_____

1. En russe : résidence secondaire à la campagne, d'un confort souvent rudimentaire.
2. Terme péjoratif désignant une caste privilégiée exerçant le pouvoir sur un groupe distinct.

cialisée. (Que l'on songe aux droits accordés aux émules de Stakhanov[1], aux «héros de l'espace», aux gratteurs de cordes et de bilans.)

En pays capitalistes, le profit matériel du patron, dans la production comme dans la consommation, se distingue encore du profit idéologique que le patron n'est plus seul, cette fois, à tirer de l'organisation de la consommation. C'est bien ce qui empêche encore de ne voir entre le manager et l'ouvrier qu'une différence entre la Ford renouvelée chaque année et la Dauphine entretenue amoureusement pendant cinq ans. Mais reconnaissons que la planification, vers laquelle tout concourt confusément aujourd'hui, tend à quantifier les différences sociales selon les possibilités de consommer et de faire consommer. Les degrés devenant plus nombreux et plus petits, l'écart entre les riches et les pauvres diminue de fait, amalgamant l'humanité dans les seules variations de pauvreté. Le point culminant serait la société cybernéticienne composée de spécialistes hiérarchisés selon leur aptitude à consommer et à faire consommer les doses de pouvoir nécessaires au fonctionnement d'une gigantesque machine sociale dont ils seraient à la fois le programme et la réponse. Une société d'exploiteurs-exploités dans une inégalité d'esclavage.

Reste le «tiers monde». Restent les formes anciennes d'oppression. Que le serf des *latifundia*[2] soit le contemporain du nouveau prolétariat me paraît composer à la perfection le mélange explosif d'où naîtra la révolution totale. Qui

---

1. Mineur soviétique qui aurait, en 1931, dépassé dans une très large mesure les normes de production qu'on lui avait imposées. Il a donné son nom au stakhanovisme, campagne de propagande soviétique pour la promotion du travail intensif et hyperproductif.
2. Grands domaines agricoles dans l'Empire romain et haciendas en Amérique du Sud, nécessitant les uns comme les autres une abondante main-d'œuvre d'esclaves ou de journaliers.

oserait supposer que l'Indien des Andes déposera les armes après avoir obtenu la réforme agraire et la cuisine équipée, alors que les travailleurs les mieux payés d'Europe exigent un changement radical de leur mode de vie ? Oui, la révolte dans l'état de bien-être fixe désormais le degré d'exigences minimales pour toutes les révolutions du monde. À ceux qui l'oublieront, ne sera que plus dure la phrase de Saint-Just[1] : « Ceux qui font les révolutions à moitié n'ont fait que se creuser un tombeau. »

---

1. Cet homme politique et révolutionnaire français (1767-1794), connu pour l'intransigeance de ses idées, a été guillotiné.

SIMONE VEIL (née en 1927)

Discours en faveur du projet de loi sur l'Interruption volontaire de grossesse

(Assemblée nationale, séance du 26 novembre 1974)

Née de parents juifs, Simone Jacob (son nom de jeune fille) est âgée de seize ans lorsqu'elle est déportée, en mars 1944, au camp d'Auschwitz avec sa sœur et sa mère (laquelle, atteinte du typhus, ne survivra pas). Rescapée et de retour en France avec sa sœur, elle apprend qu'elle a été reçue au baccalauréat, dont elle avait passé les épreuves juste avant son arrestation par la Gestapo.

Elle entame de brillantes études de droit et entre dans la magistrature. À partir de 1957, elle travaille au ministère de la Justice, puis rejoint, en 1969, le cabinet du ministre de la Justice d'alors, René Pleven.

Sa carrière politique débute réellement en 1974, lorsqu'elle entre, comme ministre de la Santé, dans le gouvernement de Jacques Chirac, sous la présidence de Valéry Giscard d'Estaing. Le Président connaît le jugement (qu'il partage) qu'elle porte sur la loi française interdisant et réprimant l'avortement: de fait, cette loi crée une profonde injustice entre les femmes qui ont la possibilité d'avorter à l'étranger et celles qui sont contraintes à des interventions de fortune, clandestines et extrêmement dangereuses. Une réalité mise au jour publiquement par le «Manifeste des 343», en 1971, ou le procès de Bobigny, en 1972.

C'est avec la mission de défendre un projet de loi visant la légalisation de l'avortement — sous certaines conditions — que Simone Veil est entrée au gouvernement. Une mission dont elle s'acquitte résolument, en dépit des multiples tentatives d'intimidation dont elle fait l'objet (lettres d'insultes à caractère antisémite, graffitis injurieux, propos outranciers et sexistes).

Elle obtiendra, après une longue procédure législative et de vifs débats, l'adoption de son projet de loi en faveur de l'Interruption volontaire de grossesse (IVG), le 20 décembre 1974, par 277 voix contre 192 à l'Assemblée nationale, et 185 voix contre 88 au Sénat.

La loi est promulguée le 17 janvier 1975.

Au-delà de tout clivage politique, Simone Veil est devenue une figure exemplaire de l'intellectuel engagé de cette fin de siècle, par sa détermination, son indéfectible combat en faveur des femmes, son éloquence, qui lui valurent le respect de ses pairs et une popularité qui ne s'est jamais démentie.

MME SIMONE VEIL, ministre de la Santé.

Monsieur le Président, Mesdames, Messieurs, si j'interviens aujourd'hui à cette tribune, ministre de la Santé, femme et non-parlementaire, pour proposer aux élus de la nation une profonde modification de la législation sur l'avortement, croyez bien que c'est avec un profond sentiment d'humilité devant la difficulté du problème, comme devant l'ampleur des résonances qu'il suscite au plus intime de chacun des Français et des Françaises, et en pleine conscience de la gravité des responsabilités que nous allons assumer ensemble.

Mais c'est aussi avec la plus grande conviction que je défendrai un projet longuement réfléchi et délibéré par l'ensemble du Gouvernement, un projet qui, selon les termes mêmes du Président de la République, a pour objet de « mettre fin à une situation de désordre et d'injustice et d'apporter une solution mesurée et humaine à un des problèmes les plus difficiles de notre temps ».

Si le Gouvernement peut aujourd'hui vous présenter un tel projet, c'est grâce à tous ceux d'entre vous — et ils sont nombreux et de tous horizons — qui, depuis plusieurs années, se sont efforcés de proposer une nouvelle législation, mieux adaptée au consensus social et à la situation de fait que connaît notre pays.

C'est aussi parce que le gouvernement de M. Messmer[1] avait pris la responsabilité de vous soumettre un projet novateur et courageux. Chacun d'entre nous garde en mémoire la très remarquable et émouvante présentation qu'en avait faite M. Jean Taittinger[2].

C'est enfin parce que, au sein d'une commission spéciale présidée par M. Berger[3], nombreux sont les députés qui ont entendu, pendant de longues heures, les représentants de toutes les familles d'esprit, ainsi que les principales personnalités compétentes en la matière.

Pourtant, d'aucuns s'interrogent encore : une nouvelle loi est-elle vraiment nécessaire ? Pour quelques-uns, les choses sont simples : il existe une loi répressive, il n'y a qu'à l'appliquer. D'autres se demandent pourquoi le Parlement devrait trancher maintenant ces problèmes : nul n'ignore que depuis l'origine, et particulièrement depuis le début du siècle[4],

---

1. Homme politique français (1916-2007), Premier ministre de Georges Pompidou de 1972 à 1974.
2. Ministre de la Justice du gouvernement Messmer.
3. Président de la commission des Affaires culturelles, familiales et sociales de l'Assemblée nationale d'alors.
4. Allusion probable à la loi très sévère du 31 juillet 1920 sur l'avortement.

la loi a toujours été rigoureuse, mais qu'elle n'a été que peu appliquée.

En quoi les choses ont-elles donc changé, qui oblige à intervenir ? Pourquoi ne pas maintenir le principe et continuer à ne l'appliquer qu'à titre exceptionnel ? Pourquoi consacrer une pratique délictueuse et, ainsi, risquer de l'encourager ? Pourquoi légiférer et couvrir ainsi le laxisme de notre société, favoriser les égoïsmes individuels au lieu de faire revivre une morale de civisme et de rigueur ? Pourquoi risquer d'aggraver un mouvement de dénatalité dangereusement amorcé au lieu de promouvoir une politique familiale généreuse et constructive qui permette à toutes les mères de mettre au monde et d'élever les enfants qu'elles ont conçus ?

Parce que tout nous montre que la question ne se pose pas en ces termes. Croyez-vous que ce gouvernement et celui qui l'a précédé se seraient résolus à élaborer un texte et à vous le proposer s'ils avaient pensé qu'une autre solution était encore possible ?

Nous sommes arrivés à un point où, en ce domaine, les pouvoirs publics ne peuvent plus éluder leurs responsabilités. Tout le démontre : les études et les travaux menés depuis plusieurs années, les auditions de votre commission, l'expérience des autres pays européens. Et la plupart d'entre vous le sentent, qui savent qu'on ne peut empêcher les avortements clandestins et qu'on ne peut non plus appliquer la loi pénale à toutes les femmes qui seraient passibles de ses rigueurs.

Pourquoi donc ne pas continuer à fermer les yeux ? Parce que la situation actuelle est mauvaise. Je dirai même qu'elle est déplorable et dramatique.

Elle est mauvaise parce que la loi est ouvertement bafouée, pire même, ridiculisée. Lorsque l'écart entre les infractions commises et celles qui sont poursuivies est tel qu'il n'y a plus à proprement parler de répression, c'est le respect des citoyens pour la loi, et donc l'autorité de l'État, qui sont mis en cause.

Lorsque des médecins, dans leurs cabinets, enfreignent la loi et le font connaître publiquement[1], lorsque les parquets, avant de poursuivre, sont invités à en référer dans chaque cas au ministère de la Justice, lorsque des services sociaux d'organismes publics fournissent à des femmes en détresse les renseignements susceptibles de faciliter une interruption de grossesse, lorsque, aux mêmes fins, sont organisés ouvertement et même par charter des voyages à l'étranger, alors je dis que nous sommes dans une situation de désordre et d'anarchie qui ne peut plus continuer. *(Applaudissements sur divers bancs des républicains indépendants, de l'union des démocrates pour la République, des réformateurs, des centristes et des démocrates sociaux et sur quelques bancs des socialistes et radicaux de gauche.)*

Mais, me direz-vous, pourquoi avoir laissé la situation se dégrader ainsi et pourquoi la tolérer ? Pourquoi ne pas faire respecter la loi ?

Parce que si des médecins, si des personnels sociaux, si même un certain nombre de citoyens participent à ces actions illégales, c'est bien qu'ils s'y sentent contraints ; en opposition parfois avec leurs convictions personnelles, ils se trouvent confrontés à des situations de fait qu'ils ne peuvent méconnaître. Parce qu'en face d'une femme décidée à interrompre sa grossesse, ils savent qu'en refusant leur conseil et leur soutien ils la rejettent dans la solitude et l'angoisse d'un acte perpétré dans les pires conditions, qui risque de la laisser mutilée à jamais. Ils savent que la même

---

1. Allusion au « Manifeste des 331 » dans lequel, en 1973, des médecins, imitant le « Manifeste des 343 », se déclaraient en faveur de la liberté de l'avortement.

femme, si elle a de l'argent, si elle sait s'informer, se rendra dans un pays voisin ou même en France dans certaines cliniques et pourra, sans encourir aucun risque ni aucune pénalité, mettre fin à sa grossesse. Et ces femmes, ce ne sont pas nécessairement les plus immorales ou les plus inconscientes. Elles sont 300 000 chaque année. Ce sont celles que nous côtoyons chaque jour et dont nous ignorons la plupart du temps la détresse et les drames.

C'est à ce désordre qu'il faut mettre fin. C'est cette injustice qu'il convient de faire cesser. Mais comment y parvenir?

Je le dis avec toute ma conviction: l'avortement doit rester l'exception, l'ultime recours pour des situations sans issue. Mais comment le tolérer sans qu'il perde ce caractère d'exception, sans que la société paraisse l'encourager?

Je voudrais tout d'abord vous faire partager une conviction de femme — je m'excuse de le faire devant cette Assemblée presque exclusivement composée d'hommes: aucune femme ne recourt de gaieté de cœur à l'avortement, Il suffit d'écouter les femmes. *(Applaudissements sur divers bancs de l'union des démocrates pour la République, des républicains indépendants, des réformateurs, des centristes et des démocrates sociaux et sur quelques bancs des socialistes et radicaux de gauche.)*

C'est toujours un drame et cela restera toujours un drame. C'est pourquoi, si le projet qui vous est présenté tient compte de la situation de fait existante, s'il admet la possibilité d'une interruption de grossesse, c'est pour la contrôler et, autant que possible, en dissuader la femme.

Nous pensons ainsi répondre au désir conscient ou inconscient de toutes les femmes qui se trouvent dans cette situation d'angoisse, si bien décrite et analysée par certaines des personnalités que votre commission spéciale a entendues au cours de l'automne 1973.

Actuellement, celles qui se trouvent dans cette situation de détresse, qui s'en préoccupe? La loi les rejette non seulement dans l'opprobre, la honte et la solitude, mais aussi dans l'anonymat et l'angoisse des poursuites. Contraintes de cacher leur état, trop souvent elles ne trouvent personne pour les écouter, les éclairer et leur apporter un appui et une protection.

Parmi ceux qui combattent aujourd'hui une éventuelle modification de la loi répressive, combien sont-ils ceux qui se sont préoccupés d'aider ces femmes dans leur détresse? Combien sont-ils ceux qui, au-delà de ce qu'ils jugent comme une faute, ont su manifester aux jeunes mères célibataires la compréhension et l'appui moral dont elles avaient grand besoin? *(Applaudissements sur divers bancs de l'union des démocrates pour la République, des républicains indépendants et sur quelques bancs des socialistes et radicaux de gauche.)*

Je sais qu'il en existe et je me garderai de généraliser. Je n'ignore pas l'action de ceux qui, profondément conscients de leurs responsabilités, font tout ce qui est à leur portée pour permettre à ces femmes d'assumer leur maternité. Nous aiderons leur entreprise; nous ferons appel à eux pour nous aider à assurer les consultations sociales prévues par la loi.

Mais la sollicitude et l'aide, lorsqu'elles existent, ne suffisent pas toujours à dissuader. Certes, les difficultés auxquelles sont confrontées les femmes sont parfois moins graves qu'elles ne les perçoivent. Certaines peuvent être dédramatisées et surmontées; mais d'autres demeurent qui font que certaines femmes se sentent acculées à une situation sans autre issue que le suicide, la ruine de leur équilibre familial ou le malheur de leurs enfants.

C'est là, hélas! la plus fréquente des réalités, bien davantage que l'avortement dit « de convenance ». S'il n'en était pas ainsi, croyez-vous que tous les pays, les uns après les autres, auraient été conduits à réformer leur législation en la matière et à admettre que ce qui était hier sévèrement réprimé soit désormais légal ?

Ainsi, conscient d'une situation intolérable pour l'État et injuste aux yeux de la plupart, le Gouvernement a renoncé à la voie de la facilité, celle qui aurait consisté à ne pas intervenir. C'eût été cela le laxisme. Assumant ses responsabilités, il vous soumet un projet de loi propre à apporter à ce problème une solution à la fois réaliste, humaine et juste.

Certains penseront sans doute que notre seule préoccupation a été l'intérêt de la femme, que c'est un texte qui a été élaboré dans cette seule perspective. Il n'y est guère question ni de la société ou plutôt de la nation, ni du père de l'enfant à naître et moins encore de cet enfant.

Je me garde bien de croire qu'il s'agit d'une affaire individuelle ne concernant que la femme et que la nation n'est pas en cause. Ce problème la concerne au premier chef, mais sous des angles différents et qui ne requièrent pas nécessairement les mêmes solutions.

L'intérêt de la nation, c'est assurément que la France soit jeune, que sa population soit en pleine croissance. Un tel projet, adopté après une loi libéralisant la contraception, ne risque-t-il pas d'entraîner une chute importante de notre taux de natalité qui amorce déjà une baisse inquiétante ?

Ce n'est là ni un fait nouveau ni une évolution propre à la France : un mouvement de baisse assez régulier des taux de natalité et de fécondité est apparu depuis 1965 dans tous les pays européens, quelle que soit leur législation en matière d'avortement ou même de contraception.

Il serait hasardeux de chercher des causes simples à un phénomène aussi général. Aucune explication ne peut y être apportée au niveau national. Il s'agit d'un fait de civilisation révélateur de l'époque que nous vivons et qui obéit à des règles complexes que d'ailleurs nous connaissons mal.

[...]

Tout laisse à penser que l'adoption du projet de loi n'aura que peu d'effets sur le niveau de la natalité en France, les avortements légaux remplaçant en fait les avortements clandestins, une fois passée une période d'éventuelles oscillations à court terme.

Il n'en reste pas moins que la baisse de notre natalité, si elle est indépendante de l'état de la législation sur l'avortement, est un phénomène inquiétant à l'égard duquel les pouvoirs publics ont l'impérieux devoir de réagir.

Une des premières réunions du conseil de planification que présidera le Président de la République va être consacrée à un examen d'ensemble des problèmes de la démographie française et des moyens de mettre un frein à une évolution inquiétante pour l'avenir du pays.

Quant à la politique familiale, le Gouvernement a estimé qu'il s'agissait d'un problème distinct de celui de la législation sur l'avortement...

M. Pierre-Charles Krieg. — Et financier !

Mme le ministre de la Santé. — ... et qu'il n'y avait pas lieu de lier ces deux problèmes dans la discussion législative.

Cela ne signifie pas qu'il n'y attache pas une extrême importance. Dès vendredi, l'Assemblée aura à délibérer d'un projet de loi tendant à améliorer très sensiblement les allocations servies en matière de frais de garde et les allocations dites d'orphelin, qui sont notamment destinées aux enfants des mères célibataires. Ce projet réformera, en outre, le régime de l'allocation maternité et les conditions d'attribution des prêts aux jeunes ménages.

En ce qui me concerne, je m'apprête à proposer à l'Assemblée divers projets. L'un d'entre eux tend à favoriser l'action des travailleuses familiales en prévoyant leur intervention éventuelle au titre de l'aide sociale. Un autre a pour objet d'améliorer les conditions de fonctionnement et de financement des centres maternels, où sont accueillies les jeunes mères en difficulté pendant leur grossesse et les premiers mois de la vie de leur enfant. J'ai l'intention de faire un effort particulier pour la lutte contre la stérilité, par la suppression du ticket modérateur pour toutes les consultations en cette matière. D'autre part, j'ai demandé à l'I.N.S.E.R.M. de lancer, dès 1975, une action thématique de recherche sur ce problème de la stérilité qui désespère tant de couples.

Avec M. le garde des Sceaux, je me prépare à tirer les conclusions du rapport que votre collègue, M. Rivierez, parlementaire en mission, vient de rédiger sur l'adoption. Répondant aux vœux de tant de personnes qui souhaitent adopter un enfant, j'ai décidé d'instituer un conseil supérieur de l'adoption qui sera chargé de soumettre aux pouvoirs publics, toutes suggestions utiles sur ce problème. Enfin et surtout, le Gouvernement s'est publiquement engagé, par la voix de M. Durafour, à entamer dès les toutes prochaines semaines avec les organisations familiales la négociation d'un contrat de progrès dont le contenu sera arrêté d'un commun accord avec les représentants des familles, sur la base de propositions qui seront soumises au conseil consultatif de la famille que je préside. *(Applaudissements sur plusieurs bancs de l'union des démocrates pour la République et des républicains indépendants.)*

En réalité, comme le soulignent tous les démographes, ce qui importe, c'est de modifier l'image que se font les Français du nombre idéal d'enfants par couple. Cet objectif est infiniment complexe et la discussion de l'avortement ne saurait se limiter à des mesures financières nécessairement ponctuelles.

Le second absent dans ce projet pour beaucoup d'entre vous sans doute, c'est le père. La décision de l'interruption de grossesse ne devrait pas, chacun le ressent, être prise par la femme seule, mais aussi par son mari ou son compagnon. Je souhaite, pour ma part, que dans les faits il en soit toujours ainsi et j'approuve la commission de nous avoir proposé une modification en ce sens ; mais, comme elle l'a fort bien compris, il n'est pas possible d'instituer en cette matière une obligation juridique.

Enfin, le troisième absent, n'est-ce pas cette promesse de vie que porte en elle la femme ? Je me refuse à entrer dans les discussions scientifiques et philosophiques dont les auditions de la commission ont montré qu'elles posaient un problème insoluble. Plus personne ne conteste maintenant que, sur un plan strictement médical, l'embryon porte en lui définitivement toutes les virtualités de l'être humain qu'il deviendra. Mais il n'est encore qu'un devenir, qui aura à surmonter bien des aléas avant de venir à terme, un fragile chaînon de la transmission de la vie.

Faut-il rappeler que, selon les études de l'Organisation mondiale de la santé, sur cent conceptions, quarante-cinq s'interrompent d'elles-mêmes au cours des deux premières semaines et que, sur cent grossesses au début de la troisième semaine, un quart n'arrive pas à terme, du seul fait de phénomènes naturels ? La seule certitude sur laquelle nous puissions nous appuyer, c'est le fait qu'une femme ne prend pleine conscience qu'elle porte un être vivant qui sera un jour son enfant que lorsqu'elle ressent en elle les premières manifestations de cette vie. Et c'est, sauf pour les femmes qu'anime une profonde conviction religieuse, ce décalage entre ce qui n'est qu'un devenir pour lequel la femme n'éprouve pas encore de sentiment profond et ce qu'est l'enfant dès l'instant de sa naissance qui explique que certaines, qui repousseraient avec horreur l'éventualité monstrueuse de l'infanticide, se résignent à envisager la perspective de l'avortement.

Combien d'entre nous, devant le cas d'un être cher dont l'avenir serait irrémédiablement compromis, n'ont pas eu le sentiment que les principes devaient parfois céder le pas!

Il n'en serait pas de même — c'est évident — si cet acte était véritablement perçu comme un crime analogue aux autres. Certains, parmi ceux qui sont les plus opposés au vote de ce projet, acceptent qu'en fait on n'exerce plus de poursuites et s'opposeraient même avec moins de vigueur au vote d'un texte qui se bornerait à prévoir la suspension des poursuites pénales. C'est donc qu'eux-mêmes perçoivent qu'il s'agit là d'un acte d'une nature particulière, ou, en tout cas, d'un acte qui appelle une solution spécifique.

L'Assemblée ne m'en voudra pas d'avoir abordé longuement cette question. Vous sentez tous que c'est là un point essentiel, sans doute le fond même du débat. Il convenait de l'évoquer avant d'en venir à l'examen du contenu du projet.

En préparant le projet qu'il vous soumet aujourd'hui, le Gouvernement s'est fixé un triple objectif: faire une loi réellement applicable; faire une loi dissuasive; faire une loi protectrice.

Ce triple objectif explique l'économie du projet.

Une loi applicable d'abord.

Un examen rigoureux des modalités et des conséquences de la définition de cas dans lesquels serait autorisée l'interruption de grossesse révèle d'insurmontables contradictions.

Si ces conditions sont définies en termes précis — par exemple, l'existence de graves menaces pour la santé physique ou mentale de la femme, ou encore, par exemple, les cas de viol ou d'inceste vérifiés par un magistrat — il est clair que la modification de la législation n'atteindra pas son but quand ces critères seront réellement respectés, puisque la proportion d'interruptions de grossesse pour de tels motifs est faible. Au surplus, l'appréciation de cas éventuels de viol ou d'inceste soulèverait des problèmes de preuve pratiquement insolubles dans un délai adapté à la situation.

Si, au contraire, c'est une définition large qui est donnée — par exemple, le risque pour la santé psychique ou l'équilibre psychologique ou la difficulté des conditions matérielles ou morales d'existence —, il est clair que les médecins ou les commissions qui seraient chargés de décider si ces conditions sont réunies auraient à prendre leur décision sur la base de critères insuffisamment précis pour être objectifs.

Dans de tels systèmes, l'autorisation de pratiquer l'interruption de grossesse n'est en pratique donnée qu'en fonction des conceptions personnelles des médecins ou des commissions en matière d'avortement et ce sont les femmes les moins habiles à trouver le médecin le plus compréhensif ou la commission la plus indulgente qui se trouveront encore dans une situation sans issue.

Pour éviter cette injustice, l'autorisation est donnée dans bien des pays de façon quasi automatique, ce qui rend une telle procédure inutile, tout en laissant à elles-mêmes un certain nombre de femmes qui ne veulent pas encourir l'humiliation de se présenter devant une instance qu'elles ressentent comme un tribunal.

Or, si le législateur est appelé à modifier les textes en vigueur, c'est pour mettre fin aux avortements clandestins qui sont le plus souvent le fait de celles qui, pour des raisons sociales, économiques ou psychologiques, se sentent dans une telle situation de détresse qu'elles sont décidées à mettre fin à leur grossesse dans n'importe quelles conditions. C'est pourquoi, renonçant à une formule plus ou moins ambiguë ou plus ou moins vague, le Gouvernement a estimé préférable d'affronter la réalité et de reconnaître qu'en définitive la décision ultime ne peut être prise que par la femme.

Remettre la décision à la femme, n'est-ce pas contradictoire avec l'objectif de dissuasion, le second des deux que s'assigne ce projet ?

Ce n'est pas un paradoxe que de soutenir qu'une femme sur laquelle pèse l'entière responsabilité de son geste hésitera davantage à l'accomplir que celle qui aurait le sentiment que la décision a été prise à sa place par d'autres.

Le Gouvernement a choisi une solution marquant clairement la responsabilité de la femme parce qu'elle est plus dissuasive au fond qu'une autorisation émanant d'un tiers qui ne serait ou ne deviendrait vite qu'un faux-semblant.

Ce qu'il faut, c'est que cette responsabilité, la femme ne l'exerce pas dans la solitude ou dans l'angoisse.

Tout en évitant d'instituer une procédure qui puisse la détourner d'y avoir recours, le projet prévoit donc diverses consultations qui doivent la conduire à mesurer toute la gravité de la décision qu'elle se propose de prendre.

Le médecin peut jouer ici un rôle capital, d'une part, en informant complètement la femme des risques médicaux de l'interruption de grossesse qui sont maintenant bien connus, et tout spécialement des risques de prématurité de ses enfants futurs, et, d'autre part, en la sensibilisant au problème de la contraception.

Cette tâche de dissuasion et de conseil revient au corps médical de façon privilégiée et je sais pouvoir compter sur l'expérience et le sens de l'humain des médecins pour qu'ils s'efforcent d'établir au cours de ce colloque singulier le dialogue confiant et attentif que les femmes recherchent, parfois même inconsciemment.

[...]

Ce qu'il faut aussi, c'est bien marquer la différence entre la contraception qui, lorsque les femmes ne désirent pas un enfant, doit être encouragée par tous les moyens et dont le remboursement par la Sécurité sociale vient d'être décidé, et l'avortement que la société tolère mais qu'elle ne saurait ni prendre en charge ni encourager. *(Très bien! très bien! sur divers bancs de l'union des démocrates pour la République.)*

Rares sont les femmes qui ne désirent pas d'enfant; la maternité fait partie de l'accomplissement de leur vie et celles qui n'ont pas connu ce bonheur en souffrent profondément. Si l'enfant une fois né est rarement rejeté et donne à sa mère, avec son premier sourire, les plus grandes joies qu'elle puisse connaître, certaines femmes se sentent incapables, en raison des difficultés très graves qu'elles connaissent à un moment de leur existence, d'apporter à un enfant l'équilibre affectif et la sollicitude qu'elles lui doivent. À ce moment, elles feront tout pour l'éviter ou ne pas le garder. Et personne ne pourra les en empêcher. Mais les mêmes femmes, quelques mois plus tard, leur vie affective ou matérielle s'étant transformée, seront les premières à souhaiter un enfant et deviendront peut-être les mères les plus attentives. C'est pour celles-là que nous voulons mettre fin à l'avortement clandestin, auquel elles ne manqueraient pas de recourir, au risque de rester stériles ou atteintes au plus profond d'elles-mêmes.

J'en arrive au terme de mon exposé. Volontairement, j'ai préféré m'expliquer sur la philosophie générale du projet plutôt que sur le détail de ses dispositions que nous examinerons à loisir au cours de la discussion des articles.

Je sais qu'un certain nombre d'entre vous estimeront en conscience qu'ils ne peuvent voter ce texte, pas davantage qu'aucune loi faisant sortir l'avortement de l'interdit et du clandestin.

Ceux-là, j'espère les avoir au moins convaincus que ce

projet est le fruit d'une réflexion honnête et approfondie
sur tous les aspects du problème et que si le Gouvernement
a pris la responsabilité de le soumettre au Parlement, ce
n'est qu'après en avoir mesuré la portée immédiate aussi
bien que les conséquences futures pour la nation.

Je ne leur en donnerai qu'une preuve, c'est qu'usant
d'une procédure tout à fait exceptionnelle en matière législative, le Gouvernement vous propose d'en limiter l'application à cinq années. Ainsi dans l'hypothèse où il apparaîtrait
au cours de ce laps de temps que la loi que vous auriez
votée ne serait plus adaptée à l'évolution démographique
ou au progrès médical, le Parlement aurait à se prononcer
à nouveau dans cinq ans en tenant compte de ces nouvelles
données.

D'autres hésitent encore. Ils sont conscients de la détresse
de trop de femmes et souhaitent leur venir en aide ; ils craignent toutefois les effets et les conséquences de la loi. À
ceux-ci je veux dire que si la loi est générale et donc abstraite, elle est faite pour s'appliquer à des situations indi-
viduelles souvent angoissantes ; que si elle n'interdit plus,
elle ne crée aucun droit à l'avortement et que, comme
le disait Montesquieu, « la nature des lois humaines est
d'être soumise à tous les accidents qui arrivent et de varier
à mesure que les volontés des hommes changent. Au
contraire la nature des lois de la religion est de ne varier
jamais. Les lois humaines statuent sur le bien, la religion sur
le meilleur. »

C'est bien dans cet esprit que depuis une dizaine d'années,
grâce au président de votre commission des lois, avec
lequel j'ai eu l'honneur de collaborer lorsqu'il était garde
des Sceaux, a été rajeuni et transformé notre prestigieux
code civil. Certains ont craint alors qu'en prenant acte d'une
nouvelle image de la famille, on ne contribue à la détériorer.
Il n'en a rien été et notre pays peut s'honorer d'une légis-

lation civile désormais plus juste, plus humaine, mieux adaptée à la société dans laquelle nous vivons. *(Murmures sur divers bancs. Applaudissements sur de nombreux bancs de l'union des démocrates pour la République, des républicains indépendants et des réformateurs, des centristes et des démocrates sociaux.)*

Je sais que le problème dont nous débattons aujourd'hui concerne des questions infiniment plus graves et qui troublent beaucoup plus la conscience de chacun. Mais en définitive il s'agit aussi d'un problème de société.

Je voudrais enfin vous dire ceci : au cours de la discussion, je défendrai ce texte, au nom du Gouvernement, sans arrière-pensée, et avec toute ma conviction, mais il est vrai que personne ne peut éprouver une satisfaction profonde à défendre un tel texte — le meilleur possible à mon avis — sur un tel sujet : personne n'a jamais contesté, et le ministre de la Santé moins que quiconque, que l'avortement soit un échec quand il n'est pas un drame.

Mais nous ne pouvons plus fermer les yeux sur les 300 000 avortements qui, chaque année, mutilent les femmes de ce pays, qui bafouent nos lois et qui humilient ou traumatisent celles qui y ont recours.

L'histoire nous montre que les grands débats qui ont divisé un moment les Français apparaissent avec le recul du temps comme une étape nécessaire à la formation d'un nouveau consensus social, qui s'inscrit dans la tradition de tolérance et de mesure de notre pays.

Je ne suis pas de ceux et de celles qui redoutent l'avenir.

Les jeunes générations nous surprennent parfois en ce qu'elles diffèrent de nous ; nous les avons nous-mêmes élevées de façon différente de celle dont nous l'avons été. Mais cette jeunesse est courageuse, capable d'enthousiasme et de sacrifices comme les autres. Sachons lui faire confiance pour conserver à la vie sa valeur suprême. *(Applaudisse-ments sur de nombreux bancs des républicains indépendants, de l'union des démocrates pour la République, des réformateurs, des centristes et des démocrates sociaux et sur quelques bancs des socialistes et radicaux de gauche.)*

ROBERT BADINTER (né en 1928)

*Discussion du projet de loi
portant sur l'abolition de la peine de mort*

(Assemblée nationale, séance du 17 septembre 1981)

Juriste de formation, auteur d'ouvrages sur l'histoire et le fonctionnement de la justice, Robert Badinter est également un intellectuel qui s'est résolument engagé dans la lutte contre la peine de mort.

Dans plusieurs récits — notamment dans L'Abolition *(2000) —, il confie que l'origine de son engagement est l'exécution de Bontems, dont il était l'avocat. Bontems purge une peine à la centrale de Clairvaux lorsqu'il commet, le 21 septembre 1971, avec son compagnon de cellule Claude Buffet, une prise d'otages à l'infirmerie de la prison. Après l'assaut des forces de l'ordre, on découvre les corps égorgés des deux otages, l'infirmière et un gardien. L'avocat défend avec conviction son client, mais le jury décide de condamner à mort Bontems et Buffet. Certes, Robert Badinter était déjà un farouche opposant à la peine de mort, mais sa détermination naît de cette condamnation, celle d'un homme qui n'avait pas tué lui-même (il avait été en effet établi lors du procès que c'était Claude Buffet qui avait égorgé les deux victimes), mais aussi de l'inhumanité de l'exécution à laquelle il assiste en tant qu'avocat. Refusant l'idée qu'une société accepte de donner la mort, Robert Badinter relate cette affaire — qui fut la plus douloureuse épreuve de sa carrière — dans* L'Exécution, *rédigé peu après la décapitation de Bontems, le 28 novembre 1972 : «La guillotine rend tout dérisoire. Il n'y a pas de révision* possible, pas de grâce possible, pour le décapité. Je ne pouvais plus rien pour Bontems. »

S'il ne peut plus rien pour Bontems, il peut en revanche poursuivre sa lutte contre la peine de mort. Badinter en effet décide d'assurer en 1977 la défense de Patrick Henry. Pourtant, l'affaire est particulièrement horrible et la cause semble entendue : non seulement l'accusé est l'assassin d'un enfant, mais, avant son arrestation, il s'est répandu dans la presse, réclamant la peine de mort pour le kidnappeur de la jeune victime… La foule réclame donc sa tête. Badinter fait cependant de ce procès celui de la peine de mort : « Si on était partisan de la peine de mort, dira-t-il peu après, il fallait condamner Patrick Henry ; si, au contraire, on n'y croyait pas, même dans le cas de Patrick Henry, il ne fallait pas condamner à mort. […] Et les jurés ont condamné la peine de mort. »

Ce procès marque donc un moment important de l'histoire de l'abolition de la peine de mort en France, qui trouve son épilogue en 1981. Cette année-là, au cœur de la campagne des présidentielles, le candidat François Mitterrand se déclare clairement opposé à la peine de mort en dépit de l'opinion publique qui lui est majoritairement favorable. Élu président en mai, Mitterrand a permis par cette prise de position sans équivoque de légitimer le projet de loi que Robert Badinter, alors garde des Sceaux, soumet au Parlement, qui l'adopte définitivement le 30 septembre.

M. le président. — La parole est à M. le garde des Sceaux, ministre de la Justice.

M. le garde des Sceaux. — Monsieur le président, Mesdames, Messieurs les députés, j'ai l'honneur au nom du Gouvernement de la République, de demander à l'Assemblée nationale l'abolition de la peine de mort en France.

En cet instant, dont chacun d'entre vous mesure la portée

qu'il revêt pour notre justice et pour nous, je veux d'abord remercier la commission des lois parce qu'elle a compris l'esprit du projet qui lui était présenté et, plus particulièrement, son rapporteur, M. Raymond Forni[1], non seulement parce qu'il est un homme de cœur et de talent mais parce qu'il a lutté dans les années écoulées pour l'abolition. Au-delà de sa personne et, comme lui, je tiens à remercier tous ceux, quelle que soit leur appartenance politique, qui, au cours des années passées, notamment au sein des commissions des lois précédentes, ont également œuvré pour que l'abolition soit décidée, avant même que n'intervienne le changement politique majeur que nous connaissons.

Cette communion d'esprit, cette communauté de pensée à travers les clivages politiques montrent bien que le débat qui est ouvert aujourd'hui devant vous est d'abord un débat de conscience et le choix auquel chacun d'entre vous procédera l'engagera personnellement.

Raymond Forni a eu raison de souligner qu'une longue marche s'achève aujourd'hui. Près de deux siècles se sont écoulés depuis que dans la première assemblée parlementaire qu'ait connue la France, Le Pelletier de Saint-Fargeau[2] demandait l'abolition de la peine capitale. C'était en 1791.

Je regarde la marche de la France.

La France est grande, non seulement par sa puissance, mais au-delà de sa puissance, par l'éclat des idées, des causes, de la générosité qui l'ont emporté aux moments privilégiés de son histoire.

La France est grande parce qu'elle a été la première en

---

1. Président de la commission des Lois de 1981 à 1985 et rapporteur de la loi sur l'abolition de la peine de mort.
2. Juriste et homme politique révolutionnaire (1760-1793), il propose en 1791 un projet de loi prévoyant l'abolition de la peine de mort.

Europe à abolir la torture[1] malgré les esprits précaution-
neux qui, dans le pays, s'exclamaient à l'époque que, sans la
torture, la justice française serait désarmée, que, sans la
torture, les bons sujets seraient livrés aux scélérats.

La France a été parmi les premiers pays du monde à
abolir l'esclavage[2], ce crime qui déshonore encore l'humanité.

Il se trouve que la France aura été, en dépit de tant d'efforts courageux, l'un des derniers pays, presque le dernier
— et je baisse la voix pour le dire — en Europe occidentale,
dont elle a été si souvent le foyer et le pôle, à abolir la
peine de mort.

Pourquoi ce retard ? Voilà la première question qui se
pose à nous.

Ce n'est pas la faute du génie national. C'est de France,
c'est de cette enceinte, souvent, que se sont levées les plus
grandes voix, celles qui ont résonné le plus haut et le plus
loin dans la conscience humaine, celles qui ont soutenu,
avec le plus d'éloquence, la cause de l'abolition. Vous avez,
fort justement, monsieur Forni, rappelé Hugo, j'y ajouterai,
parmi les écrivains, Camus. Comment, dans cette enceinte,
ne pas penser aussi à Gambetta, à Clemenceau et surtout
au grand Jaurès ? Tous se sont levés. Tous ont soutenu la
cause de l'abolition. Alors pourquoi le silence a-t-il persisté
et pourquoi n'avons-nous pas aboli ?

Je ne pense pas non plus que ce soit à cause du tempé-
rament national. Les Français ne sont certes pas plus répres-
sifs, moins humains que les autres peuples. Je le sais par
expérience. Juges et jurés français savent être aussi généreux

---

1. Elle est définitivement abolie par une ordonnance royale de
1788.
2. L'esclavage est aboli dans la loi française par un décret de
1848.

que les autres. La réponse n'est donc pas là. Il faut la chercher ailleurs.

Pour ma part, j'y vois une explication qui est d'ordre politique. Pourquoi ?

L'abolition, je l'ai dit, regroupe, depuis deux siècles, des femmes et des hommes de toutes les classes politiques et, bien au-delà, de toutes les couches de la nation.

Mais si l'on considère l'histoire de notre pays, on remarquera que l'abolition, en tant que telle, a toujours été une des grandes causes de la gauche française. Quand je dis gauche, comprenez-moi, j'entends forces de changement, forces de progrès, parfois forces de révolution, celles qui, en tout cas, font avancer l'histoire. *(Applaudissements sur les bancs des socialistes, sur de nombreux bancs des communistes et sur quelques bancs de l'union pour la démocratie française.)*

Examinez simplement ce qui est la vérité. Regardez-la.

[...]

M. le garde des Sceaux. — Pour les partisans de la peine de mort, dont les abolitionnistes et moi-même avons toujours respecté le choix en notant à regret que la réciproque n'a pas toujours été vraie, la haine répondant souvent à ce qui n'était que l'expression d'une conviction profonde, celle que je respecterai toujours chez les hommes de liberté, pour les partisans de la peine de mort, disais-je, la mort du coupable est une exigence de justice. Pour eux, il est en effet des crimes trop atroces pour que leurs auteurs puissent les expier autrement qu'au prix de leur vie.

La mort et la souffrance des victimes, ce terrible malheur, exigeraient comme contrepartie nécessaire, impérative, une autre mort et une autre souffrance. À défaut, déclarait un ministre de la Justice récent, l'angoisse et la passion suscitées dans la société par le crime ne seraient pas apaisées. Cela s'appelle, je crois, un sacrifice expiatoire. Et justice, pour les partisans de la peine de mort, ne serait pas faite si à la mort de la victime ne répondait pas, en écho, la mort du coupable.

Soyons clairs. Cela signifie simplement que la loi du talion[1] demeurerait, à travers les millénaires, la loi nécessaire, unique de la justice humaine.

Du malheur et de la souffrance des victimes, j'ai, beaucoup plus que ceux qui s'en réclament, souvent mesuré dans ma vie l'étendue. Que le crime soit le point de rencontre, le lieu géométrique du malheur humain, je le sais mieux que personne. Malheur de la victime elle-même et, au-delà, malheur de ses parents et de ses proches. Malheur aussi des parents du criminel. Malheur enfin, bien souvent, de l'assassin. Oui, le crime est malheur, et il n'y a pas un homme, pas une femme de cœur, de raison, de responsabilité, qui ne souhaite d'abord le combattre.

Mais ressentir, au profond de soi-même, le malheur et la douleur des victimes, mais lutter de toutes les manières pour que la violence et le crime reculent dans notre société, cette sensibilité et ce combat ne sauraient impliquer la nécessaire mise à mort du coupable. Que les parents et les proches de la victime souhaitent cette mort, par réaction naturelle de l'être humain blessé, je le comprends, je le conçois. Mais c'est une réaction humaine, naturelle. Or tout le progrès historique de la justice a été de dépasser la vengeance privée. Et comment la dépasser, sinon d'abord en refusant la loi du talion ?

La vérité est que, au plus profond des motivations de l'attachement à la peine de mort, on trouve, inavouée le plus souvent, la tentation de l'élimination. Ce qui paraît insupportable à beaucoup, c'est moins la vie du criminel empri-

---

1. Une des lois les plus anciennes de l'humanité. Elle édicte que l'auteur d'un crime sera puni du même crime. On traduit souvent cette loi par la formule : *Œil pour œil, dent pour dent.*

sonné que la peur qu'il récidive un jour. Et ils pensent que la seule garantie, à cet égard, est que le criminel soit mis à mort par précaution.

Ainsi, dans cette conception, la justice tuerait moins par vengeance que par prudence. Au-delà de la justice d'expiation, apparaît donc la justice d'élimination, derrière la balance, la guillotine. L'assassin doit mourir tout simplement parce que, ainsi, il ne récidivera pas. Et tout paraît si simple, et tout paraît si juste !

Mais quand on accepte ou quand on prône la justice d'élimination, au nom de la justice, il faut bien savoir dans quelle voie on s'engage. Pour être acceptable, même pour ses partisans, la justice qui tue le criminel doit tuer en connaissance de cause. Notre justice, et c'est son honneur, ne tue pas les déments. Mais elle ne sait pas les identifier à coup sûr, et c'est à l'expertise psychiatrique, la plus aléatoire, la plus incertaine de toutes, que, dans la réalité judiciaire, on va s'en remettre. Que le verdict psychiatrique soit favorable à l'assassin, et il sera épargné. La société acceptera d'assumer le risque qu'il représente sans que quiconque s'en indigne. Mais que le verdict psychiatrique lui soit défavorable, et il sera exécuté. Quand on accepte la justice d'élimination, il faut que les responsables politiques mesurent dans quelle logique de l'Histoire on s'inscrit.

Je ne parle pas de sociétés où l'on élimine aussi bien les criminels que les déments, les opposants politiques que ceux dont on pense qu'ils seraient de nature à «polluer» le corps social. Non, je m'en tiens à la justice des pays qui vivent en démocratie.

Enfoui, terré, au cœur même de la justice d'élimination, veille le racisme secret. Si, en 1972, la Cour suprême des États-Unis a penché vers l'abolition, c'est essentiellement parce qu'elle avait constaté que 60 % des condamnés à mort étaient des Noirs, alors qu'ils ne représentaient que

12 % de la population. Et pour un homme de justice, quel vertige! Je baisse la voix et je me tourne vers vous tous pour rappeler qu'en France même, sur trente-six condamnations à mort définitives prononcées depuis 1945, on compte neuf étrangers, soit 25 %, alors qu'ils ne représentent que 8 % de la population; parmi eux cinq Maghrébins, alors qu'ils ne représentent que 2 % de la population. Depuis 1965, parmi les neuf condamnés à mort exécutés, on compte quatre étrangers, dont trois Maghrébins. Leurs crimes étaient-ils plus odieux que les autres ou bien paraissaient-ils plus graves parce que leurs auteurs, à cet instant, faisaient secrètement horreur? C'est une interrogation, ce n'est qu'une interrogation, mais elle est si pressante et si lancinante que seule l'abolition peut mettre fin à une interrogation qui nous interpelle avec tant de cruauté.

Il s'agit bien, en définitive, dans l'abolition, d'un choix fondamental, d'une certaine conception de l'homme et de la justice. Ceux qui veulent une justice qui tue, ceux-là sont animés par une double conviction: qu'il existe des hommes totalement coupables, c'est-à-dire des hommes totalement responsables de leurs actes, et qu'il peut y avoir une justice sûre de son infaillibilité au point de dire que celui-là peut vivre et que celui-là doit mourir.

À cet âge de ma vie, l'une et l'autre affirmations me paraissent également erronées. Aussi terribles, aussi odieux que soient leurs actes, il n'est point d'hommes en cette terre dont la culpabilité soit totale et dont il faille pour toujours désespérer totalement. Aussi prudente que soit la justice, aussi mesurés et angoissés que soient les femmes et les hommes qui jugent, la justice demeure humaine, donc faillible.

Et je ne parle pas seulement de l'erreur judiciaire absolue, quand, après une exécution, il se révèle, comme cela peut encore arriver, que le condamné à mort était innocent et qu'une société entière — c'est-à-dire nous tous —, au nom de laquelle le verdict a été rendu, devient ainsi collectivement coupable puisque sa justice rend possible l'injustice suprême. Je parle aussi de l'incertitude et de la contradiction des décisions rendues qui font que les mêmes accusés, condamnés à mort une première fois, dont la condamnation est cassée pour vice de forme, sont de nouveau jugés et, bien qu'il s'agisse des mêmes faits, échappent, cette fois-ci, à la mort, comme si, en justice, la vie d'un homme se jouait au hasard d'une erreur de plume d'un greffier. Ou bien tels condamnés, pour des crimes moindres, seront exécutés, alors que d'autres, plus coupables, sauveront leur tête à la faveur de la passion de l'audience, du climat ou de l'emportement de tel ou tel.

Cette sorte de loterie judiciaire, quelle que soit la peine qu'on éprouve à prononcer ce mot quand il y va de la vie d'une femme ou d'un homme, est intolérable. Le plus haut magistrat de France, M. Aydalot[1], au terme d'une longue carrière tout entière consacrée à la justice et, pour la plupart de son activité, au parquet, disait qu'à la mesure de sa hasardeuse application, la peine de mort lui était devenue, à lui magistrat, insupportable. Parce qu'aucun homme n'est totalement responsable, parce qu'aucune justice ne peut être absolument infaillible, la peine de mort est moralement inacceptable. Pour ceux d'entre nous qui croient en Dieu, lui seul a le pouvoir de choisir l'heure de notre mort. Pour tous les abolitionnistes, il est impossible de reconnaître à la justice des hommes ce pouvoir de mort parce qu'ils savent qu'elle est faillible.

Le choix qui s'offre à vos consciences est donc clair : ou notre société refuse une justice qui tue et accepte d'assumer, au nom de ses valeurs fondamentales — celles qui

---

1. Magistrat français (1905-1996).

l'ont faite grande et respectée entre toutes —, la vie de ceux qui font horreur, déments ou criminels ou les deux à la fois, et c'est le choix de l'abolition ; ou cette société croit, en dépit de l'expérience des siècles, faire disparaître le crime avec le criminel, et c'est l'élimination.

Cette justice d'élimination, cette justice d'angoisse et de mort, décidée avec sa marge de hasard, nous la refusons. Nous la refusons parce qu'elle est pour nous l'anti-justice, parce qu'elle est la passion et la peur triomphant de la raison et de l'humanité.

J'en ai fini avec l'essentiel, avec l'esprit et l'inspiration de cette grande loi. Raymond Forni, tout à l'heure, en a dégagé les lignes directrices. Elles sont simples et précises.

Parce que l'abolition est un choix moral, il faut se prononcer en toute clarté. Le Gouvernement vous demande donc de voter l'abolition de la peine de mort sans l'assortir d'aucune restriction ni d'aucune réserve. Sans doute, des amendements seront déposés tendant à limiter le champ de l'abolition et à en exclure diverses catégories de crimes. Je comprends l'inspiration de ces amendements, mais le Gouvernement vous demandera de les rejeter.

D'abord parce que la formule « abolir hors les crimes odieux » ne recouvre en réalité qu'une déclaration en faveur de la peine de mort. Dans la réalité judiciaire, personne n'encourt la peine de mort hors des crimes odieux. Mieux vaut donc, dans ce cas-là, éviter les commodités de style et se déclarer partisan de la peine de mort. *(Applaudissements sur les bancs des socialistes.)*

Quant aux propositions d'exclusion de l'abolition au regard de la qualité des victimes, notamment au regard de leur faiblesse particulière ou des risques plus grands qu'elles encourent, le Gouvernement vous demandera également de les refuser, en dépit de la générosité qui les inspire.

Ces exclusions méconnaissent une évidence : toutes, je

dis bien toutes, les victimes sont pitoyables et toutes appellent la même compassion. Sans doute, en chacun de nous, la mort de l'enfant ou du vieillard suscite plus aisément l'émotion que la mort d'une femme de trente ans ou d'un homme mûr chargé de responsabilités, mais, dans la réalité humaine, elle n'en est pas moins douloureuse, et toute discrimination à cet égard serait porteuse d'injustice !

S'agissant des policiers ou du personnel pénitentiaire, dont les organisations représentatives requièrent le maintien de la peine de mort à l'encontre de ceux qui attenteraient à la vie de leurs membres, le Gouvernement comprend parfaitement les préoccupations qui les animent, mais il demandera que ces amendements en soient rejetés.

La sécurité des personnels de police et du personnel pénitentiaire doit être assurée. Toutes les mesures nécessaires pour assurer leur protection doivent être prises. Mais, dans la France de la fin du XXe siècle, on ne confie pas à la guillotine le soin d'assurer la sécurité des policiers et des surveillants. Et quant à la sanction du crime qui les atteindrait, aussi légitime qu'elle soit, cette peine ne peut être, dans nos lois, plus grave que celle qui frapperait les auteurs de crimes commis à l'encontre d'autres victimes. Soyons clairs : il ne peut exister dans la justice française de privilège pénal au profit de quelque profession ou corps que ce soit. Je suis sûr que les personnels de police et les personnels pénitentiaires le comprendront. Qu'ils sachent que nous nous montrerons attentifs à leur sécurité sans jamais pour autant en faire un corps à part dans la République.

Dans le même dessein de clarté, le projet n'offre aucune disposition concernant une quelconque peine de remplacement.

Pour des raisons morales d'abord : la peine de mort est

un supplice, et l'on ne remplace pas un supplice par un autre.

Pour des raisons de politique et de clarté législatives aussi : par peine de remplacement, l'on vise communément une période de sûreté, c'est-à-dire un délai inscrit dans la loi pendant lequel le condamné n'est pas susceptible de bénéficier d'une mesure de libération conditionnelle ou d'une quelconque suspension de sa peine. Une telle peine existe déjà dans notre droit et sa durée peut atteindre dix-huit années.

Si je demande à l'Assemblée de ne pas ouvrir, à cet égard, un débat tendant à modifier cette mesure de sûreté, c'est parce que, dans un délai de deux ans — délai relativement court au regard du processus d'édification de la loi pénale —, le Gouvernement aura l'honneur de lui soumettre le projet d'un nouveau code pénal, un code pénal adapté à la société française de la fin du XXᵉ siècle et, je l'espère, de l'horizon du XXIᵉ siècle. À cette occasion, il conviendra que soit défini, établi, pesé par vous ce que doit être le système des peines pour la société française d'aujourd'hui et de demain. C'est pourquoi je vous demande de ne pas mêler au débat de principe sur l'abolition une discussion sur la peine de remplacement, ou plutôt sur la mesure de sûreté, parce que cette discussion serait à la fois inopportune et inutile.

Inopportune parce que, pour être harmonieux, le système des peines doit être pensé et défini en son entier, et non à la faveur d'un débat qui, par son objet même, se révèle nécessairement passionné et aboutirait à des solutions partielles.

Discussion inutile parce que la mesure de sûreté existante frappera à l'évidence tous ceux qui vont être condamnés à la peine de réclusion criminelle à perpétuité dans les deux ou trois années au plus qui s'écouleront avant que vous n'ayez, mesdames, messieurs les députés, défini notre système de peines et que, par conséquent, la question de leur libération ne saurait en aucune façon se poser. Les législateurs que vous êtes savent bien que la définition inscrite dans le nouveau code s'appliquera à eux, soit par l'effet immédiat de la loi pénale plus douce, soit — si elle est plus sévère — parce qu'on ne saurait faire de discrimination et que le régime de libération conditionnelle sera le même pour tous les condamnés à perpétuité. Par conséquent, n'ouvrez pas maintenant cette discussion.

Pour les mêmes raisons de clarté et de simplicité, nous n'avons pas inséré dans le projet les dispositions relatives au temps de guerre. Le Gouvernement sait bien que, quand le mépris de la vie, la violence mortelle deviennent la loi commune, quand certaines valeurs essentielles du temps de paix sont remplacées par d'autres qui expriment la primauté de la défense de la Patrie, alors le fondement même de l'abolition s'efface de la conscience collective pour la durée du conflit, et, bien entendu, l'abolition est alors entre parenthèses.

Il est apparu au Gouvernement qu'il était malvenu, au moment où vous décidiez enfin de l'abolition dans la France en paix qui est heureusement la nôtre, de débattre du domaine éventuel de la peine de mort en temps de guerre, une guerre que rien heureusement n'annonce. Ce sera au Gouvernement et au législateur du temps de l'épreuve — si elle doit survenir — qu'il appartiendra d'y pourvoir, en même temps qu'aux nombreuses dispositions particulières qu'appelle une législation de guerre. Mais arrêter les modalités d'une législation de guerre à cet instant où nous abolissons la peine de mort n'aurait point de sens. Ce serait hors de propos au moment où, après cent quatre-vingt-dix ans de débat, vous allez enfin prononcer et décider de l'abolition.

J'en ai terminé.

Les propos que j'ai tenus, les raisons que j'ai avancées, votre cœur, votre conscience vous les avaient déjà dictés aussi bien qu'à moi. Je tenais simplement, à ce moment essentiel de notre histoire judiciaire, à les rappeler, au nom du Gouvernement.

Je sais que dans nos lois, tout dépend de votre volonté et de votre conscience. Je sais que beaucoup d'entre vous, dans la majorité comme dans l'opposition, ont lutté pour l'abolition. Je sais que le Parlement aurait pu aisément, de sa seule initiative, libérer nos lois de la peine de mort. Vous avez accepté que ce soit sur un projet du Gouvernement que soit soumise à vos votes l'abolition, associant ainsi le Gouvernement et moi-même à cette grande mesure. Laissez-moi vous en remercier.

Demain, grâce à vous, la justice française ne sera plus une justice qui tue. Demain, grâce à vous, il n'y aura plus, pour notre honte commune, d'exécutions furtives, à l'aube, sous le dais noir, dans les prisons françaises. Demain, les pages sanglantes de notre justice seront tournées.

À cet instant plus qu'à aucun autre, j'ai le sentiment d'assumer mon ministère, au sens ancien, au sens noble, le plus noble qui soit, c'est-à-dire au sens de «service». Demain, vous voterez l'abolition de la peine de mort. Législateur français, de tout mon cœur, je vous en remercie. *(Applaudissements sur les bancs des socialistes et des communistes et sur quelques bancs du rassemblement pour la République et de l'union pour la démocratie française. Les députés socialistes et quelques députés communistes se lèvent et applaudissent longuement.)*

Table des textes

Du tableau

aux textes

Bertrand Leclair

Du tableau aux textes

Massacre en Corée
de Pablo Picasso

… La guerre oppose les forces de la Corée du Nord, communiste, à la Corée du Sud sous influence occidentale…

Dans le flot tragique de l'histoire du XXe siècle, entre nazisme et guerre du Vietnam, on a quelque peu oublié l'impact de la guerre de Corée (1950-1953). Cette dernière, qui a coûté des centaines de milliers de vies humaines (certains historiens avancent même le chiffre de trois millions), a pourtant bouleversé le monde entier, qui se relevait à peine du chaos de la Seconde Guerre mondiale.

Plus jamais ça ? Cinq ans après la victoire des Alliés et le partage du monde décidé à Yalta, revoilà déjà le feu, la mort et les bombes. La guerre oppose les forces de la Corée du Nord, communiste, à la Corée du Sud sous influence occidentale. La première est soutenue par l'U.R.S.S. et la Chine maoïste, la seconde par l'Organisation des Nations unies, et plus particulièrement les États-Unis dont les soldats débarquent chaque mois plus nombreux. Vue de France, indirectement engagée, la guerre peut paraître lointaine, mais les « actualités » des cinémas, de plus en plus fréquentés, en diffusent des images qui projettent l'ombre portée de cette nouvelle guerre. La propagande fait rage des deux côtés, y compris lorsque c'est au nom du pacifisme que l'on mobilise l'opinion, en ces années où chacun peut craindre que l'affrontement ne dégénère en conflit mondial entre les deux blocs, occidental et communiste.

Beaucoup, et Pablo Picasso est de ceux-là, redoutent encore plus un nouveau recours à la bombe atomique par l'armée américaine, alors que les villes japonaises d'Hiroshima et de Nagasaki ne sont toujours que ruines. Le monde commence en effet à prendre conscience de l'impact réel d'une attaque nucléaire : celle-ci ne se contente pas de tuer et de dévaster au moment de l'explosion, elle continue de semer la mort et la panique à court, à moyen et à long terme. Le nombre de victimes parmi les populations civiles japonaises ne cesse de croître au long des années, touchant même les enfants nés après l'armistice.

Dans son atelier de Vallauris, au mois de janvier 1951, Picasso décide de passer à l'acte sur une planche de contreplaqué. Choisir le bois plutôt que la toile, dont l'emploi s'est imposé aux peintres depuis la Renaissance, est en soi une façon d'inscrire son geste dans une histoire des arts qui remonte bien plus loin que la peinture moderne : comme s'il s'agissait, pour dénoncer la guerre, d'en revenir aux époques où l'artiste avait partie liée avec le sacré, avec la superstition. De fait, comme la plupart des œuvres majeures de Picasso, *Massacre en Corée* est une sorte de talisman, autant destiné à conjurer le sort qu'à affirmer un point de vue. Picasso a toujours entretenu avec l'art un rapport quasiment animiste, renforcé au tout début du XXe siècle par sa découverte des statues et des masques africains, qui d'emblée l'ont passionné, non pas tant pour des raisons esthétiques (comme pour Henri Matisse ou Georges Braque, au même moment) que pour leur puissance de fétiches. C'est en tout cas ce qu'il confie à André Malraux, des années plus tard, lorsqu'il lui raconte sa première confrontation aux arts africains, à l'époque où il peignait *Les Demoiselles d'Avignon,* considéré depuis comme l'acte de naissance du cubisme. C'est vers 1907 que le hasard l'a conduit au musée d'ethnographie du Trocadéro : « Les masques, ils n'étaient pas des sculptures comme les autres. Pas du tout. Ils étaient des choses magiques. […] Mais tous les fétiches, ils servaient à la même chose. Ils étaient des armes. Pour aider les gens à ne plus être les sujets des esprits, à devenir indépendants. Des outils. Si nous donnons une forme aux esprits, nous devenons indépendants. […] *Les Demoiselles d'Avignon* ont dû arriver ce jour-là, mais pas du tout à cause des formes : parce que c'était ma première toile d'exorcisme, oui ! »

… Picasso veut croire à la puissance de l'art dans le flot déchaîné de l'histoire…

Jamais Picasso ne peint pour viser à un beau idéal, ou faire preuve simplement de son talent, comme tant de peintres ordinaires ; il peint pour influer sur le monde, pour conjurer le sort. Il y croit. Tant sur le plan intime (son œuvre, en effet, plus qu'aucune autre, peut apparaître comme un journal intime jouant sans cesse avec le cours de sa vie, de ses relations avec ses amours ou ses enfants) que sur le plan collectif : il veut croire à la puissance de l'art dans le flot déchaîné de l'histoire. Cette dimension exorciste est ce qu'il cherche à atteindre une fois de plus lorsqu'il peint *Massacre en Corée.* Paradoxe, aujourd'hui encore, de l'univers de Picasso : alors même que son nom est le symbole des avant-gardes artistiques du XXᵉ siècle, son art puise très en amont de notre époque ; furieusement moderne, il n'en est pas moins profondément archaïque. Notre tableau en témoigne : on y retrouve, à observer les visages du groupe de femmes, l'une des singularités du peintre que le poète Francis Ponge a parfaitement exprimée en proposant de comparer « l'expression des regards dans les fresques de la Villa des Mystères et dans l'œuvre de Picasso ».

L'histoire, ici, est aussi celle de la peinture moderne. Pour dénoncer le crime que toute guerre inflige à l'humain à travers les hommes, Picasso décide cependant de s'inspirer de l'une des toiles majeures de la modernité : *Tres de Mayo*, de Francisco de Goya. Cette œuvre marquante de l'illustre Espagnol, large de plus de trois mètres et peinte en 1814, met en scène la violente répression de mai 1808, ordonnée par Napoléon pour faire suite aux soulèvements des habitants de Madrid occupée. Picasso en reprend la disposition spatiale, divisant le tableau en deux : un groupe d'individus désarmés, à gauche, menacé par des soldats regroupés à droite, qui semblent déshumanisés et dont on n'aperçoit, au fond, que l'uniforme et les armes. Goya, lui non plus, ne montre pas le visage des soldats qui sont penchés sur leurs fusils braqués à l'horizontale, au point de faire corps avec eux, littéralement aveugles aux yeux du spectateur. Cette toile de Goya est d'autant plus célèbre qu'elle a déjà fait l'objet, en 1867, d'une reprise en forme d'hommage clairement identifié dans la toile d'Édouard Manet *L'Exécution de Maximilien*. Manet voulait, lui aussi, protester sur la toile, en y inscrivant une émotion alors partagée par le plus grand nombre.

*... tout peut encore être arrêté ; on peut encore, à cet
instant où il peint, éviter le massacre annoncé...*

Il existe pourtant plusieurs différences importantes
entre les deux toiles dont s'inspire Picasso et la sienne.
La première tient à l'instant : la force de *Tres de Mayo*
vient de la lumière concentrée sur le groupe des fusillés
au moment même où ils donnent l'impression de
s'écrouler en masse (tandis que plusieurs sont déjà
tombés, un homme au centre du groupe, pourvu d'une
chemise blanche fortement éclairée, les deux bras levés,
est encore debout). Alors que Goya voulait saisir l'instant
précis des coups de feu, Picasso met l'accent sur l'instant
qui les précède. Cela ne fait que renforcer sa valeur de
talisman : tout peut encore être arrêté ; on peut encore,
à cet instant où il peint, éviter le massacre annoncé.

Un autre écart notable, imposé par Picasso à la scène
dont il s'inspire, est sa radicalisation, qui se justifie par
celle des forces de la guerre au XXᵉ siècle : en Corée, à
l'image de ce qui s'est passé à Hiroshima, ce sont les
civils qui sont visés et non plus des combattants ou des
rebelles, comme dans les guerres d'autrefois. C'est la
raison pour laquelle le groupe peint par Picasso est
composé exclusivement de femmes et d'enfants. Ils ne
sont pas seulement désarmés, ils sont également nus —
en « tenue d'Adam et Ève ».

Ils appartiennent à un autre temps que celui de la
guerre, un temps édénique. Les soldats, au contraire,
ne sont plus seulement déshumanisés en raison de leur
attitude, comme dans l'œuvre de Goya, mais encore
du fait de leur équipement monstrueux : eux aussi sont
aveugles, à force d'être protégés, et les casques dont ils

sont affublés symbolisent en quelque sorte cet aveuglement par l'idéologie qui les transforme en machines
à tuer. Le seul à ne pas être casqué est le chef qui, placé
à l'extrémité, désigne de son sabre le groupe de civils à
abattre. L'ironie est mordante : ce chef, qui n'a pas
besoin de casque, a les pieds tournés vers l'extérieur. Il
est prêt à prendre la fuite au premier problème. On
peut aussi repérer une semblable ironie dans la techno-
logie utilisée, dont les soldats ne sont que l'instrument :
plusieurs des armes à feu sont pourvues de trois canons
envoyant les balles dans des directions différentes.
Humour on ne peut plus grinçant : à déclencher la
gâchette, les soldats vont tirer non seulement sur leur
cible, mais aussi bien alentour, au hasard (au petit
bonheur, ou au grand malheur, comme l'on voudra).
C'est le symbole même du carnage qui s'annonce.

Une autre différence, de taille, entre le tableau de
Picasso et ceux dont il s'inspire, est encore à prendre
en compte : à la division affirmée du tableau dans sa
largeur, l'auteur des *Demoiselles d'Avignon* en ajoute une
seconde dans la profondeur. Le paysage montagneux
est une toile de fond ; il semble à distance de la scène,
presque détaché. Volontairement éloigné dans l'espace,
il l'est du même geste dans le temps : s'il s'organise
autour de ruines, c'est certainement pour rappeler,
sinon les ruines d'Hiroshima, de Londres ou de Berlin,
en tout cas le désastre récent de la Seconde Guerre
mondiale ; le monde est déjà en ruine, avant même le
nouveau fracas des armes. Cette impression d'éloigne-
ment spatio-temporel est renforcée par la progression
de l'horreur représentée sur les visages du groupe de
femmes et d'enfants : le traitement cubiste des visages,
défigurés par l'effroi, s'accentue à mesure que l'on se
rapproche du devant de la scène. Les personnages plus

éloignés du spectateur semblent encore insouciants (au fond, l'enfant accroupi joue derrière une femme à demi stupéfaite seulement : il peut, pour quelques brefs instants, continuer à se laisser happer dans son monde d'enfant).

… Guernica *est un cri, un hurlement dans la nuit qui s'abat sur l'Europe…*

Enfin, on ne peut pas ignorer que Picasso inscrit cette nouvelle œuvre dans la lignée de ses propres toiles à portée politique, dont la toute première va rester à jamais la plus célèbre, puisqu'il s'agit du monument qu'est *Guernica*. Comme la plupart de ses toiles interventionnistes, sinon engagées, *Massacre en Corée* partage avec *Guernica* une dominante de tons réduits aux noirs, blancs et gris. La couleur, chez Picasso qui l'a utilisée avec tant de bonheur pour exprimer « la joie de vivre » (c'est aussi le titre de l'un de ses tableaux), n'est pas le lieu de l'urgence politique ; elle est cantonnée, ici, dans l'arrière-fond du paysage.

Cette inscription dans l'histoire de l'œuvre elle-même de Picasso est, paradoxalement, ce qui a pu, au moment de son dévoilement, desservir *Massacre en Corée*. De fait, le tableau n'a pas la puissance de *Guernica*. Mais quel tableau souffrirait une telle comparaison ? Avant d'être un chef-d'œuvre, *Guernica* est un cri, un hurlement dans la nuit qui s'abat sur l'Europe. Ce n'est pas une œuvre préméditée, justifiée par un engagement préalable. C'est une émotion qui déborde et emporte tout, y compris l'art lui-même, et l'exprimer était une nécessité vitale pour le peintre. Rappelons que la toile, qui mesure près de huit mètres de large, doit son nom à la ville basque qui, déclarée « ville ouverte », fut attaquée par les avions allemands en soutien aux forces du général Franco le 26 avril 1937. Les vagues d'avions Heinkel et Junker déferlèrent, larguant les bombes, balayant les rues à la mitrailleuse de quatre heures du matin jusqu'à la tombée de la nuit. Sur les 7 000 habitants, 1 654 furent tués et 889 blessés. Comme un horrible avant-goût de la Seconde Guerre mondiale, Guernica est le nom du premier massacre de populations civiles commis de sang-froid à grande échelle. Dès les premiers jours de mai 1937, Picasso tendit son immense toile du sol au plafond de son appartement pour exprimer son « horreur de la caste militaire qui a fait sombrer l'Espagne dans un océan de douleur et de mort ». C'est à cette époque qu'il déclara que la peinture « n'est pas faite pour décorer les appartements, c'est un instrument de guerre, offensif et défensif, contre l'ennemi ». Alors qu'il ne s'était jamais, jusqu'alors, préoccupé de politique, Picasso sera désormais un artiste engagé.

Quatorze ans plus tard, tandis qu'il travaille sur *Massacre en Corée* en utilisant, une fois de plus, des tons qui sont également ceux de la photographie de guerre (noir et blanc), le statut de Picasso a considérablement évolué. Si Henri Matisse ou Georges Braque, ses contemporains, sont eux aussi reconnus comme des maîtres illustres, Picasso est maintenant, et sans conteste, le peintre le plus célèbre du monde. Certes, le public bourgeois persiste, dans sa grande majorité, à ricaner devant ses chefs-d'œuvre, et notamment devant ses toiles de la période cubiste, mais il n'en représente pas moins un symbole déterminant, susceptible d'entraîner dans son sillage l'idée même de l'art. Sa décision d'adhérer au Parti communiste français, dans l'immédiat après-guerre, avait d'ailleurs provoqué un véritable séisme. C'est par un gros titre, en une du 29 octobre 1944, que le journal *L'Humanité* annonçait la parution d'un texte du peintre expliquant les raisons de son engagement, au mépris de ses intérêts commerciaux les plus évidents (de nombreux collectionneurs américains vont cesser aussitôt d'acheter les œuvres d'un artiste communiste). Picasso y déclarait : « Mon adhésion au parti communiste est la suite logique de toute ma vie, de toute mon œuvre. [...] Oui, j'ai conscience d'avoir toujours lutté par ma peinture en véritable révolutionnaire. Mais j'ai compris maintenant que cela même ne suffit pas ; ces années d'oppression terrible m'ont démontré que je devais non seulement combattre par mon art mais de tout moi-même... Et alors je suis allé vers le parti communiste sans la moindre hésitation, car au fond j'étais avec lui depuis toujours », avant d'ajouter : « Je suis de nouveau parmi mes frères. »

... la trace la plus flagrante de cet engagement reste la célèbre « colombe de la paix » qu'il a dessinée...

L'une des constantes majeures, dans la longue vie de Picasso (qui sera membre du Parti communiste jusqu'à sa mort, en 1973), est son refus de toute concession. Cela est vrai dans son art comme dans son comportement. Si son engagement n'a été ponctué que par de rares actions (en particulier sa participation, quelque peu somnolente d'après les photographies, à l'imposant Congrès pour la Paix organisé en Pologne par les communistes, en 1948) et n'a jamais été exprimé en termes clairement marxistes ni même politiques, il était toutefois profond en raison de l'attachement viscéral de Picasso à la notion de paix. Ce n'est que justice si la trace la plus flagrante de cet engagement reste, et pour longtemps encore, la célèbre « colombe de la paix » qu'il a dessinée, et dont la notoriété en revient tout autant à Louis Aragon. C'est en effet le poète et romancier communiste qui l'a sélectionnée dans une marée de dessins du peintre, pour en faire le symbole qui s'est imposé d'emblée au monde entier par voix d'affiches.

Il n'en demeure pas moins que la fraternité communiste n'avait cependant pas tout à fait le même sens pour Picasso et pour ses « frères ». D'un caractère inflexible, il n'accepta jamais le moindre compromis esthétique, refusant catégoriquement de céder aux sirènes du « réalisme socialiste » prôné par la *doxa* stalinienne. En retour, force est de constater que *Massacre en Corée* fut très mal reçu, non seulement par la presse favorable aux États-Unis, qui dénonçait son manichéisme, mais aussi par le Parti, alors si puissant dans le monde intellectuel, qui reprocha au peintre son manque de discernement : on ne pouvait pas identifier nettement le groupe d'agresseurs comme étant américain… Il aurait sans doute fallu reproduire les uniformes, ou ajouter au groupe une bannière étoilée — c'est dire la triste opinion que les caciques du Parti communiste se faisaient de la capacité des foules à comprendre un message…

Plus grave sans doute aux yeux de Picasso, qui n'ignorait pas que la guerre avait été formellement déclenchée par l'intrusion en Corée du Sud des forces du Nord, *Massacre en Corée* ne déclencha pas non plus l'enthousiasme des amateurs et des critiques d'art. Inévitablement tentés de comparer cette nouvelle œuvre à *Guernica*, les critiques s'arrêtaient sur l'évidence : tandis que *Guernica* n'employait que le symbole pour hurler contre l'horreur,

Picasso cédait ici à la tentation de représenter l'horreur elle-même. Avec le recul, ce jugement mérite pourtant d'être reformulé du tout au tout. Comme nous l'avons déjà vu, et contrairement à *Guernica* qui l'évoque de façon concrète, ce n'est pas l'horreur que représente *Massacre en Corée*, mais l'instant qui la précède. *Massacre en Corée* n'a pas été peint pour dénoncer l'horreur, mais pour l'annoncer comme imminente, et c'est bien pourquoi il nécessitait une représentation directe. Pour son auteur, que les critiques laissèrent triste et perplexe, *Massacre en Corée* n'était pas un message procommuniste. Il n'était pas non plus une œuvre dictée par des convictions, ce qui l'aurait, de fait, mis en contradiction avec lui-même et les propos qu'il a tenus et maintenus tout au long de sa vie à propos du geste artistique (« On ne colle pas ses idées sur une peinture […]. On peint, tout simplement »). *Massacre en Corée* était une invocation, une prière au sens archaïque du terme, une tentative de conjurer le mauvais sort de l'humanité entière.

C'est là toute sa puissance et sa beauté. Plus de soixante ans après, on ne peut que le constater : alors que Picasso voulait s'adresser au plus grand nombre, son dessin du groupe de soldats, si novateur à l'époque, était précurseur d'une esthétique populaire qui, dans des formes dévoyées, a envahi les médias au tournant du siècle suivant. C'est en cherchant le talisman, parfois, qu'on parvient à l'universel.

Les textes

en perspective

Christine Lhomeau

Mouvement littéraire

La figure de l'intellectuel
au xxᵉ siècle : grandeur et servitude

LE XXᵉ SIÈCLE FUT CELUI DES INTELLECTUELS. En retracer l'histoire suppose de rendre compte d'une longue période de bouleversements, de tragédies et de rebondissements qui suscitèrent des prises de position, tantôt excessives, tantôt nuancées, de la part d'hommes et de femmes dont les parcours idéologiques sont autant de récits complexes, voire contradictoires.

Il s'agit ici d'esquisser l'évolution de cette figure emblématique de la France contemporaine qu'est l'intellectuel, en fonction des caractéristiques majeures qui furent les siennes d'une époque à l'autre.

1.

Frères ennemis

L'intellectuel est né le 13 janvier 1898 dans le journal *L'Aurore,* de l'engagement d'Émile Zola, auteur de l'article le plus célèbre de l'histoire de la presse française : *J'accuse… !* Le premier emploi significatif du mot *intellectuel* comme substantif désignant l'écrivain engagé date du 23 janvier 1898 : Georges Clemenceau salue dans *L'Aurore* les « intellectuels » (Marcel Proust, Anatole France, Jean Perrin…) qui, dans le sillage du *J'accuse…!* de Zola, ont aussitôt pris publiquement le parti de Dreyfus à travers une pétition — que l'on nommera plus tard *Manifeste des intellectuels* — en faveur de la révision du procès du capitaine innocent. Le 1er février 1898, le mot est repris dans *Le Journal*, sous la plume de l'écrivain et antidreyfusard Maurice Barrès, qui fustige les signataires de cette pétition dont il raille précisément la qualité d'intellectuels.

Jusqu'à cette date, l'intellectuel s'opposait au manuel : celui-ci travaille avec ses mains, celui-là avec sa tête. Avec l'engagement de Zola, la définition de l'*intellectuel* acquiert une tout autre dimension, qui certes évolue au cours du xxe siècle, mais dont les principaux traits sont alors fixés. C'est un écrivain ou un homme de savoir qui s'engage en faveur d'une cause fondée sur la recherche de la Vérité et de la Justice, démarche qui fut celle-là même de Zola. L'intellectuel des origines manifeste ainsi son indépendance politique, ne se ralliant définitivement à aucun camp, il veille à s'exprimer depuis une tribune distincte des estrades partisanes.

Mais le régime républicain, qui permet que des voix divergentes s'expriment, favorise l'apparition de l'intellectuel comme protagoniste de la scène politique. La presse, qui augmente considérablement son audience, encourage l'expression des lettrés et des savants en leur ouvrant largement ses colonnes, offrant ainsi une tribune d'où résonne loin l'écho de la voix de l'intellectuel et affermissant le poids de son engagement dans les débats de société. Avec l'intellectuel est né l'anti-intellectualisme, Maurice Barrès conférant au mot sa connotation péjorative en s'en prenant, dans « La protestation des intellectuels », à ces « bandes de demi-

intellectuels », « ces aristocrates de la pensée », ces
« pauvres nigauds » « qui seraient honteux de penser
comme de simples Français ».

À l'intellectuel il ne fallait qu'un ennemi juré pour
accéder au rang de héros — et héraut — du XXᵉ siècle.
Quelle meilleure chance de succès pour une fonction
nouvelle que de surgir dans cette adversité qui, au fond,
la légitime ?

2.

Les patriotes

C'est ainsi que se dessine désormais le paysage intellectuel français, dont la division profonde repose
sur une fracture idéologique durable. Il y a ceux qui,
derrière Maurice Barrès et bientôt très en avant de lui,
s'expriment au nom de la France et de ses traditions, au
nom d'une France catholique et éternelle, puisant à ses
racines terriennes la grandeur de sa civilisation. Ceux-là
haïssent la France de la diversité et de l'assimilation, la
France protestante et la France juive dans laquelle ils
identifient un péril majeur : la dissolution de l'identité
française. Mais Barrès — qui s'inclina respectueusement
sur la dépouille de Jaurès assassiné — est trop tolérant
et dilettante pour mener cette faction, qui se trouve
bientôt un chef de file déterminé : Charles Maurras
s'installe à la tête de l'Action française, mouvement
politique nationaliste créé en 1898 et qui donnera naissance à la revue du même nom.

Et puis il y a ceux de l'autre camp, les dreyfusards, les
Anatole France, Jaurès, Clemenceau ou Péguy. Certains
d'entre eux sont résolument de gauche, mais la plupart
viennent d'horizons idéologiques divers. Tous refusent

que l'individu soit sacrifié et, plus qu'à la grandeur de la fidélité aux racines, croient à l'élévation de l'homme par l'éducation et la culture. Leurs adversaires les accusent de sacrifier la Nation, de n'être pas de bons patriotes. Pourtant, ces hommes-là, s'écartant du pacifisme militant de Jaurès alors disparu, s'apprêtent à payer le prix du sang, pour la France. Nous sommes en août 1914.

Il s'agit pour les deux camps de se montrer à la hauteur de l'enjeu : l'intégrité de la Nation est menacée, aucun intellectuel n'entend être suspecté d'antipatriotisme. Pour les intellectuels de droite, la guerre signifie le retour à l'unité nationale, défendue et garantie par une institution au-dessus de tout soupçon, l'armée, qui avait été mise à mal lors de l'affaire Dreyfus. Dans les rangs des intellectuels de gauche, à l'exception notable de Romain Rolland, il faut prouver qu'on est patriote autant que les autres, voire davantage. Alors, on s'engage pour la France, on meurt pour la patrie, on dénonce la barbarie allemande, on glorifie la civilisation française issue de la Révolution : « La Marne, c'est Valmy, un gigantesque Valmy », écrit dans *La Victoire* un intellectuel de gauche naguère connu pour son antimilitarisme virulent.

3.

Gide et les ...ismes

Mais l'immense boucherie des années de guerre étoffe peu à peu les rangs des intellectuels pacifistes, et nombreux sont ceux qui se promettent — comme le plus simple des deuxième classe revenu du front — que ce sera la « der des ders ». Chez d'autres, au contraire, la Grande Guerre renforce le patriotisme et une profonde germanophobie, ce qui leur vaut la considération d'un public croissant. L'Action française, qui est l'expression la plus aboutie de cette force idéologique, revendique un nationalisme intraitable (dont la teinte royaliste si pimpante avant guerre pâlit considérablement) tandis qu'un engagement nouveau se fait jour : l'anticommunisme.

Jugeant que ses dirigeants utilisent l'Église plus qu'ils ne la servent, le pape Pie XI condamne l'Action française, le 29 décembre 1926. Dès lors, le mouvement et le journal perdent la part jusque-là la plus fidèle de leur audience au profit d'un nouvel intellectuel catholique, le démocrate-chrétien, libéré de cette tutelle idéologique. À gauche, révolutionnaires eux-mêmes ou sympathisant avec l'idéal communiste et sa mise en œuvre en U.R.S.S., nombre d'intellectuels se rangent désormais dans une Internationale issue de la révolution marxiste-léniniste, certains sans faille, d'autres avec plus ou moins de réserves.

Adeptes de la révolution, les intellectuels surréalistes s'engagent avec les communistes. De même que les pacifistes fondent leur sympathie pour le régime bolchevique sur un véritable malentendu, André Breton et ses camarades surréalistes prêtent, à tort, à l'« expérience » soviétique une conception de la révolution identique à la leur.

Au cœur de l'intelligentsia de cette époque, André Gide et *La Nouvelle Revue française* dominent. Gide devenant, au cours de l'entre-deux-guerres, la figure nouvelle de l'intellectuel engagé. André Gide et ses chaos intérieurs, ses contradictions multiples, ses fidélités indéfectibles aussi. Son parcours de grand bourgeois protestant rejetant le carcan conformiste, d'homosexuel tardivement proclamé et de compagnon de route critique du Parti communiste, dit assez la complexité de l'écrivain. Mais Gide se montre intransigeant avec la réalité, qu'il ne saurait être question de nier, même au nom d'un avenir meilleur. En 1927 déjà, il avait publié le récit de son voyage au Congo où il dénonçait, sans concession, les perversions et les injustices du colonialisme. Une dizaine d'années plus tard, c'est encore par le biais du témoignage qu'il prend position. Avant de se rallier à l'idéal communiste, Gide accepte l'invitation qui lui est faite de se rendre en U.R.S.S. Loin de se laisser abuser par les leurres qu'on lui présente, il voit derrière les apparences les signes du totalitarisme. La publication en 1936 de son *Retour de l'U.R.S.S.*, relativement modéré, et l'année suivante de son impitoyable *Retouches à mon retour de l'U.R.S.S.*, provoque un tollé chez ses compagnons communistes — il ne rejoindra donc pas le Parti — qui le taxent alors de fascisme, lors même qu'il n'a cessé de le dénoncer depuis les prémices de sa montée en puissance dans l'Europe de l'entre-deux-guerres.

4.

Aux armes !

Voilà précisément le mal qui ronge : la montée des fascismes en Europe, fascismes qui fascinent les uns et horrifient les autres que souvent bercent d'autres illusions. Mais ces positions, si divergentes soient-elles, ont en commun la haine du libéralisme et du capitalisme ; la crise de 1929 est passée par là, donnant raison aux condamnations de tous bords de l'argent roi.

La manifestation antiparlementaire du 6 février 1934 scelle en revanche fermement les oppositions entre ces différents courants. L'extrême droite, et particulièrement l'Action française qui sort renforcée de son rôle dans l'affaire Stavisky (un scandale politico-financier impliquant ministres et parlementaires), réaffirme violemment son désir d'ordre et ses haines xénophobes. Dans le même temps, les intellectuels proches du Parti communiste et de la S.F.I.O., ainsi qu'un certain nombre de démocrates-chrétiens, signent un « appel à la lutte » et approuvent la création d'un Comité d'action antifasciste et de vigilance, le 10 février 1934.

L'année suivante, la France des intellectuels connaît de nouveau un clivage semblable à celui qu'avait provoqué l'affaire Dreyfus, elle est coupée en deux par l'affaire éthiopienne (née de l'invasion de l'Éthiopie par Mussolini). Elle l'est également lorsque, dans la nuit du 16 au 17 juillet 1936, éclate la guerre civile en Espagne. Les lignes de fracture entre les penseurs des différents camps sont clairement établies, sauf pour deux grandes figures d'intellectuels catholiques, François Mauriac et Georges Bernanos (ancien membre éminent de l'Action française), qui se convertissent alors à un antifranquisme déterminé, ainsi qu'en témoignent les articles de Mauriac dans *Le Figaro* et le pamphlet de Bernanos intitulé *Les Grands Cimetières sous la lune*, paru en 1938.

André Malraux, qui donnera naissance à la figure de l'intellectuel en armes, obtient du gouvernement de Front populaire de Léon Blum une escadrille d'aviation afin de soutenir les républicains. Durant un an, il en assure l'organisation et le commandement de batailles dont le bilan stratégique reste mitigé, mais dont il sort auréolé du courage de l'engagement physique.

Les accords de Munich, en septembre 1938, divisent une dernière fois les différents courants avant que la chape de l'Occupation ne réduise nombre d'intellectuels au silence. Cette division s'opère néanmoins sur des lignes de fracture nouvelles, entre pacifisme et bellicisme. L'extrême droite fasciste devient pacifiste parce qu'elle ne veut se battre ni «pour les Juifs, ni pour les Russes, ni pour les francs-maçons de Prague», comme le donne à lire *L'Action française*. Pacifistes également, mais de longue date, la plupart des intellectuels de gauche du Comité de vigilance des intellectuels antifascistes résignés à plier devant Hitler. Les intellectuels communistes et leurs compagnons de route — ainsi que quelques personnalités plus inattendues, comme Henri de Montherlant, Georges Bernanos ou Raymond Aron — refusent, quant à eux, «une paix aussi ignominieuse et catastrophique que la guerre», selon les mots de l'intellectuel démocrate-chrétien Emmanuel Mounier dans le premier numéro du *Voltigeur*, journal qu'il crée en septembre 1938.

Lorsque le pacte germano-soviétique, signé en 1939, met les communistes en situation d'attente, certains d'entre eux, tel Paul Nizan, rompent immédiatement avec le Parti; d'autres, après la défaite de 1940, passent outre les directives du Parti et entrent en clandestinité. Ils engagent des mouvements de résistance, à l'instar des gaullistes ou de certains intellectuels opposés au régime de Vichy et au nazisme.

Aussi longtemps que dure l'Occupation, et plus encore après l'invasion de la zone sud, ces hommes et femmes courent les plus grands dangers et doivent parfois se cacher en raison de leurs écrits ou de leurs activités de résistance. Un communiste, Louis Aragon, ou un poète surréaliste, Paul Éluard, mais aussi un homme de la gauche modérée, Jean Paulhan, ou un écrivain de droite, François Mauriac, sont de ceux-là. D'autres paient « le prix du sang et des larmes » (citation du *Chant des partisans* de Joseph Kessel et Maurice Druon), comme le poète Robert Desnos, mort en déportation.

La résistance des intellectuels passe naturellement par leurs écrits. En 1941, à l'initiative de Jacques Decour, naît le CNE (Comité national des écrivains) sous la tutelle du Front national pour la libération et l'indépendance de la France, l'un des plus importants mouvements de résistance. Le CNE s'associe à la création (sous la direction de Jacques Decour et de Jean Paulhan) des *Lettres françaises,* publication clandestine destinée à diffuser des textes résistants qu'accueille aussi le journal clandestin *Combat* auquel contribue Albert Camus.

À l'heure où ces auteurs peuvent être arrêtés, torturés, déportés ou exécutés, fleurissent les ouvrages autorisés — que ne concerne pas le rationnement de papier — des écrivains collaborationnistes tels que Robert Brasillach, Lucien Rebatet ou Louis-Ferdinand Céline.

De cette terrible période, l'intellectuel qui émerge est résistant, communiste ou gaulliste, mais résistant. La droite fasciste a vécu, elle s'est suicidée avec Pierre Drieu la Rochelle ou a été abattue au peloton d'exécution avec Robert Brasillach, auquel le général de Gaulle refusa sa grâce, parce qu'un intellectuel est, selon lui, plus responsable de ses erreurs et de ses forfaitures que tout autre Français.

5.

Les camarades, les compagnons
et les traîtres

A u sortir de la Seconde Guerre mondiale, les communistes — «à la fois les victimes et les vainqueurs»,
comme l'écrit alors Edgar Morin — forment le premier
parti de France, avec un électorat de 25 à 30 %. Dans
l'immédiat après-guerre, le prestige du «parti des
fusillés» est tel que rares sont les intellectuels, y compris
à droite, qui s'y opposent frontalement. Quels que
soient leurs doutes, leurs réticences, ou même leur rejet
du stalinisme, les intellectuels de gauche non communistes, jusqu'aux démocrates-chrétiens et parfois au-delà,
se refusent à condamner le totalitarisme soviétique au
nom d'un impossible anticommunisme, lequel serait
l'expression d'un fascisme renaissant.

Durant cette période et pour les décennies suivantes,
la figure dominante de l'intellectuel est incarnée par
le philosophe, écrivain et auteur dramatique Jean-Paul
Sartre. Remarqué avant la guerre pour son roman
intitulé *La Nausée* (1938), il poursuit son œuvre littéraire et philosophique durant la guerre, tout en participant aux activités du CNE et en collaborant aux *Lettres
françaises* clandestines. À la Libération, alors qu'il publie
romans, pièces de théâtre et essais, dont le célèbre
L'existentialisme est un humanisme, il ouvre une voie singulière à gauche qui fait de très nombreux émules, lec-
teurs attentifs de sa revue *Les Temps modernes.* Opposé au
dogmatisme des intellectuels communistes français,

Sartre se prononce en faveur d'une révolution marxiste libérée du stalinisme (dont il dénonce les camps de concentration) et proclame la responsabilité de l'intellectuel, nécessairement engagé dans son époque. Il milite contre le colonialisme, signant notamment sa virulente préface aux *Damnés de la terre* de Frantz Fanon (1961), se range résolument aux côtés du Front de libération nationale durant la guerre d'Algérie, puis, proche des intellectuels tiers-mondistes, soutient la révolution cubaine.

Les positions de Sartre — figure tutélaire de ces années cinquante et soixante — lui valent des inimitiés et des oppositions fortes, celle de Raymond Aron en particulier, qui affirme, très tôt et sans équivoque, que l'intellectuel *doit* choisir entre les deux blocs : communiste ou occidental. Dans *Le Grand Schisme* (1948), il objecte aux anti-anticommunistes (dont Jean-Paul Sartre) que l'histoire est plus complexe que ne le laisse croire leur hantise du fascisme et que l'engagement ne signifie pas obéissance à un catéchisme, fût-il marxiste. En 1955, il va plus loin encore dans la dénonciation des intellectuels de gauche inféodés au marxisme dans un autre essai qui devait faire date, *L'Opium des intellectuels.*

En 1952, la polémique naît également entre Jean-Paul Sartre et Albert Camus ; elle porte à l'origine sur un article des *Temps modernes* signé Henri Jeanson et critiquant âprement *L'Homme révolté* que Camus a fait paraître l'année précédente. Ce dernier, ignorant Jeanson, écrit à Sartre son exaspération de recevoir des leçons d'efficacité « de la part de censeurs qui n'ont jamais placé que leur fauteuil dans le sens de l'histoire ». Dans le numéro suivant de sa revue, Sartre réplique par la publication de la lettre de Camus suivie de sa propre réponse, mordante. La dispute prend une forme nouvelle lors de la guerre d'Algérie. Camus est partisan d'un compromis qui, contrairement à la vision quelque peu caricaturale à laquelle on l'a souvent réduit, ne se résume pas à ces quelques mots prononcés par l'écrivain à l'occasion de la réception du prix Nobel : « Je crois à la justice, mais je défendrai ma mère avant la justice. » Néanmoins, sa modération fait de lui un traître aux yeux de Sartre qui, à la même époque, soutient sans réserve Jeanson, instigateur d'un réseau d'aide logistique au FLN. Camus meurt brutalement dans un accident de voiture en janvier 1960 ; avec lui s'éteint l'un des rares intellectuels qui faisait entendre une voix singulière face à l'hégémonie sartrienne des décennies de l'après-guerre.

6.

Au cas par cas

Au cours des années soixante, un nouveau mouvement intellectuel prépare le terrain de la contestation des idéologies : le structuralisme. Initié par l'anthropologue et ethnologue Claude Lévi-Strauss, ce courant de pensée entend parvenir à une compréhension de l'homme et des sociétés humaines par l'observation et l'interprétation des structures — généralement inconscientes — qui régissent les relations entre les individus. Structures immuables d'un groupe humain à l'autre. Le psychanalyste Jacques Lacan ou le philosophe Jacques Derrida appliquent ces théories, issues de la linguistique, à leur discipline. Cette remise en cause de l'idée de sujet comme conscience libre provoque une vive réaction des sartriens.

Sartre, bien que contesté, ne voit pas encore son influence décliner, loin s'en faut. En 1964, il augmente même aux yeux de l'intelligentsia mondiale la valeur de son engagement par son refus d'accepter le prix Nobel au nom, justement, de sa liberté individuelle.

Ancien adhérent de la Jeunesse étudiante chrétienne, puis membre du Parti communiste, Louis Althusser, quant à lui, enseigne à l'École normale supérieure de la rue d'Ulm où ses séminaires sur *Le Capital* de Karl Marx et sur le structuralisme sont suivis par Étienne Balibar, Régis Debray, Jacques Rancière, Jacques Bouveresse, Jacques-Alain Miller ou Michel Foucault, qui deviendront les figures intellectuelles marquantes des années suivantes.

Durant cette période, le débat intellectuel se porte également sur une nouvelle réalité : la société de consommation, alors en pleine croissance. À la veille des grands mouvements étudiants de 1968, l'écrivain révolutionnaire Guy Debord, fondateur de l'Internationale situationniste, connaît un réel retentissement avec son ouvrage *La Société du spectacle* (1967), dans lequel il dénonce l'aliénation des individus confrontés au pouvoir de la marchandise qui organise la vie sous le mode du spectacle.

Les mouvements de l'année 1968 surprennent par leur spontanéité et par leur ampleur. Ils débutent avec les premiers effets du printemps de Prague : pendant que la jeunesse praguoise mène son insurrection contre le totalitarisme régnant dans le bloc de l'Est, les étudiants de plusieurs pays se révoltent contre toute forme d'autorité avec une étonnante simultanéité. Ils remettent notamment en question la fonction de l'Université comme légitimation du maintien des privilèges d'une classe sociale ; ce que Pierre Bourdieu avait déjà dénoncé en 1964 dans *Les Héritiers* et qu'il devait développer avec *La Reproduction* en 1970.

Héritières de l'élan de Mai 68, les années soixante-dix sont dominées par le gauchisme et ses débats houleux. Le maoïsme séduit nombre d'intellectuels — dont Philippe Sollers et les collaborateurs de *Tel Quel* —, mais il ne survivra pas aux dénonciations du totalitarisme à la chinoise qui se multiplient à partir de 1974, puis à la mort de Mao en 1976. C'est aussi le temps des luttes féministes, dont témoigne le « Manifeste des 343 » que signent aussi bien des intellectuelles et écrivains, comme Simone de Beauvoir, Marguerite Duras ou Françoise Sagan, que des femmes politiques ou de nombreuses actrices, dont Catherine Deneuve et Marina Vlady. C'est un temps, enfin, d'ébullition intellectuelle et universitaire au cours duquel paraît *L'Anti-Œdipe* (1972), du philosophe Gilles Deleuze et du psychanalyste Félix Guattari. Attaque frontale contre la psychanalyse, le livre, dont l'un des enjeux majeurs est, selon Michel Foucault, de libérer « l'action politique de toute forme de paranoïa unitaire et totalisante », fait preuve d'une inventivité théorique qui décontenance autant qu'elle enthousiasme le vaste public de ce succès de librairie inattendu.

La figure de l'intellectuel engagé prend elle aussi une forme nouvelle, initiée par l'un d'entre eux, Michel Foucault. Le philosophe défend un engagement circonscrit à des domaines qu'il maîtrise et sur lesquels il peut agir efficacement. Ce dernier — qui théorise et incarne l'intellectuel spécifique — fonde en 1971 le

Groupe d'information sur les prisons (GIP), auquel vont collaborer Gilles Deleuze, Jacques Rancière, Hélène Cixous ou Claude Mauriac (fils de François Mauriac). Foucault inspire également, quelques décennies plus tard, la création de l'association AIDES, consacrée à la lutte contre le sida, maladie dont il devait lui-même être victime en 1984.

L'engagement intellectuel des dernières décennies du XXe siècle s'inscrit dans la continuité de ces prises de position au « cas par cas ».

La poignée de main échangée en 1979 par Jean-Paul Sartre et Raymond Aron est le symbole de la rupture avec le dogmatisme idéologique. Venus ensemble plaider la cause des *boat people* auprès du président de la République Valéry Giscard d'Estaing, les deux ennemis d'une guerre idéologique de trente ans s'accordent, fût-ce de manière circonstancielle, sur la nécessité d'un engagement pour une cause spécifique et touchant à un thème central désormais, celui des Droits de l'homme.

Pour ceux que l'on appelle, à la même époque, les « nouveaux philosophes », André Glucksmann ou Bernard-Henri Lévy, il ne s'agit plus de critiquer les dérives de l'idéal marxiste-léniniste, mais d'en dénoncer le caractère intrinsèquement totalitaire. Dès lors, toute idéologie inspire la méfiance, et la lutte en faveur des Droits de l'homme devient prioritaire : condamnation de la purification ethnique au Kosovo, soutien aux indépendantistes tchétchènes, par exemple.

D'autres intellectuels, en particulier l'historien Pierre Nora et le philosophe Marcel Gauchet, fondateurs de la revue *Le Débat* en 1980, s'emploient à décrypter le monde contemporain et redéfinissent le champ de leur intervention : « À l'urgence de l'engagement s'est substituée, pour nous, la priorité du jugement. Le refus de l'engagement politique partisan n'est que le produit d'une volonté de responsabilité civique», écrit ainsi Pierre Nora.

Ces penseurs, qui se méfient des discours consensuels et du nivellement des valeurs auxquels tend la société contemporaine au nom du respect de l'individu, sont rejoints dans cette critique de la modernité par Philippe Muray, qui fustige «l'effacement de la division», ou Alain Finkielkraut, qui déplore le déclin de la pensée, de l'éducation et de la transmission mises à mal par le relativisme culturel.

Quant à Régis Debray, il constate avec lucidité : «Le règne de l'image a enlevé aux gens de lettres et de pensée, ces minoritaires-nés, le magistère de l'âme collective, au bénéfice des gens de spectacle. D'un côté, l'enfermement disciplinaire engendre l'intellectuel spécialisé, sans prétention totalisante; de l'autre, la vie politique, qui s'est professionnalisée, comme le sport, a plus besoin de sondeurs d'opinion que de briseurs de rêves. Entre la politique et le savant, c'est désormais chacun chez soi, chacun pour soi. »

Pour aller plus loin

Michel WINOCK, *Le Siècle des intellectuels*, Éd. du Seuil, «Points histoire», 1997-1999.

Pascal ORY et Jean-François SIRINELLI, *Les Intellectuels en France*, Librairie académique Perrin, «Tempus», 2004.

Hervé SERRY, *Naissance de l'intellectuel catholique*, La Découverte, 2004.

David CAUTE, *Le Communisme et les intellectuels français — 1914-1966*, Gallimard, 1967.

Rémy RIEFFEL, *Les Intellectuels sous la Ve République*, Calmann-Lévy, « Pluriel », 1993, 2 vol.

Hervé HAMON et Patrick ROTMAN, *Génération* 1 et 2, Éd. du Seuil, « Points actuels », 1987-1988.

Genre et registre

Manifestes et pétitions

pétitioni 1 personne
manifestation.. multiplu

LE TERME DE « MANIFESTE » EST ISSU DU LATIN
MANIFESTUS, signifiant : *qui se voit, qui est évident.* Au
XIIᵉ siècle, le mot désigne les manifestations divines.
Plus tard, il désignera les écrits dans lesquels les souverains définissent leur conduite vis-à-vis des États
étrangers, tout particulièrement en cas de guerre. Dès
le XVIᵉ siècle, les artistes s'emparent du mot pour expli-
citer et imposer leur projet esthétique ; on songe notamment au manifeste *Défense et illustration de la langue
française.* C'est au XVIIᵉ siècle que le vocable acquiert la
dimension politique qu'on lui connaît aujourd'hui car,
s'il s'applique toujours aux déclarations de politique
étrangère des princes, il désigne aussi désormais des
communications émanant de simples particuliers faisant
connaître les motifs de leurs récriminations. La « pétition »
est elle aussi issue d'un mot latin, *petitio,* au sens de
demande ou *requête.*

   Ces deux formes d'expression se différencient essentiellement l'une de l'autre par le statut qu'elles accordent
à leur destinataire. La pétition est adressée précisément
à une personne, qu'elle soit physique ou morale ; tandis
que le destinataire du manifeste est indéfini. Cette dis-

tinction demeure quelque peu formelle : dans la réalité, le manifeste et la pétition tendent à se confondre.

Quoique pratiques anciennes, l'une et l'autre de ces formes de discours se répandent avec l'émergence des mouvements ouvriers. Elles deviennent fréquentes à mesure que les luttes politiques passent par le ralliement du plus grand nombre à une cause ainsi rendue publique et défendue. Les intellectuels s'emparent alors du manifeste et de la pétition pour en faire un de leurs modes d'expression privilégiés.

Le premier de ces écrits, « Une protestation », a paru dans *L'Aurore*, le lendemain de la publication de *J'accuse… !*, en voici les quelques lignes :

> Les soussignés, protestant contre la violation des formes juridiques au procès de 1894 et contre les mystères qui ont entouré l'affaire Esterhazy, persistent à demander la révision.

Les signataires sont : Émile Zola, Anatole France, Daniel Halévy, Charles Rist, Robert de Flers, Marcel Proust. Suivent, sous des rubriques distinctes, les noms des « agrégés de l'Université », au nombre desquels Lucien Herr, bibliothécaire influent à l'École normale supérieure et militant en faveur de la réhabilitation de Dreyfus, puis des « licenciés ès lettres » et des « licenciés ès sciences ». D'un numéro à l'autre de *L'Aurore*, la liste des signataires ne cessera de s'allonger.

1.

Un discours, des signataires

L'un des aspects caractéristiques du texte de la pétition ou du manifeste, dont la longueur peut varier considérablement, réside dans la manière dont le locuteur y apparaît. Un locuteur qui n'est jamais singulier. Les signatures multiples et l'énonciation collective en témoignent.

1. *Signer*

La protestation citée plus haut, bientôt dénommée « Manifeste des intellectuels », donne une première idée de la forme adoptée par les clercs pour intervenir dans la vie politique. On notera tout d'abord que la signature, à elle seule, atteste le soutien à la cause défendue. Et si le prestige des signataires ne suffit pas à lui accorder une légitimité suffisante, la mention de leurs titres et diplômes s'en charge.

On retrouve cette valeur de la signature, à la fois acte d'engagement et signe d'autorité, dans la plupart des manifestes et pétitions d'intellectuels. Ainsi cette pétition internationaliste de juin 1919, publiée dans *L'Humanité* par Romain Rolland et intitulée « Un appel. Fière déclaration d'intellectuels », ou cette autre, parue dans *Le Figaro*, se prononçant, au contraire, au nom de la France « contre le bolchevisme » et se réclamant « d'une défense intellectuelle ». Il s'agit de deux manifestes politiquement opposés mais s'appuyant, l'un comme l'autre, sur le statut d'intellectuels des signataires pour se faire entendre.

2. *(Tous) ensemble*

Le manifeste comme la pétition se caractérisent également par la mise en œuvre d'une énonciation du collectif. Dans la mesure où la pétition doit sa légitimité au nombre significatif de ses signataires, elle propose un texte où le pluriel est de mise.

Un pluriel qui donne parfois son nom au manifeste : des 60, des 93, des 16, des 121, des 343, des 331, des 12. Tous adoptent la même dénomination, seul le nombre de signataires change. Ce choix recouvre deux stratégies distinctes : dans le cas d'un grand nombre, il s'agit de privilégier la *quantité* de signataires ; tandis que le petit nombre suggère la *qualité* des émetteurs.

Ainsi le « Manifeste des 343 » en 1971 impressionne par la quantité importante de femmes qui prennent le risque de se déclarer hors la loi à travers le texte suivant :

> Un million de femmes se font avorter chaque année en France. Elles le font dans des conditions dangereuses en raison de la clandestinité à laquelle elles sont condamnées alors que cette opération, pratiquée sous contrôle médical, est des plus simples. On fait le silence sur ces millions de femmes. Je déclare que je suis l'une d'elles. Je déclare avoir avorté. De même que nous réclamons le libre accès aux moyens anticonceptionnels, nous réclamons l'avortement libre.

Le récent « Manifeste des 12 », appel à la lutte contre l'islamisme paru en 2006 dans *Charlie-Hebdo*, prétend valoir, quant à lui, par la renommée intellectuelle ou le prestige médiatique de ses signataires.

L'énonciation collective des manifestes et pétitions passe par l'emploi de pronoms personnels du pluriel. La troisième personne, exprimée par la formule « les soussignés », est ainsi très fréquente. En voici un exemple avec le début d'une demande de grâce, adressée en 1945 au général de Gaulle :

> Monsieur le Président,
> Les intellectuels soussignés, appartenant tous à des titres divers à la Résistance française, unanimes à condamner

> la politique néfaste de Robert Brasillach dès avant
> l'occupation, puis en présence même de l'ennemi, sont
> néanmoins d'accord pour considérer que la mise à
> exécution de la sentence qui vient de le frapper aurait,
> tant en France qu'à l'étranger, de graves répercus-
> sions.

Il s'agit ici d'adopter la forme solennelle et le ton de
gravité qui conviennent à ce type de discours visant soit
à réparer une grave injustice, soit à préserver d'un danger
imminent. La même pétition se poursuit quelques para-
graphes plus loin par ces mots :

> La France souhaite qu'il soit donné au sang une autre
> réponse que le sang.
> C'est en son nom que nous avons conscience de parler,
> Monsieur le Président, en vous suppliant d'accorder
> votre grâce à Robert Brasillach qui a accepté avec
> dignité et courage le verdict de cette Justice à laquelle
> il s'était livré.

On observe cette fois l'emploi de la première personne du pluriel, suggérant l'union et la force des signataires. Ce «nous» apparaît — souvent conjointement
avec le «ils» — dans la grande majorité des manifestes
et pétitions.

Il arrive fréquemment aussi que les auteurs de ces
textes engagés mobilisent des entités abstraites — ici
«La France» — qui prennent allégoriquement la parole.
On ne craint pas alors d'en faire trop, la cause défendue
méritant que l'on déploie pour elle la rhétorique la
plus solennelle. Il en va de la crédibilité même du manifeste.

2.

Un discours, une action

L es manifestes et pétitions présentent la particularité
— qu'ils partagent avec nombre de discours politiques — de rechercher une efficacité immédiate : écrire,
c'est déjà agir.

1. *Actualiser*

Les manifestes s'inscrivent de plain-pied dans leur
époque. L'emploi du présent, les indices spatio-tem-
porels et les références précises à des événements
récents en sont les signes. Voici le texte de l'« Appel à la
lutte », publié d'abord sous forme de tract, puis dans *Le
Populaire* du 11 février 1934. Il s'agit de la réaction d'intellectuels antifascistes aux manifestations antiparlementaires du 6 février organisées par les ligues d'extrême
droite et qui ont dégénéré en émeute :

> Appel à la lutte
> Avec une violence et une rapidité inouïes, les événe-
> ments de ces jours derniers nous mettent brutalement
> en présence du danger fasciste immédiat.
> HIER
> Émeutes fascistes
> Défection du gouvernement républicain
> Prétentions ouvertes de *tous* les éléments de droite à la
> constitution d'un gouvernement antidémocratique et
> préfasciste.
> AUJOURD'HUI
> Gouvernement d'union sacrée
> Répression sanglante des manifestations ouvrières
> DEMAIN

> Rappel du préfet de coup d'État
> Dissolution des Chambres
> Il n'y a pas un instant à perdre. L'unité d'action de la classe ouvrière n'est pas encore réalisée. Il faut qu'elle le soit sur-le-champ.
> Nous faisons appel à tous les travailleurs organisés ou non décidés à barrer la route au fascisme.
> Nous avons tous présent à l'esprit la terrible expérience de nos camarades d'Allemagne. Elle doit servir d'exemple.

Ce discours offre une belle illustration de l'actualité du propos. On constate l'emploi du présent et le recours aux phrases nominales qui expriment l'urgence de la situation ; tandis que la mention des repères temporels — HIER, AUJOURD'HUI, DEMAIN —, en lettres majuscules, souligne la rapidité avec laquelle se répand le fléau et par conséquent la nécessité d'agir vite. «L'auteur» se fait ici particulièrement insistant sur la proximité du danger ; le texte apparaît dès lors comme une réaction immédiate, et donc salutaire, à l'événement. On soulignera ainsi la présence, dès la première phrase, des mots « rapidité », « brutalement » et « immédiat » qui, avec une redondance volontaire, soulignent l'imminence du péril.

On retrouve des procédés semblables dans la plupart des manifestes et pétitions. Paru dans *Le Monde* du 10 mai 1967, cet autre texte traduit l'inquiétude des intellectuels face à l'arrestation de Régis Debray en Bolivie, où il avait rejoint les troupes du « Che », et exprime, quoique en termes différents, une urgence similaire :

> Profondément inquiets du sort de Régis Debray, jeune agrégé, écrivain et journaliste français, arrêté, détenu et maintenu au secret depuis le 20 avril 1967 par les forces armées boliviennes, les soussignés adressent un

> pressant appel au sens de la justice et à l'humanité des
> autorités de ce pays afin que soient assurées, confor-
> mément aux articles 9, 10 et 11 de la Déclaration uni-
> verselle des droits de l'homme, les garanties nécessaires
> à sa défense.

La précision de la date résonne à elle seule comme
un compte à rebours que déclencheraient les signataires
du texte, lançant, de leur double qualité d'intellectuels
et d'hommes «profondément inquiets» pour l'un des
leurs, une sorte d'ultimatum aux autorités boliviennes.
Ce procédé, seulement esquissé ici, du décompte des
jours, est devenu courant dans les cas de prises d'otages
prolongées ; il participe de l'action menée.

2. *Agir*

Et c'est bien le but principal que s'assignent le manifeste et la pétition : jamais ils ne se contentent d'expliquer, d'argumenter ou de protester, ils se doivent
d'être aussi, en eux-mêmes, des armes du combat.

Dès lors, nombre de formules performatives entrent
dans leur propos. Nous le voyons à travers ces quelques
extraits d'un texte publié dans *Le Figaro littéraire* du
29 mai 1947 par un groupe d'intellectuels à la tête
duquel Jean-Paul Sartre réclame que la vérité soit
rétablie à propos de son ami Paul Nizan. Accusé de trahison par le Parti communiste qu'il a quitté en 1939
(après la signature du pacte germano-soviétique et
l'entrée des chars soviétiques en Pologne), Nizan a été
tué sous l'uniforme à Dunkerque en 1940 et ne peut
donc se défendre lui-même.

Le cas Nizan

On nous rappelle de temps en temps que Jacques
Decour, que Jean Prévost, que Vernet sont morts pour

nous, et c'est fort bien. Mais sur le nom de Nizan, un des écrivains les plus doués de sa génération et qui a été tué en quarante par les Allemands, on fait le silence ; personne n'ose parler de lui, il semble qu'on veuille l'enterrer une seconde fois.

[...] Nous nous adressons donc à M. Lefebvre[1] (et à tous ceux qui colportent avec lui ces accusations infamantes) et nous leur posons la question suivante : « Lorsque vous dites que Nizan est un traître, voulez-vous dire simplement qu'il a quitté le Parti en 1939 ? En ce cas, dites-le clairement, chacun jugera selon ses principes. Ou voulez-vous insinuer qu'il a, bien avant la guerre, accepté pour de l'argent de renseigner le gouvernement anticommuniste sur votre parti ? En ce cas, prouvez-le. Si nous restons sans réponse ou si nous ne recevons pas les preuves demandées, nous prendrons acte de votre silence et nous publierons un deuxième communiqué confirmant l'innocence de Nizan ».

Dans ces extraits, les énoncés « nous nous adressons » et « nous leur posons la question » contiennent la première *action* effective du manifeste : interroger. Les impératifs « dites-le » et « prouvez-le » expriment et effectuent l'acte principal du discours : une sommation. En conclusion, la menace exprimée à l'indicatif futur, donc sans le moindre doute sur sa réalisation possible, exécute la dernière *action* de cette pétition particulièrement riche en actes de paroles performatifs, auxquels s'ajoute, amplifiant encore leur portée, l'acte de signature. On observe le même type d'énoncés dans l'extrait suivant :

Les soussignés, n'ayant jamais témoigné de sentiments inamicaux à l'égard de l'U.R.S.S. ni du socialisme, s'estiment aujourd'hui en droit de protester auprès du

---

1. Henri Lefebvre (1901-1991), membre influent du PCF à l'époque du manifeste. Il en sera exclu en 1958.

gouvernement soviétique contre l'emploi des canons et des chars pour briser la révolte du peuple hongrois en sa volonté d'indépendance, même s'il se mêlait à cette révolte des éléments réactionnaires dont les appels ont retenti à la radio des insurgés.

[...] Notre première revendication, auprès du gouvernement soviétique comme du gouvernement français, tient en un mot : la vérité. Là où elle triomphe, le crime est impossible, là où elle succombe, il ne peut y avoir de justice, ni de paix, ni de liberté.

Publiée le 8 octobre 1956 dans *France-Observateur*, cette pétition — sobrement intitulée «Contre l'intervention soviétique» — s'élève contre la répression de l'insurrection de Budapest, mouvement de révolte et d'indépendance hongrois face au régime stalinien. Il est intéressant de noter qu'ici, s'adressant à de puissantes autorités gouvernementales et non plus simplement aux dirigeants du PCF, les signataires prennent le soin de justifier leur légitimité à agir : «s'estiment en droit», écrivent-ils donc avant de «protester» en effet. On remarque également la nature cette fois très abstraite de la «revendication» exprimée et le caractère, louable sans doute mais essentiellement incantatoire, des propos qui concluent le discours. Avec cette pétition, il s'agit moins d'infléchir les autorités soviétiques que de manifester sa désapprobation.

3.

Un discours, une réaction

Cependant, et malgré l'exemple précédent, les manifestes et pétitions sont avant tout destinés à provoquer des réactions et, autant que possible, des réactions immédiates et concrètes. Dès lors, ils ont en commun deux procédés stratégiques. Le premier consiste à « mobiliser » les destinataires du texte ; le second, à dramatiser le discours en vue de créer une réaction du lecteur.

1. *Mobiliser*

Deux grands objectifs mobilisateurs traversent les manifestes et pétitions. Certains d'entre eux cherchent tout simplement à rallier le plus grand nombre. On ne saurait être plus exemplaire à cet égard que ne le sont ces très courts extraits de la « Déclaration des intellectuels républicains au sujet des événements d'Espagne » publiée dans *Commune* en 1936.

> Les soussignés, profondément émus, quelles que soient leurs opinions politiques, sociales ou confessionnelles, par le spectacle du drame espagnol qui remet en question les principes les plus fondamentaux de la morale internationale […] estiment qu'il est de leur devoir d'adresser cet appel à l'opinion française et à la conscience universelle.

On observe ici deux mouvements qui se veulent largement rassembleurs. Le premier consiste à se présenter comme n'appartenant soi-même — signataire du discours — à aucune chapelle ou aucun parti. Et, comme on le voit, les auteurs de cette déclaration veillent à balayer la totalité des domaines de clivages possibles avec l'accumulation « politiques, sociales ou confessionnelles ». Ils se reconnaissent en commun d'être « émus » devant le « spectacle d'un drame » : l'émotion procédant de la simple humanité que tous ont en partage ; le « spectacle » suggérant que les signataires ont vu ce « drame espagnol » et peuvent par conséquent en témoigner fidèlement. Le second mouvement concerne les destinataires. Là encore, il s'agit de toucher indistinctement « l'opinion française » en faisant appel à la « conscience universelle » qui, dans un même élan paradoxal, sublime et culpabilise le lecteur, donnant toutes les chances au discours d'atteindre son but.

Mais il arrive aussi que les manifestes et les pétitions visent à ne rassembler qu'une catégorie clairement identifiée d'individus. On peut ainsi à nouveau mentionner le « Manifeste des 343 », dans lequel les signataires femmes s'adressent exclusivement à des femmes. Elles les invitent implicitement à le signer à leur tour, comme on signe une déclaration type qui, en l'occurrence, n'est valable que pour une femme, ainsi que le confirme l'emploi — rare dans les manifestes et pétitions — de la première personne : « Je déclare que je suis l'une d'elles. Je déclare avoir avorté. » C'est précisément parce qu'un tel appel excluait de fait la population masculine que les opposants à l'avortement se sont déchaînés. L'ayant bien compris, *Charlie-Hebdo* faisait par dérision sa une avec un dessin de Cabu ainsi légendé : « Qui a engrossé les 343 salopes du manifeste sur l'avortement ? », qui devait donner au manifeste le surnom de « Manifeste des 343 salopes ».

2. *Dramatiser*

Enfin, ce qui caractérise les manifestes ou pétitions est la tonalité dramatique dont ils sont empreints. Reposant, on l'a vu, sur une rhétorique simple (parfois même manichéenne ou grossière) de la révolte ou de l'indignation, ils mettent en œuvre les procédés habituels de leur expression : l'emphase et l'hyperbole.

Retenons, à titre d'exemples marquants, ces figures de l'amplification telles qu'elles apparaissent dans les nombreux manifestes contre la guerre du Vietnam, dont celui paru le 26 mai 1966 dans *Le Monde*, émanant du « Collectif intersyndical d'action pour la paix au Vietnam » qui débute ainsi :

> La gravité des événements du Vietnam nous bouleverse. L'inhumanité des moyens utilisés par l'occupant américain, l'emploi des bombardiers lourds B-52 contre des villages entiers, l'usage massif de gaz de guerre, du napalm et des défoliants chimiques, les périls extrêmes que l'escalade au Nord fait courir à la paix en Asie, tout cela nous arrache à notre confort.

On retrouve ici l'expression d'une vive émotion avec le verbe « bouleverser », mais aussi, dans la deuxième phrase, beaucoup plus longue, une accumulation des exactions commises au Vietnam, accumulation terrifiante, à première vue bien informée, mais assez peu précise à y regarder de plus près. La chute enfin — qui juxtapose les « périls les plus extrêmes » et la notion mesquine de « confort » auquel le lecteur serait « arraché » —, quoique grossière, n'en est pas moins efficace car c'est bien le lecteur du *Monde*, « confortablement » installé devant son journal, qu'il s'agit proprement d'interpeller.

S'ils ne figurent que rarement parmi les écrits littéraires les plus remarquables de nos intellectuels qui y recourent volontiers au slogan, manifestes et pétitions furent sans aucun doute un de leurs modes d'expression privilégiés lorsqu'il s'est agi de s'engager.

Pour aller plus loin

Jean-François SIRINELLI, *Intellectuels et passions françaises*, Gallimard, « Folio histoire », 1996.

Marcel BURGER, *Les Manifestes : paroles de combat. De Marx à Breton*, Delachaux et Niestlé, 2002.

L'écrivain à sa table
de travail

S'engager : un peu, beaucoup,
corps et biens…

« *IL EST VRAI* QUE L'INTELLECTUEL est quelqu'un qui se mêle de ce qui ne le regarde pas. Cela est si vrai que, chez nous, le mot "intellectuel" appliqué aux personnes s'est popularisé, avec son sens négatif, au temps de l'affaire Dreyfus. Pour les antidreyfusistes, l'acquittement ou la condamnation du capitaine Dreyfus concernait les tribunaux militaires et, en définitive, *l'État-Major* : les dreyfusards, en affirmant l'innocence de l'inculpé, se plaçaient *hors de leur compétence*. Originellement, donc, l'ensemble des intellectuels apparaît comme une diversité d'hommes ayant acquis quelque notoriété par des travaux qui relèvent de l'intelligence […] et qui *abusent* de cette notoriété pour sortir de leur domaine et critiquer la société et les pouvoirs au nom d'une conception globale et dogmatique (vague ou précise, moraliste ou marxiste) de l'homme. »

Ainsi s'exprime Jean-Paul Sartre lors de la première des trois conférences qu'il donna au Japon sous le titre : *Plaidoyer pour les intellectuels* (1972). Il délivre ici, avec ironie, la définition péjorative, communément admise, de l'intellectuel.

Il rappelle également que celui-ci, écrivain bien souvent, délaisse sa « table de travail » au profit d'un engagement pour une cause à laquelle rien ne l'empêchait de rester indifférent. Et pourtant, il prend la décision de s'impliquer avec toute la force de sa conviction. Il ne le fait pas à la légère car il sait, mieux que quiconque, la responsabilité qu'il endosse alors, les risques qu'il prend parfois, pour lui-même ou pour d'autres. C'est pourquoi les intellectuels ont pu hésiter à s'engager, attendre souvent, refuser de le faire quelquefois.

Les modalités de l'engagement peuvent ainsi varier, comme nous allons le voir à travers les exemples de figures d'intellectuels emblématiques.

1.

Émile Zola : le temps de la réflexion

Et le premier des intellectuels lui-même, dont on admire la fougue, la détermination et le courage, ne s'engagea pas dans « l'Affaire » avec la spontanéité que l'on imagine : il prit le temps de la réflexion avant d'accepter de prêter — on peut même dire donner — son nom à la cause de l'innocence du capitaine.

En effet, Alfred Dreyfus est sur l'île du Diable depuis près de trois ans lorsque Zola, figure tutélaire des lettres françaises, décide de faire entendre sa voix, en publiant *J'accuse…!* dans *L'Aurore* du 13 janvier 1898. Est-ce à dire qu'il découvre alors l'Affaire ? Ne pense-t-on à le solliciter qu'en ce début d'année 1898 ?

En réalité, il a reçu une première visite de Bernard Lazare à la fin de l'année 1896, puis une seconde en novembre de l'année suivante, mais il a refusé chaque fois de mêler son nom et sa notoriété à la demande de révision du procès qui a condamné Dreyfus. Zola s'en tenait aux propos recueillis par *Le Figaro* en 1894 au sujet d'une autre affaire pour laquelle on a réclamé sa signature : « Je ne fais pas de politique, moi ! Le jour où il me plaira d'en faire, j'entrerai dans l'action. »

Écrivain consacré, Zola ne prêtait son concours que dans le strict cadre de la lutte contre la censure littéraire. Mais en novembre 1897, il revoit Bernard Lazare, puis rencontre Auguste Scheurer-Kestner, qui le convainc de l'innocence du capitaine Dreyfus. La nécessité d'agir s'impose à lui : il mettra sa plume au service de la vérité et de la justice, dût-il perdre sa tranquillité de bourgeois, renoncer à l'Académie française (ultime consécration sociale à laquelle il aspire depuis des années) et sortir ruiné des procès auxquels il s'expose.

Avec l'engagement de Zola, plusieurs questions fondamentales se posent : la cause que l'on défend est-elle juste et sert-elle la vérité ? Quelle est la légitimité de l'engagement de celui qui la défend — tant en ce qui concerne sa compétence que son droit à intervenir ?

2.

Julien Benda : engagement et trahison

Ces questions sont également au centre de *La Trahison des clercs*, publié en 1927 par l'écrivain et intellectuel dreyfusard Julien Benda, auteur d'ouvrages philosophiques et de nombreux articles (notamment pour *La Revue blanche*, *Les Cahiers de la quinzaine* et *La Nouvelle Revue française*), à qui l'on doit l'introduction du terme de « clerc » en tant que synonyme d'intellectuel : « Je veux parler de cette classe d'hommes que j'appellerai *les clercs*, en désignant sous ce nom tous ceux dont l'activité, par essence, ne poursuit pas de fins pratiques, mais qui, demandant leur joie à l'exercice de l'art ou de la science ou de la spéculation métaphysique, bref à la possession d'un bien non temporel, disent en quelque manière : "Mon royaume n'est pas de ce monde"» *(La Trahison des clercs)*.

Pour Benda, le clerc doit ainsi demeurer loin des contingences et des intérêts matériels pour ne se consacrer qu'à l'étude de principes abstraits et à la recherche de la Justice. Hostile à toute forme d'idéologie, le clerc se trahit dès lors qu'il succombe aux passions politiques. Comparant aux penseurs du temps jadis (tels Rabelais, Montaigne, Descartes, Racine, Pascal, Voltaire, Rousseau, Chateaubriand ou Lamartine dont il glorifie le désintéressement) certains intellectuels de son temps, il fustige ces derniers — Barrès et Maurras, notamment — pour leur «tendance à l'action, la soif du résultat immédiat, l'unique souci du but, le mépris de l'argument, l'outrance, la haine, l'idée fixe».

Si le clerc doit sortir de sa réserve lorsque la Justice et la Vérité sont menacées, il lui faut ne pas céder aux combats politiques quotidiens et ne pas craindre l'isolement nécessaire qui est le sien, signe de la nature désintéressée de son engagement.

En définitive, dans une période — celle de l'entre-deux-guerres — où les intellectuels de toutes obédiences se déchirent à coups d'éditoriaux cinglants ou de chroniques mordantes, Julien Benda les rappelle aux valeurs fondamentales de l'engagement, qui se perdent dans la multiplication des discours polémiques fortement marqués par les appartenances idéologiques.

3.

Georges Bernanos : d'un bord à l'autre

Mais plusieurs intellectuels, pour partisans qu'ils paraissent, résistent à la critique de Benda : leur engagement ne procédant pas d'un quelconque dogmatisme, ils suivent une voie tracée par leur conviction profonde, qu'elle croise la route de tel ou tel parti, tant mieux ou tant pis ; qu'elle s'en détourne, cela n'y change rien.

Écrivain catholique et monarchiste, Bernanos est surtout, comme le fut Charles Péguy, un anticonformiste dont les engagements successifs sont, en réalité, le résultat d'une fidélité sans faille à ses propres valeurs.

Très jeune, Bernanos, né en 1888, rejoint l'Action française et milite aux côtés des Camelots du roi. Il y reconnaît ses convictions monarchistes, pourtant déjà complexes : il admire l'esprit de révolte contre l'ordre établi et embourgeoisé des sans-culottes de 1789 et des républicains de la Commune. Car son ennemi est la bien-pensance bourgeoise, qu'il dénonce en 1931 dans un premier pamphlet dont les propos antisémites et monarchistes le classent dans le camp de l'extrême droite fascisante. C'est avec un autre pamphlet, *Les Grands Cimetières sous la lune* (1938), que Bernanos, qui a déjà rompu avec Maurras depuis quatre ans, affirme la force de ses convictions : alors qu'il séjourne aux Baléares, la guerre civile espagnole éclate ; d'abord sympathisant du franquisme, il assiste aux violences perpétrées par les nationalistes sur la population et à la complicité du clergé avec Franco. Il les condamne sans appel dans ce texte qui fait grand bruit et qui lui vaut l'hostilité de son ancienne famille politique.

« Une des forces de l'œuvre de Bernanos, c'est qu'aucune coupure n'y sépare le public du privé, les jeux de la politique de l'intimité des consciences. Ses deux mêmes mains priaient, et giflaient les imposteurs », écrit Emmanuel Mounier, identifiant chez son aîné un engagement absolu, sans calcul ni retenue.

4.

Marc Bloch : au bout du martyre

« J'appartiens à une génération qui a mauvaise conscience », écrit Marc Bloch en 1940, qui constate avec amertume qu'elle n'a pas osé — par lâcheté ou par paresse — crier, lorsqu'il en était temps, sa foi sur la place publique : « Nous avions une langue, une plume, un cerveau. [...] Nous nous trouvons aujourd'hui dans cette situation affreuse que le sort de la France a cessé de dépendre des Français. » Ces réflexions — confiées aux pages de *L'Étrange Défaite* qu'il rédige au lendemain de l'entrée des forces allemandes à Paris — vont pousser le brillant universitaire de l'École des Annales à entrer quelque temps après dans la Résistance.

Profondément républicain, il a été mobilisé à sa demande en août 1939, alors que son âge et le nombre de ses enfants lui permettaient d'être dégagé de toute obligation militaire. Rendu à la vie civile après la « drôle de guerre », il est mis à la disposition du recteur de l'université de Strasbourg, puis fait partie des rares professeurs que le régime de Vichy exempte de l'application de la loi d'octobre 1940 sur le statut des Juifs qui précise que, « par décret individuel pris en conseil d'État et dûment motivé, les Juifs qui, dans les domaines littéraire, scientifique, artistique, ont rendu des services exceptionnels à l'État français, pourront être relevés des interdictions prévues par la présente loi ». Il est ainsi autorisé à continuer à enseigner en raison de « services scientifiques exceptionnels rendus à l'État français ». En poste à Montpellier, où il s'installe avec sa famille, Marc Bloch poursuit difficilement son métier d'historien, puis intègre le comité de rédaction du journal clandestin *Le Franc-Tireur*, tout en publiant divers articles sous pseudonymes dans lesquels il exprime alors ses engagements ainsi que sa préoccupation des lendemains de la Libération.

S'impliquant toujours davantage, il assume les responsabilités de directeur régional des Mouvements unis de Résistance (MUR) de Lyon. Marc Bloch est capturé le 9 mars. Torturé, il est fusillé par les Allemands dans un champ au nord de Lyon, le 16 juin 1944.

En mars 1941 — alors qu'il avait repris depuis peu son enseignement, mais que son statut de Juif l'avait privé de ses titres d'officier et de fonctionnaire —, il avait écrit un testament dans lequel il clamait son amour de la vérité et sa fidélité absolue à la République : « Je n'ai point demandé que, sur ma tombe, fussent récitées les prières hébraïques, dont les cadences, pourtant, accompagnèrent, vers leur dernier repos, tant de mes ancêtres et mon père lui-même. Je me suis, toute ma vie durant, efforcé, de mon mieux, vers une sincérité totale de l'expression et de l'esprit. Je tiens la complaisance envers le mensonge, de quelque prétexte qu'elle puisse se parer, pour la pire lèpre de l'âme. Comme un beaucoup plus grand que moi, je souhaiterais volontiers, que pour toute devise, on gravât sur ma pierre tombale, ces simples mots, *Dilexit veritatem* [Il a vénéré la vérité]. [...] Étranger à tout formalisme confessionnel comme à toute solidarité prétendument raciale, je me suis senti, durant ma vie entière, avant tout et très simplement français. Attaché à ma patrie par une tradition familiale déjà longue, nourrie de son héritage spirituel et de son histoire, incapable, en vérité, d'en concevoir une autre où je puisse respirer à l'aise, je l'ai beaucoup aimée et servie de toutes mes forces. »

5.

Albert Camus : savoir se taire ?

Si l'honneur de l'engagement intellectuel sous l'Occupation a résidé pour une grande part dans la diffusion, envers et contre l'occupant, de la voix de la Résistance — et Camus, comme on le sait, y contribua —, en d'autres temps et d'autres circonstances, l'intellectuel a pu faire le choix du silence avec le même souci de voir triompher sa cause.

Né en Algérie en 1913 d'un père descendant des premiers arrivants français sur cette terre colonisée et d'une mère originaire d'Espagne, Albert Camus publie en 1939 son enquête « Misère de la Kabylie », premier d'une série d'articles dans lesquels il dénonce les conditions de vie réservées aux autochtones : « Il est méprisable de dire que le peuple Kabyle s'adapte à la misère. Il est méprisable de dire que ce peuple n'a pas les mêmes besoins que nous... » Des propos qui fustigent les autorités coloniales et qui lui valent d'être interdit de journalisme à Alger. Camus s'installe l'année suivante en métropole où il publie, durant la guerre, *L'Étranger* et *Le Mythe de Sisyphe* (1942), tout en s'engageant dans la Résistance. Un engagement qui (comme auparavant dans *L'Alger républicain*, fondé par Pascal Pia en 1937) passe surtout par le journalisme avec sa contribution à *Combat*.

Au moment où se développe la prétendue «pacification» en Algérie, Camus plaide pour l'intégration, réclamant des forces en présence la fin du terrorisme d'un côté, la fin de l'utilisation des forces répressives de l'autre. N'acceptant pas que le grand élan de décolonisation qui se produit alors rende inéluctable l'indépendance rapide, totale et définitive de l'Algérie, Camus veut croire à la possibilité pour les Algériens et les pieds-noirs de «vivre en paix et dans l'égalité». Son pacifisme et son illusion de «colonisateur de bonne volonté» (selon les mots de Raymond Aron) valent à Camus un déchaînement de critiques venues de tous bords, notamment de ses anciens amis des *Temps modernes* qui ne lui pardonnent pas de demander l'autonomie pour les Algériens alors que se joue leur indépendance. Après quelques articles qui mettent en lumière les injustices sociales de la colonisation et qui expriment tout à la fois son désir d'une réconciliation des communautés dès lors que les réformes politiques nécessaires auront été accomplies, Camus cesse de s'exprimer sur le sujet. Les raisons de ce brusque silence, il les donne lors de sa fameuse intervention de Stockholm en 1957 : «Je me suis tu depuis un an et huit mois, ce qui ne signifie pas que j'aie cessé d'agir. [...] J'ai dit et répété qu'il fallait faire justice au peuple algérien et lui accorder un régime pleinement démocratique, jusqu'à ce que la haine de part et d'autre soit devenue telle qu'il n'appartenait plus à un intellectuel d'intervenir, ses déclarations risquant d'aggraver la terreur. Il m'a semblé que mieux vaut attendre jusqu'au moment propice d'unir au lieu de diviser. »

Ainsi, le choix du silence de l'intellectuel s'impose à Albert Camus comme la forme nécessaire de son engagement, forme paradoxale pour celui dont le verbe est précisément l'acte privilégié sinon exclusif.

6.

Simone de Beauvoir : l'engagement, du féminin singulier au féminin pluriel

Bien peu de femmes apparaissent dans les études consacrées au rôle ou à la place de l'intellectuel au XXᵉ siècle, et moins encore avant Simone de Beauvoir, dont l'engagement ne se fait jour qu'après la Seconde Guerre mondiale. D'abord, elle a dû gagner sa liberté et, avec elle, peu à peu, la liberté de s'engager pour les autres. Elle est née dans une famille bourgeoise (la particule est de fraîche date) traditionnelle, voire traditionaliste : en tant que fille, on lui promet un beau mariage et lui assure qu'elle entrera dans le rang des femmes « comme il faut ». Mais, alors qu'elle n'a qu'une douzaine d'années, son père est ruiné : sans dot, Simone de Beauvoir va devoir gagner sa vie. Les études sont sa chance ; elle est douée, très douée.

En 1928, elle rencontre Jean-Paul Sartre. C'est le début d'une relation sans équivalent : ils ne vivent pas sous le même toit, chacun conservant sa liberté, et ne se quittent jamais vraiment jusqu'à la mort de Sartre en 1980. La liberté que gagne Simone de Beauvoir est sexuelle (elle a des liaisons aussi bien féminines que masculines), sociale (elle est indépendante financièrement), intellectuelle : elle consacre à l'écriture et à l'engagement, intimement liés, l'essentiel de sa vie. La grande œuvre engagée de Simone de Beauvoir, c'est *Le Deuxième Sexe*. Elle avait le projet d'écrire sur sa condition individuelle de femme, mais Sartre l'a invitée à aller au-delà et à mener une réflexion sur la condition féminine en général. Beauvoir a alors dressé le catalogue critique des raisons pour lesquelles la femme est traitée socialement en inférieure à l'homme, n'accédant à une certaine légitimité que dans le cadre clos du foyer.

Sa philosophie est existentialiste, son engagement est féministe : *Le Deuxième Sexe* (paru en deux tomes en 1949) devient aussitôt la référence incontournable des mouvements de libération de la femme (MLF) et un outil de réflexion sur le féminisme.

À la suite des événements de 1968, Beauvoir donne une dimension nouvelle à son engagement : après avoir dénoncé l'aliénation dont sont victimes les femmes, elle soutient activement les militantes du MLF, se montrant au premier rang des manifestations, apparaissant à la télévision pour défendre ses thèses, témoignant au procès de Bobigny où une mère est jugée pour avoir aidé à avorter sa fille qui a été violée.

L'engagement de Simone de Beauvoir (qui ne se limite pas au féminisme) est né de l'épreuve de la libération de sa condition de femme, dont une partie majeure de son œuvre est le témoignage.

Pour aller plus loin

Émile ZOLA, *J'Accuse!*, La bibliothèque Gallimard, 2003.

Vincent DUCLERT, *L'Affaire Dreyfus*, La Découverte, 1994.

Charles PÉGUY, *Notre jeunesse*, Gallimard, «Folio essais», 1993.

Julien BENDA, *La Trahison des clercs*, Grasset, «Les Cahiers rouges», 2003.

Georges BERNANOS, *Français, si vous saviez...*, Gallimard, «Folio essais», 1995.

Marc BLOCH, Annette BECKER et Étienne BLOCH, *L'Histoire, la Guerre, la Résistance*, Gallimard, «Quarto», 2006.

Albert CAMUS, *Fragments d'un combat 1938-1940*, Gallimard, 1978.

Simone de BEAUVOIR, *Le Deuxième Sexe I et II*, Gallimard, «Folio essais», 1986; *Mémoires d'une jeune fille rangée*, Gallimard, «Folio», 2008.

Groupement de textes

L'intellectuel avant la lettre

INVENTION DU XXe SIÈCLE, L'INTELLECTUEL FRAN-
ÇAIS n'a cependant pas jailli de la seule plume d'Émile
Zola : il est le fruit d'une longue tradition littéraire qui
a vu, de tout temps, des écrivains prendre part aux
débats de leur époque. Et, bien qu'on ne les nommât
pas encore *intellectuels*, ils ont fait leurs les formes caractéristiques de l'engagement : sortant de leur réserve,
abolissant la distance qui sépare le clerc de la société, ils
ont pris haut et fort la parole en faveur de causes qu'ils
croyaient justes. Rien ne différencie ces intellectuels
avant la lettre de ceux du XXe siècle, si ce n'est, précisément, que la *notion* d'intellectuel — et, avec elle,
l'autorité et la légitimité qu'elle lui confère — n'existait
pas encore.

Michel Eyquem de MONTAIGNE (1533-1592)

Les Essais (1580), Livre II, chapitre XI

Adaptation en français moderne
par Emmanuel Naya, Delphine Reguig-Naya
et Alexandre Tarrête

(Gallimard, « Folio classique »)

*Au premier abord, personne ne semble si peu correspondre
à ce que l'on nomme aujourd'hui « l'intellectuel » que Montaigne. Aucun, pourtant, ne mérite autant que lui d'être
considéré, du point de vue de l'archéologie de ce concept,
comme le premier d'entre eux.*

*Comment, en effet, reconnaître en Montaigne — qui s'isola
volontairement dans le silence de sa bibliothèque pour penser
à l'écart du tumulte du monde — l'intellectuel qui, lorsqu'une
cause le nécessite, sort de sa tour d'ivoire et clame le point de
vue de la Vérité et de la Justice ? Certes, Montaigne n'est pas
cet intellectuel-là.*

*Mais comment, à l'inverse, ne pas voir en lui, à la lecture
des* Essais*, l'intellectuel par excellence ? Celui qui tire son
autorité de l'exercice quotidien et approfondi de sa réflexion,
et singulièrement lorsque cette réflexion porte sur les réalités les
plus condamnables de la société de son temps, comme c'est le
cas dans l'extrait suivant.*

*Dans ce chapitre, intitulé « De la cruauté », Montaigne —
à la faveur d'une digression concernant un épisode contemporain tenant de l'apologue — s'insurge contre la torture. Le
caractère pragmatique de son propos fait la force de son argu-
mentation.*

Pour revenir à mon propos, je me compassionne
fort tendrement des afflictions d'autrui, et pleurerais
aisément par compagnie, si pour occasion que ce soit,
je savais pleurer. Il n'est rien qui tente mes larmes que
[les] larmes. Non vraies seulement mais comment que

ce soit, ou feintes ou peintes[1]. Les morts je ne les plains guère : et les envierais plutôt : mais je plains bien fort les mourants. Les sauvages ne m'offensent pas tant, de rôtir et manger les corps des trépassés, que ceux qui les tourmentent et persécutent vivants. Les exécutions mêmes de la justice pour raisonnables qu'elles soient, je ne les puis voir d'une vue ferme. [...]

Quant à moi, en la justice même tout ce qui est au delà de la mort simple, me semble pure cruauté. Et notamment à nous[2] : qui devrions avoir respect d'en envoyer les âmes en bon état. Ce qui ne se peut, les ayant agitées et désespérées par tourments insupportables. Ces jours passés un soldat prisonnier ayant aperçu d'une tour où il était, qu'en la place des charpentiers commençaient à dresser leurs ouvrages, et le peuple à s'y assembler, tint que c'était pour lui et entré en désespoir, n'ayant autre chose à se tuer, se saisit d'un vieux clou de charrette rouillé que la fortune lui présenta, et s'en donna deux grands coups autour de la gorge : et voyant qu'il n'en avait pu ébranler sa vie s'en donna un autre tantôt après dans le ventre, de quoi il tomba en évanouissement. Et en cet état le trouva le premier de ses gardes qui entra pour le voir. On le fit revenir et pour employer le temps avant qu'il défaillît, on lui fit sur l'heure lire sa sentence qui était d'avoir la tête tranchée : de laquelle il se trouva infiniment réjoui et accepta à prendre du vin qu'il avait refusé : et remerciant les juges de la douceur inespérée de leur condamnation, dit que cette délibération de se tuer lui était venue par l'horreur de quelque plus cruel supplice duquel lui avaient augmenté la crainte les apprêts [qu'il avait vu faire en la place] [...] [et qu'il avait pris parti d'appeler la mort], pour en fuir une plus insupportable. Je conseillerais que ces exemples

---

1. Pas uniquement les larmes véritables, mais n'importe lesquelles, même celles feintes ou peintes.
2. Sous-entendu ici, les chrétiens.

de rigueur, par le moyen desquels on veut tenir le peuple en office[1], s'exerçassent contre les corps des criminels : Car de les voir priver de sépulture, de les voir bouillir et mettre à quartiers[2], cela toucherait quasi autant le vulgaire, que les peines, qu'on fait souffrir aux vivants. Quoique par effet ce soit peu, ou rien. Comme Dieu dit, *Qui corpus occidunt, et postea non habent quod faciant*[3]. Et les poètes font singulièrement valoir l'horreur de cette peinture et au-dessus de la mort.

> *Heu relliquias semiassi regis, denudatis ossibus,*
> *Per terram sanie delibutas fœde divexarier*[4].

Je me rencontrai un jour à Rome sur le point qu'on défaisait[5] Catena, un voleur insigne : on l'étrangla sans aucune émotion de l'assistance : mais quand on vint à le mettre à quartiers, le bourreau ne donnait coup, que le peuple ne suivît d'une voix plaintive, et d'une exclamation, comme si chacun eût prêté son sentiment à cette charogne[6]. Il faut exercer ces inhumains excès contre l'écorce, non contre le vif.

[...]

Je vis en une saison en laquelle nous foisonnons en exemples incroyables de ce vice, par la licence de nos guerres civiles[7] : Et ne voit-on rien aux histoires anciennes, de plus extrême, que ce que nous en essayons tous les jours. Mais cela ne m'y a nullement apprivoisé. À peine me pouvais-je persuader, avant que je l'eusse vu, qu'il se fût trouvé des âmes si monstrueuses, qui pour le seul plaisir du meurtre le voulussent commettre :

---

1. En bon ordre.
2. Coupés en morceaux.
3. « Ils tuent le corps, et ensuite ils ne peuvent plus rien faire d'autre. »
4. « Hélas ! Les restes sanguinolents d'un roi à demi rôti, les os mis à nu, seraient odieusement traînés sur le sol. »
5. Exécutait.
6. Le corps mort.
7. À cause des excès des guerres de Religion.

hacher et détrancher les membres d'autrui : aiguiser
leur esprit à inventer des tourments inusités, et des
morts nouvelles : sans inimitié, sans profit : et pour
cette seule fin, de jouir du plaisant spectacle des gestes,
et mouvements pitoyables, des gémissements, et voix
lamentables, d'un homme mourant en angoisse. Car
voilà l'extrême point, où la cruauté puisse atteindre.
Ut homo hominem non iratus, non timens, tantum specta-
turus, occidat[1].

Théodore Agrippa D'AUBIGNÉ (1552-1630)

Les Tragiques (1616)

(Poésie/Gallimard)

Contrairement aux Essais, *l'œuvre aujourd'hui la plus*
célèbre d'Agrippa d'Aubigné, Les Tragiques, *est restée*
méconnue de ses contemporains. Cependant, à l'opposé d'un
Montaigne modéré et volontairement reclus, Agrippa d'Au-
bigné est le modèle de l'écrivain résolument engagé dans les
conflits de son temps. Protestant, il combat aux côtés d'Henri
de Navarre (futur Henri IV) et assiste aux batailles san-
glantes des guerres de Religion dont la cruauté le marque pro-
fondément. Son œuvre en témoigne.

Dans cette époque tourmentée, il use d'un genre que renou-
velle la violence de l'actualité : le pamphlet.

Il est aussi l'auteur d'une Histoire universelle *(rien*
moins qu'objective) et, surtout, de ce long poème à la gloire
des protestants, vouant les catholiques aux gémonies : Les
Tragiques, *dont voici l'un des passages les plus connus sans*
doute, mais également les plus engagés contre une guerre fra-
tricide.

« France, mère affligée… »

Je veux peindre la France une mère affligée,

---

1. « Que l'homme tue l'homme ni par colère, ni par crainte, mais
simplement pour le spectacle ».

Qui est, entre ses bras, de deux enfants chargée.
Le plus fort, orgueilleux, empoigne les deux bouts
Des tétins nourriciers ; puis, à force de coups
D'ongles, de poings, de pieds, il brise le partage
Dont nature donnait à son besson[1] l'usage ;
Ce voleur acharné, cet Ésau[2] malheureux,
Fait dégât du doux lait qui doit nourrir les deux,
Si que, pour arracher à son frère la vie,
Il méprise la sienne et n'en a plus d'envie.
Mais son Jacob, pressé d'avoir jeûné meshui[3],
Ayant dompté longtemps en son cœur son ennui,
À la fin se défend, et sa juste colère
Rend à l'autre un combat dont le champ est la mère.
Ni les soupirs ardents, les pitoyables cris,
Ni les pleurs réchauffés ne calment leurs esprits ;
Mais leur rage les guide et leur poison les trouble,
Si bien que leur courroux par leurs coups se redouble.
Leur conflit se rallume et fait si furieux
Que d'un gauche malheur ils se crèvent les yeux.
Cette femme éplorée, en sa douleur plus forte,
Succombe à la douleur, mi-vivante, mi-morte ;
Elle voit les mutins, tout déchirés, sanglants,
Qui, ainsi que du cœur, des mains se vont cherchant.
Quand, pressant à son sein d'une amour maternelle
Celui qui a le droit et la juste querelle,
Elle veut le sauver, l'autre, qui n'est pas las,
Viole en poursuivant, l'asile de ses bras.
Adonc[4] se perd le lait, le suc de sa poitrine ;
Puis, aux derniers abois de sa proche ruine,
Elle dit : « Vous avez, félons, ensanglanté
Le sein qui vous nourrit et qui vous a porté ;

---

1. Jumeau.
2. Ésaü et Jacob, fils d'Isaac et Rebecca, sont frères jumeaux et ennemis mortels. Jacob étant l'élu de Dieu, Agrippa d'Aubigné en fait ici le représentant du parti protestant, tandis qu'Ésaü incarne la force brutale des catholiques.
3. Aujourd'hui.
4. Alors.

Or, vivez de venin, sanglante géniture,
Je n'ai plus que du sang pour votre nourriture ! »

**François Marie Arouet,
dit VOLTAIRE (1694-1778)**

*Traité sur la tolérance, à l'occasion de la mort
de Jean Calas* (1763)

(Gallimard, « La Pléiade »)

*Avec Voltaire, la figure de l'intellectuel se précise net-
tement. L'engagement du philosophe des Lumières en faveur
de Jean Calas est de même nature que celui, près d'un siècle et
demi plus tard, de l'écrivain naturaliste en faveur d'Alfred
Dreyfus. Les victimes, quant à elles, ont en partage l'intolérance : Dreyfus a le tort d'être juif, Calas celui d'être protestant.*

*Accusé à tort de l'assassinat de l'un de ses fils retrouvé
pendu à la poignée d'une porte de la maison familiale, Jean
Calas est condamné au supplice de la roue, puis à la mort
par étranglement le 10 mars 1762.*

*Voltaire, convaincu par Pierre Calas de l'innocence de son
père, se révolte face à cette injustice, fruit de l'intolérance religieuse. Il entre en campagne pour la révision du procès,
mettant alors sa plume acérée au service de cette cause.*

Il rédige le Traité sur la tolérance *dont voici la dernière
partie, dans laquelle on lit le dénouement heureux de l'affaire, ainsi qu'une ultime condamnation du sectarisme religieux à travers un nouveau blâme des jésuites.*

ARTICLE NOUVELLEMENT AJOUTÉ,
dans lequel on rend compte du dernier arrêt rendu
en faveur de la famille Calas.

Depuis le 7 mars 1763 jusqu'au jugement définitif,
il se passa encore deux années : tant il est facile au
fanatisme d'arracher la vie à l'innocence, et difficile à

la raison de lui faire rendre justice. Il fallut essuyer des longueurs inévitables, nécessairement attachées aux formalités. Moins ces formalités avaient été observées dans la condamnation de Calas, plus elles devaient l'être rigoureusement par le conseil d'État. Une année entière ne suffit pas pour forcer le parlement de Toulouse à faire parvenir au conseil toute la procédure, pour en faire l'examen, pour le rapporter. M. de Crosne[1] fut encore chargé de ce travail pénible. Une assemblée de près de quatre-vingts juges cassa l'arrêt de Toulouse, et ordonna la révision entière du procès.

D'autres affaires importantes occupaient alors presque tous les tribunaux du royaume. On chassait les jésuites ; on abolissait leur société en France : ils avaient été intolérants et persécuteurs ; ils furent persécutés à leur tour.

L'extravagance des billets de confession, dont on les crut les auteurs secrets, et dont ils étaient publiquement les partisans, avait déjà ranimé contre eux la haine de la nation. Une banqueroute immense d'un de leurs missionnaires[2], banqueroute que l'on crut en partie frauduleuse, acheva de les perdre. Ces seuls mots de *missionnaires* et de *banqueroutiers*, si peu faits pour être joints ensemble, portèrent dans tous les esprits l'arrêt de leur condamnation. Enfin les ruines de Port-Royal[3] et les ossements de tant d'hommes célèbres insultés par eux dans leurs sépultures, et exhumés au commencement du siècle par des ordres que les jésuites seuls avaient dictés, s'élevèrent tous contre leur crédit expirant. On peut voir l'histoire de leur proscription dans l'excellent livre intitulé *Sur la destruction des jésuites en France*[4], ouvrage impartial, parce qu'il est

---

1. Magistrat français (1736-1794) et dernier lieutenant de police de Paris.

2. Le père La Valette.

3. Abbaye janséniste détruite, par ordonnance royale, en janvier 1710.

4. D'Alembert (1765).

d'un philosophe, écrit avec la finesse et l'éloquence de Pascal[1], et surtout avec une supériorité de lumières qui n'est pas offusquée, comme dans Pascal, par des préjugés qui ont quelquefois séduit de grands hommes.

Cette grande affaire, dans laquelle quelques partisans des jésuites disaient que la religion était outragée, et où le plus grand nombre la croyait vengée, fit pendant plusieurs mois perdre de vue au public le procès des Calas ; mais le roi ayant attribué au tribunal qu'on appelle *les requêtes de l'hôtel* le jugement définitif, le même public, qui aime à passer d'une scène à l'autre, oublia les jésuites, et les Calas saisirent toute son attention.

La chambre des requêtes de l'hôtel est une cour souveraine composée de maîtres des requêtes, pour juger les procès entre les officiers de la cour et les causes que le roi leur renvoie. On ne pouvait choisir un tribunal plus instruit de l'affaire : c'étaient précisément les mêmes magistrats qui avaient jugé deux fois les préliminaires de la révision, et qui étaient parfaitement instruits du fond et de la forme. La veuve de Jean Calas, son fils, et le sieur de Lavaisse[2], se remirent en prison : on fit venir du fond du Languedoc cette vieille servante catholique qui n'avait pas quitté un moment ses maîtres et sa maîtresse, dans le temps qu'on supposait, contre toute vraisemblance, qu'ils étranglaient leur fils et leur frère. On délibéra enfin sur les mêmes pièces qui avaient servi à condamner Jean Calas à la roue, et son fils Pierre au bannissement.

Ce fut alors que parut un nouveau mémoire de l'éloquent M. de Beaumont, et un autre du jeune M. de Lavaisse, si injustement impliqué dans cette procédure criminelle par les juges de Toulouse, qui, pour comble

---

1. Mathématicien, physicien et philosophe janséniste (1623-1662), auteur des *Pensées*.
2. Ami du fils Calas assassiné.

de contradiction, ne l'avaient pas déclaré absous. Ce jeune homme fit lui-même un factum[1] qui fut jugé digne par tout le monde de paraître à côté de celui de M. de Beaumont. Il avait le double avantage de parler pour lui-même et pour une famille dont il avait partagé les fers. Il n'avait tenu qu'à lui de briser les siens et de sortir des prisons de Toulouse, s'il avait voulu seulement dire qu'il avait quitté un moment les Calas dans le temps qu'on prétendait que le père et la mère avaient assassiné leur fils. On l'avait menacé du supplice ; la question et la mort avaient été présentées à ses yeux ; un mot lui aurait pu rendre sa liberté : il aima mieux s'exposer au supplice que de prononcer ce mot, qui aurait été un mensonge. Il exposa tout ce détail dans son factum, avec une candeur si noble, si simple, si éloignée de toute ostentation, qu'il toucha tous ceux qu'il ne voulait que convaincre, et qu'il se fit admirer sans prétendre à la réputation.

Son père, fameux avocat, n'eut aucune part à cet ouvrage : il se vit tout d'un coup égalé par son fils, qui n'avait jamais suivi le barreau.

Cependant les personnes de la plus grande considération venaient en foule dans la prison de Mme Calas, où ses filles s'étaient renfermées avec elle. On s'y attendrissait jusqu'aux larmes. L'humanité, la générosité, leur prodiguaient des secours. Ce qu'on appelle la *charité* ne leur en donnait aucun. La charité, qui d'ailleurs est si souvent mesquine et insultante, est le partage des dévots, et les dévots tenaient encore contre les Calas.

Le jour arriva (9 mars 1765) où l'innocence triompha pleinement. M. de Bacquencourt ayant rapporté toute la procédure, et ayant instruit l'affaire jusque dans les moindres circonstances, tous les juges, d'une voix unanime, déclarèrent la famille innocente, tortionnairement et abusivement jugée par le parlement de Toulouse. Ils réhabilitèrent la mémoire du père.

---

1. Dans un procès, récit de l'une des parties, rapportant les faits.

Ils permirent à la famille de se pourvoir devant qui il appartiendrait pour prendre ses juges à partie, et pour obtenir les dépens, dommages et intérêts que les magistrats toulousains auraient dû offrir d'eux-mêmes.

Ce fut dans Paris une joie universelle : on s'attroupait dans les places publiques, dans les promenades ; on accourait pour voir cette famille si malheureuse et si bien justifiée ; on battait des mains en voyant passer les juges, on les comblait de bénédictions. Ce qui rendait encore ce spectacle plus touchant, c'est que ce jour, neuvième mars, était le jour même où Calas avait péri par le plus cruel supplice (trois ans auparavant).

Messieurs les maîtres des requêtes avaient rendu à la famille Calas une justice complète, et en cela ils n'avaient fait que leur devoir. Il est un autre devoir, celui de la bienfaisance, plus rarement rempli par les tribunaux, qui semblent se croire faits pour être seulement équitables. Les maîtres des requêtes arrêtèrent qu'ils écriraient en corps à Sa Majesté pour la supplier de réparer par ses dons la ruine de la famille. La lettre fut écrite. Le roi y répondit en faisant délivrer trente-six mille livres à la mère et aux enfants ; et de ces trente-six mille livres, il y en eut trois mille pour cette servante vertueuse qui avait constamment défendu la vérité en défendant ses maîtres.

Le roi, par cette bonté, mérita, comme par tant d'autres actions, le surnom que l'amour de la nation lui a donné. Puisse cet exemple servir à inspirer aux hommes la tolérance, sans laquelle le fanatisme désolerait la terre, ou du moins l'attristerait toujours ! Nous savons qu'il ne s'agit ici que d'une seule famille et que la rage des sectes en a fait périr des milliers ; mais aujourd'hui qu'une ombre de paix laisse reposer toutes les sociétés chrétiennes, après des siècles de carnage, c'est dans ce temps de tranquillité que le malheur des Calas doit faire une plus grande impression, à peu près comme le tonnerre qui tombe dans la sérénité d'un beau jour. Ces cas sont rares, mais ils arrivent, et ils sont l'effet de cette sombre superstition qui porte les âmes faibles à imputer des crimes à quiconque ne pense pas comme elles.

FIN DU TRAITÉ SUR LA TOLÉRANCE

Victor HUGO (1802-1885)

Discours à l'Assemblée nationale constituante sur l'abolition de la peine de mort (15 septembre 1848)

(Archives de l'Assemblée nationale)

Pair de France puis député, l'écrivain Victor Hugo est la figure marquante de l'intellectuel du milieu du XIXᵉ siècle, époque où ce mot n'est pas encore d'usage.

Sur les traces de Chateaubriand, son modèle, ou de Lamartine, son contemporain, Victor Hugo est un homme de lettres que des convictions profondes mènent à l'engagement politique.

Après Mirabeau, Condorcet ou Tocqueville, Hugo offre un exemple rare de rhétorique parlementaire, propre à inspirer aujourd'hui encore les discours les plus brillants de nos députés, lorsque la cause l'exige.

Le combat contre la peine de mort est de ces luttes majeures où se déploie tout l'art de la stratégie argumentative, dont font montre de manière particulièrement remarquable Victor Hugo, dans son intervention pourtant improvisée, et, cent trente-trois ans plus tard, Robert Badinter dans le discours qui permettra enfin que la peine de mort soit abolie.

Le citoyen Président. — La parole est à M. Victor Hugo. *(Mouvement d'attention.)*

Le citoyen Victor Hugo. — Messieurs, comme l'honorable rapporteur de votre commission[1], je ne m'atten-

---

1. M. Vivien, membre et rapporteur de la commission chargée d'examiner «l'abolition de la peine de mort en matière politique», proposition de loi à laquelle deux députés de gauche ont déposé des

dais pas à parler sur cette grave et importante matière. Je regrette que cette question, la première de toutes peut-être, arrive au milieu de vos délibérations presque à l'improviste, et surprenne les orateurs non préparés. Quant à moi, je dirai peu de mots, mais ils partiront du sentiment d'une conviction profonde et ancienne[1]. Vous venez de consacrer l'inviolabilité du domicile[2]; nous vous demandons de consacrer une inviolabilité plus haute et plus sainte encore; l'inviolabilité de la vie humaine.

Messieurs, une constitution, et surtout une constitution faite par et pour la France, est nécessairement un pas dans la civilisation, si elle n'est point un pas dans la civilisation, elle n'est rien. *(Très bien! très bien!)* Eh bien, songez-y!

Qu'est-ce que la peine de mort? La peine de mort est le signe spécial et éternel de la barbarie. *(Sensation.)* Partout où la peine de mort est prodiguée, la barbarie domine; partout où la peine de mort est rare, la civilisation règne. *(Mouvement.)*

Ce sont là des faits incontestables.

L'adoucissement de la pénalité est un grand et sérieux progrès. Le dix-huitième siècle, c'est là une partie de sa gloire, a aboli la torture; le dix-neuvième abolira certainement la peine de mort. *(Adhésion à gauche.)*

Plusieurs voix. Oui! Oui!

Le citoyen Victor Hugo. — Vous ne l'abolirez pas

---

amendements visant à supprimer la précision « en matière politique » pour obtenir l'abolition pure et simple. Vivien, qui avait la parole juste avant Victor Hugo, a donc dû évoquer la question de l'abolition sans que cela soit prévu.

1. Victor Hugo est en effet un opposant à la peine de mort depuis fort longtemps. Il l'a déjà farouchement dénoncée, en particulier dans deux de ses romans : *Le Dernier Jour d'un condamné* (1829, augmenté en 1832 d'une préface tout à fait explicite) et *Claude Gueux* (1834).

2. L'Assemblée constituante a approuvé auparavant un article en ce sens.

peut-être aujourd'hui ; mais, n'en doutez pas, vous l'abolirez ou vos successeurs l'aboliront demain !

Les mêmes voix. Nous l'abolirons ! *(Agitation.)*

Le citoyen Victor Hugo. — Vous écrivez en tête du préambule de votre constitution : « En présence de Dieu », et vous commenceriez par lui dérober, à ce Dieu, ce droit qui n'appartient qu'à lui, le droit de vie et de mort ! *(Très bien ! très bien !)*

Messieurs, il y a trois choses qui sont à Dieu et qui n'appartiennent pas à l'homme : l'irrévocable, l'irréparable et l'indissoluble. Malheur à l'homme s'il les introduit dans ses lois ! *(Mouvement.)* Tôt ou tard elles font plier la société sous leur poids, elles dérangent l'équilibre nécessaire des lois et des mœurs ; elles ôtent à la justice humaine ses proportions ; et alors il arrive ceci, réfléchissez-y, Messieurs *(Profond silence)*, que la loi épouvante la conscience ! *(Sensation.)*

Messieurs, je suis monté à cette tribune pour vous dire un seul mot, un mot décisif selon moi, ce mot, le voici : *(Écoutez ! écoutez !)* Après février[1], le peuple eut une grande pensée : le lendemain du jour où il avait brûlé le trône, il voulut brûler l'échafaud. *(Très bien ! — Sensation.)* Ceux qui agissaient sur son esprit alors ne furent pas, je le regrette profondément, à la hauteur de son grand cœur.

À gauche. Très bien !

Le citoyen Victor Hugo. — On l'empêcha d'exécuter cette idée sublime. Eh bien, dans le premier article de la constitution que vous votez, vous venez de consacrer la première pensée du peuple, vous avez renversé le trône ; maintenant consacrez l'autre, renversez l'échafaud ! *(Vif assentiment sur plusieurs bancs.)*

Je vote l'abolition pure, simple et définitive de la peine de mort.

---

1. La révolution de 1848 s'est déroulée entre le 22 et le 25 février.

Chronologie

Les grandes causes de l'engagement intellectuel au xxᵉ siècle, 1894-1981

1.

1894-1906 : l'affaire Dreyfus

Septembre 1894 : la découverte d'un bordereau prouvant qu'un traître fournit, depuis l'état-major des armées, des renseignements à l'ambassade d'Allemagne amène naturellement la hiérarchie militaire à ouvrir une enquête. Elle est rondement menée et aboutit au coupable idéal : l'homme a été en poste à l'état-major durant la période incriminée, c'est un officier alsacien qui parle aussi l'allemand et qui est juif.

15 octobre 1894   Arrestation et incarcération du capitaine Alfred Dreyfus à la prison du Cherche-Midi.
22 décembre 1894   Condamnation à la dégradation militaire et à la déportation à vie.
5 janvier 1895   Dégradation publique.
14 avril 1895   Arrivée à l'île du Diable.
13 janvier 1898 Publication dans *L'Aurore* de « J'accuse… ! », lettre d'Émile Zola au président de la République Félix Faure.

8 août 1899   Ouverture à Rennes du second procès.

9 septembre 1899   Nouveau verdict de culpabilité, mais cette fois avec les circonstances atténuantes.

19 septembre 1899   Le président de la République accorde sa grâce.

12 juillet 1906   Annulation du verdict de culpabilité par la Cour de cassation, réhabilitation de Dreyfus, proclamation de son innocence.

13 juillet 1906   Réintégration dans l'armée.

Durant les douze années de l'affaire, la famille et les proches de Dreyfus n'ont cessé de clamer son innocence et d'agir pour sa défense. Cependant, et bien qu'elle eût défrayé la chronique dès le premier procès, l'affaire Dreyfus ne devient « l'Affaire » qu'en janvier 1898, lorsque le véritable auteur du bordereau, Esterhazy, est acquitté et que Zola, indigné, publie son célèbre *J'accuse…!*

28 janvier 1945   Condamné à perpétuité pour « intelligences avec l'ennemi », Charles Maurras s'écrie : « C'est la revanche de l'affaire Dreyfus ! »

2.

1914-1938 : la cause pacifiste

Jaurès, le tribun socialiste influent, l'homme de conviction, milite activement pour la paix et se fait de terribles ennemis dans les rangs nationalistes.

Même Charles Péguy voit en lui un « agent du parti allemand », un aveugle et un traître.

31 juillet 1914   Assassinat de Jaurès.
1er août 1914   Décret de mobilisation générale.
3 août 1914   Déclaration de guerre.
5 septembre 1914   Mort de Péguy au champ d'honneur.
15 septembre 1914   Romain Rolland publie dans le *Journal de Genève* son célèbre hymne pacifique, « Au-dessus de la mêlée ».

Guerre de tranchées, de boue et de sang. Boucherie de 14 ! Des millions de morts de part et d'autre font promettre à beaucoup que ce sera « la der des ders ».

Ainsi s'explique le pacifisme inébranlable de nombreux intellectuels — et notamment de Romain Rolland — qui, jusqu'à la veille de la Seconde Guerre mondiale, plaideront en faveur de la paix.

30 septembre 1938   La France et la Grande-Bretagne, cédant alors aux volontés de Hitler, signent les accords de Munich.

3.

1922-1945 : contre les fascismes

Les nationalistes et antidémocrates français, qui affichent leur mépris des élites, leur haine de l'étranger et du capitalisme cosmopolite, revendiquent une ambition totalitaire que le fascisme italien puis le national-socialisme allemand leur donnent en modèle.

Face à eux — et en réaction aux violentes manifestations de l'Action française et des ligues de droite en février 1934 — se regroupent, sous le patronage d'Alain, de Paul Langevin et Paul Rivet, les trois familles de gauche (radicaux, socialistes, communistes) au sein du Comité de vigilance des intellectuels antifascistes dont un manifeste avait jeté les bases. André Gide, André Breton, Julien Benda, André Malraux, Paul Nizan ou Pablo Picasso, parmi beaucoup d'autres, y adhèrent.

L'opposition au fascisme est forte aussi chez certains démocrates-chrétiens (derrière Jacques Maritain et Emmanuel Mounier) ou des personnalités de droite, tel François Mauriac.

Si le fascisme français — contrairement à ceux de l'Italie et de l'Allemagne — n'a jamais été en mesure de mettre en danger la démocratie, il se radicalise durant l'Occupation et devient collaborationniste.

C'est aussi contre ce fascisme que se dressent alors les intellectuels entrés en résistance qui, risquant la torture et la mort, font vivre la littérature ou la presse clandestines, insoumises aux pouvoirs nazi et vichyste.

---

30 octobre 1922   Accession au pouvoir de Benito Mussolini en Italie.

30 janvier 1933   Nomination d'Adolf Hitler au poste de chancelier d'Allemagne.

6 février 1934   Manifestations antiparlementaires des ligues de droite.

4 mars 1934   Fondation du Comité de vigilance des intellectuels antifascistes (CVIA).

1935   Invasion de l'Éthiopie par les troupes de Mussolini.

1942   Publication clandestine du *Silence de la mer* de Vercors aux Éditions de Minuit.

30 mai 1942   Exécution de Jacques Decour, respon-

sable du Comité national des écrivains, arrêté par
la police française et fusillé par les Allemands.

1943   Publication clandestine du *Cahier noir* de Forez
(pseudonyme de François Mauriac) aux Éditions
de Minuit.

13 juin 1944   René Leynaud est arrêté par la Milice,
livré à la Gestapo, puis fusillé. Poète et journaliste,
ce résistant, ami d'Albert Camus, s'était notamment
illustré au sein du mouvement Combat.

1er août 1944   Mort de l'écrivain Jean Prévost, les
armes à la main, dans le maquis du Vercors.

8 juin 1945   Mort de Robert Desnos au camp de
Theresienstadt.

4.

1894-1945 : contre l'antisémitisme ?

Au XIXe siècle, l'antisémitisme n'est pas le seul fait
des nationalistes, séduits par les thèmes antisémites
de Drumont ; il touche également certains milieux
socialistes et ouvriers, pour lesquels le Juif représente
l'exploitation capitaliste, celui de la haute finance et de
l'industrie.

« L'Affaire », notamment avec l'engagement de Zola
puis celui de Jaurès, modifie la vision de la gauche à
l'égard de l'antisémitisme, le mouvement ouvrier ayant
fini par s'engager majoritairement pour Dreyfus.

Durant la Grande Guerre, les maîtres à penser de la
droite — au nom de l'Union sacrée — font taire leur
antisémitisme. Mais rapidement, le Juif redevient pour
eux le bouc émissaire de tous les maux dont souffre la

France et représente celui qui en a sapé les fondements chrétiens. Après la Révolution russe (février 1917), nombre de catholiques brandissent la peur d'une invasion judéo-bolchevique ; tandis que Charles Maurras appelle de ses vœux une « politique antijuive universelle ».

Face à l'antisémitisme grandissant, des personnalités s'élèvent ou adhèrent à la Ligue internationale contre l'antisémitisme (LICA) — dont la comtesse de Noailles, Romain Rolland, Léon Blum, André Malraux ou Joseph Kessel. Mais l'engagement de ces intellectuels ne peut enrayer la progression de l'antisémitisme, qui va trouver une forme nouvelle avec les lois portant sur le statut des Juifs, édictées par Vichy sous l'Occupation.

1886   Parution de *La France juive*, ouvrage dans lequel Édouard Drumont expose ses thèses antisémites.

1927   Création de la LICA (qui deviendra LICRA).

1937   Parution de l'article « L'impossible antisémitisme » de Jacques Maritain, contre « l'absurde parodie médiévaliste hitlérienne » dont sont victimes les Juifs.

3 octobre 1940   Par décret du gouvernement de Vichy, les Juifs de nationalité française perdent leur statut de citoyen.

29 mai 1942   Ordonnance allemande imposant aux Juifs le port de l'étoile jaune.

1942   Grandes rafles, dont celle du Vél'd'Hiv' (16-17 juillet) : la plupart des Juifs arrêtés par la police française seront livrés aux Allemands, puis envoyés au camp d'extermination d'Auschwitz.

17 août 1944   Dernier convoi de déportés juifs au départ de Paris.

27 janvier 1945   Libération du camp d'Auschwitz.

1946   *Réflexions sur la question juive* de Jean-Paul Sartre.

Novembre 1945-octobre 1946   Procès à Nuremberg de vingt-quatre criminels nazis.

1945   La notion juridique de crime contre l'humanité apparaît pour la première fois lors du procès de Nuremberg. Dans le statut du Tribunal militaire international, chargé de juger les responsables nazis, un article définit ainsi ce crime : « l'assassinat, l'extermination, la réduction en esclavage, la déportation, et tout autre acte inhumain inspirés par des motifs politiques, philosophiques, raciaux ou religieux et organisés en exécution d'un plan concerté à l'encontre d'un groupe de population civile ».

5.

1936-1953 : l'antistalinisme

Depuis sa fondation, au congrès de Tours en décembre 1920, le Parti communiste français s'aligne sur la politique de l'U.R.S.S., laquelle sera dirigée d'une main de fer durant près de trente ans par Joseph Staline.

Si le communisme doit faire face à une opposition forte de la part des partis de droite, mais aussi de la gauche radicale ou socialiste, il jouit néanmoins entre les deux guerres de la sympathie ou de l'adhésion de nombre d'intellectuels français pour lesquels la Russie bolchevique est l'annonce de la révolution dans leur propre pays et de l'avènement de la classe ouvrière au pouvoir, moment ultime de l'histoire.

Contre eux se dressent des témoins à charge, tels Boris Souvarine, Panaït Istrati ou Victor Serge, qui dénoncent le totalitarisme qui règne en Union soviétique où purges et procès d'intellectuels se multiplient, ainsi que des intellectuels de gauche qui refusent que soient niées les réalités qui accablent la population ou justifiées les atrocités commises. Parmi eux, André Gide, auquel le récit de son voyage en U.R.S.S. vaut une vive hostilité de la part de ses amis d'hier.

Après guerre, le Parti communiste, plus puissant que jamais, tente de faire oublier le pacte germano-soviétique, qui devient à ses yeux une stratégie de guerre du «génial» Staline auquel il voue un culte pour avoir vaincu le nazisme.

Toute attaque contre l'Union soviétique, patrie du socialisme, est alors considérée très largement à gauche (et non par le seul Parti communiste) comme une atteinte au parti des fusillés.

On accorde donc peu de crédit aux témoignages (dont celui de Kravtchenko) qui relatent les conditions réelles des travailleurs, les répressions impitoyables, l'omniprésence de la police politique et la délation constante, mais qui dénoncent aussi l'existence de camps au pays de Staline. Il faut l'engagement d'un David Rousset, qui réclame une commission d'enquête sur l'existence de ces «camps de travail correctifs», pour que certains intellectuels, répondant à l'appel, créent une commission internationale.

Toutefois, pour Sartre, Mounier, Merleau-Ponty et bien d'autres qui ne nient pas l'existence des camps, il s'agit de choisir entre deux blocs et désigner ainsi l'ennemi. S'en prendre à l'U.R.S.S. serait faire preuve d'anticommunisme et donc faire le jeu d'une droite accusée d'avoir participé activement à la Collaboration.

Il faudra beaucoup de temps avant qu'une partie de la gauche française se défasse de la fascination exercée

par le pays de la dictature du prolétariat; la mort de
Staline, en 1953, ne mettant pas fin au stalinisme.

1922　Joseph Staline devient secrétaire général du
Parti communiste.

21 janvier 1924　Mort de Lénine, Staline président
du conseil de l'U.R.S.S.

Octobre 1929　« L'Affaire Roussakov ou L'U.R.S.S.
d'aujourd'hui » de Panaït Istrati, *La Nouvelle Revue
française*.

19-24 août 1936　Premier des procès de Moscou.
Les seize accusés sont condamnés et fusillés.

1936　*16 fusillés. Où va la Révolution russe ?* de Victor
Serge.

1936　*Retour de l'U.R.S.S.* d'André Gide.

23 août 1939　Signature du pacte germano-soviétique et invasion de la Pologne par l'armée russe.

Août 1939　Paul Nizan quitte le Parti communiste.

22 juin 1941　Opération Barbarossa (invasion de
l'U.R.S.S. par l'Allemagne), rupture de fait du
pacte germano-soviétique.

1945　*Le Zéro et l'infini* d'Arthur Koestler.

1947　Le P.C.F. quitte le gouvernement.

1947　*J'ai choisi la liberté : la vie publique et privée d'un
haut fonctionnaire soviétique* de Victor Kravtchenko.

Avril 1949　Kravtchenko remporte son procès en
diffamation contre *Les Lettres françaises*.

1951　*Le Procès concentrationnaire pour la vérité sur les
camps* de David Rousset, Théo Bernard, Gérard
Rosenthal.

5 mars 1953　Mort de Staline.

14-25 février 1956　XXᵉ Congrès du Parti communiste. Publication du rapport Khrouchtchev sur les
crimes de Staline.

Novembre 1956　Écrasement de l'insurrection de
Budapest par les chars de l'Armée rouge.

Août 1968　Écrasement du printemps de Prague
par les chars de l'Armée rouge.

Juin 1974 Parution de la traduction française de *L'Archipel du Goulag* d'Alexandre Soljenitsyne.

25 décembre 1991 Gorbatchev remet sa démission de président de l'Union soviétique.

26 décembre 1991 Dissolution de l'Union soviétique.

6.

1934-1962 : l'anticolonialisme

Lorsqu'en 1927 André Gide publie son *Voyage au Congo*, dans lequel il dénonce (sans grande virulence, toutefois) les injustices du système colonial, l'Empire colonial français s'étend à travers le monde, principalement en Afrique, en Asie ou à Madagascar.

Alors à son apogée, célébré par l'Exposition coloniale de 1931, l'Empire ne connaît pas encore de remise en question majeure, la colonisation étant considérée comme une œuvre de l'expansion de la pensée et de la civilisation françaises. Le Parti communiste est à ce moment le seul mouvement politique à tenir des propos anticolonialistes, Léon Blum déclarant de son côté : « Nous admettons le droit et même le devoir des races supérieures d'attirer à elles celles qui ne sont pas parvenues au même degré de culture et de les appeler aux progrès réalisés grâce aux efforts de la science et de l'industrie. »

En quelques décennies pourtant, cet empire va s'effondrer : agitations, révolutions, guerres, auront raison de lui.

Le désir des peuples d'obtenir leur indépendance a

été soutenu par des intellectuels qui se sont engagés — en particulier dans les années 1950 et 1960 — soit par leurs écrits (le *Discours sur le colonialisme*, publié par Aimé Césaire au lendemain de la Seconde Guerre mondiale, en est l'un des plus marquants), soit en apportant aide et soutien logistiques aux mouvements de libération (en acceptant de devenir des «porteurs de valises» contenant des armes pour le FLN, par exemple).

L'anticolonialisme a réaffirmé également les clivages entre intellectuels de gauche et intellectuels de droite : tandis que Sartre, Beauvoir, Blanchot, Breton, Duras, Vercors figurent parmi les signataires du «Manifeste des 121», qui demande le droit à l'insoumission dans la guerre d'Algérie, Blondin, Déon, Nimier, Perret ou Maulnier signent le mois suivant le «Manifeste des intellectuels français», dans lequel ils dénoncent «les professeurs de trahison [qui] vont jusqu'à préconiser l'aide directe au terrorisme ennemi» alors que, selon eux, l'armée française accomplit depuis des années en Algérie «une mission civilisatrice, sociale et humaine».

1934   La revue *L'Étudiant martiniquais*, à laquelle collaborent notamment Aimé Césaire et Léopold Sédar Senghor, s'appelle dorénavant : *L'Étudiant noir*. Le concept de «négritude» y apparaît pour la première fois.

1935   La revue *Esprit* de décembre titre : «La colonisation, son avenir, sa liquidation».

2 septembre 1945   Hô Chi Minh proclame l'indépendance du Vietnam.

Mai 1945   Répression sanglante des émeutes de Sétif.

Novembre 1946   Début de la guerre d'Indochine.

1947   Début de la répression de l'insurrection de Madagascar.

1950   *Discours sur le colonialisme* d'Aimé Césaire.

13 mars-7 mai 1954   Bataille de Diên Biên Phu.

21 juillet 1954   Signature des accords de Genève, fin de la guerre d'Indochine.

1er novembre 1954   Début des « événements d'Algérie ».

9 juillet 1955   Parution dans *L'Express* de l'article « Terrorisme et répression » d'Albert Camus.

1956   Vote de la loi-cadre Defferre accordant une large autonomie aux Territoires africains.

7 mars 1956   Indépendance du Maroc.

20 mars 1956   Indépendance de la Tunisie.

6 septembre 1960   Parution dans le magazine *Vérité-Liberté* du « Manifeste des 121 », sous-titré : « Déclaration sur le droit à l'insoumission dans la guerre d'Algérie ».

1961   Parution des *Damnés de la terre* de Frantz Fanon, préfacé par Jean-Paul Sartre.

1962   Indépendance des Territoires d'Afrique noire et de Madagascar.

18 mars 1962   Indépendance de l'Algérie avec la signature des accords d'Évian.

Juin 1962   355 000 personnes quittent l'Algérie pour la France avec le statut de rapatriés.

7.

1791-1981 : abolitionnisme

La Révolution française n'a pas aboli la peine de mort (même si nombre de révolutionnaires — dont Robespierre lui-même — souhaitèrent qu'on y mît fin, avant d'y avoir recours ou d'en être eux-mêmes les victimes), mais elle a imposé que son application fût la même pour tous : la guillotine sur la place publique.

Cette pratique — qui mettait fin aux inégalités et aux

supplices d'un autre temps — va durer près de deux siècles, sans connaître d'interruption notable, si ce n'est celle qu'entraîna, au cours des années 1906-1908, la grâce systématique des condamnés à mort par le président Armand Fallières, partisan de l'abolition.

Si à partir de janvier 1939 les exécutions n'ont plus lieu en place publique mais dans la cour des prisons, la guillotine continue de fonctionner sans relâche jusqu'en 1977. Elle disparaît totalement quatre ans plus tard avec la promulgation de la loi abolissant la peine capitale en France, le 9 octobre 1981.

Durant cette longue période, les débats sont vifs et les partisans de l'abolition de la peine de mort demeurent déterminés. À l'image de Victor Hugo, dont la publication du *Dernier Jour d'un condamné* (1829) donne lieu à d'âpres discussions législatives, ou de Lamartine, qui écrit l'année suivante son poème intitulé «Contre la peine de mort».

Pas plus que celles de Hugo ou de Lamartine, la conviction abolitionniste de Jean Jaurès, soutenant la verve d'Aristide Briand, ne parvient en 1908 à convaincre le Parlement de voter une loi en ce sens : Maurice Barrès et plus de trois cents autres députés s'y opposent fermement, soutenant que la peine de mort a le pouvoir de la dissuasion et la vertu de retrancher de la société des individus inamendables et néfastes «à la santé sociale». Ce n'est que beaucoup plus tard, par le combat acharné d'un avocat et homme politique, Robert Badinter, que la loi abolissant la peine de mort en France sera enfin votée.

1764   Parution des *Délits et les peines* de Cesare Beccaria, qui juge inhumaine la pratique de la torture et s'oppose à la peine de mort.

1er décembre 1789   Le docteur Guillotin, député de Paris, propose à l'Assemblée que l'on mette au point une machine capable de se substituer à la main du bourreau.

6 octobre 1791   Adoption de la guillotine comme unique instrument de mise à mort légale.

1795 et 1810   La peine de mort est abolie en France, mais la loi ne sera effective qu'à « dater du jour de la publication de la paix générale » : cette condition n'ayant pas été remplie, la loi n'entra jamais en vigueur.

12 février 1810   Rétablissement de la peine de mort dans le Code pénal impérial français.

1829   *Le Dernier Jour d'un condamné* de Victor Hugo.

1906 à 1913   Présidence d'Armand Fallières, lequel était favorable à l'abolition de la peine de mort.

1908   Aristide Briand, garde des Sceaux du gouvernement Clemenceau, défend sans résultat une proposition de loi en vue de l'abolition de la peine de mort.

24 janvier 1939   Décret d'abolition des exécutions publiques.

28 novembre 1972   Exécution de Roger Bontems, dont l'avocat était Robert Badinter.

Janvier 1977   Robert Badinter est l'un des avocats de Patrick Henry.

10 septembre 1977   Hamida Djandoubi est guillotiné (il est le dernier condamné à mort à être exécuté en France).

16 mars 1981   Candidat à l'élection présidentielle, François Mitterrand se déclare contre la peine de mort dans l'émission de débat politique « Cartes sur table ».

10 mai 1981   François Mitterrand est élu président de la République.

9 octobre 1981   Promulgation de la loi abolissant la peine capitale en France.

Éléments pour une
fiche de lecture

Regarder le tableau

- Deux groupes bien distincts sont présents sur le tableau. Identifiez-les et indiquez de quels types de personnes ils sont composés.
- Quelles expressions se dégagent des visages de ces deux groupes. Que révèlent-elles ?
- Quelle est la palette de couleurs dominante du tableau ? Pourquoi ?
- La nudité est très présente dans le tableau. Que symbolise-t-elle ici ?
- Picasso est souvent considéré comme le fondateur du cubisme. Selon vous, cette œuvre appartient-elle à ce courant artistique ? Pourquoi ?
- Recherchez sur Internet une image du tableau *Tres de Mayo* de Francisco de Goya et rédigez une analyse comparative des deux tableaux.

Variété des discours

- Repérez, pour chacun des textes de l'anthologie, le genre de discours dont il s'agit : article, essai, pamphlet, etc. Identifiez-en le registre principal. Classez les textes en fonction de leur degré d'engagement.

- Relevez les images auxquelles les auteurs ont recours pour frapper les esprits.
- Parmi ces discours, lesquels vous paraissent mettre en œuvre les stratégies argumentatives les plus efficaces ? Pourquoi ? Appuyez-vous sur des procédés précis pour étayer votre réponse.
- Au fil des discours de Robert Badinter et de Simone Veil, prononcés à l'Assemblée nationale, vous pouvez lire les réactions des députés qui les écoutent. Que vous apprennent-elles sur l'atmosphère des débats ?
- À votre tour, rédigez un discours engagé en faveur d'une cause que des intellectuels d'aujourd'hui pourraient épouser : lutte contre l'homophobie, combat en faveur de la préservation des ressources de la planète, engagement pour ou contre le nucléaire, etc.

Les causes défendues

- Qui est le lieutenant-colonel Picquart dont parle Zola ? Quel fut son rôle dans l'Affaire ? En quoi est-il exemplaire ?
- Faites une recherche sur Jean Jaurès. Qui est-il à la veille de la Première Guerre mondiale ? Comment défend-il son engagement pacifiste ?
- En vous appuyant sur des citations du texte d'André Gide, expliquez pourquoi l'on peut dire qu'il relève du réquisitoire contre le stalinisme ?
- Quelle vision de la France François Mauriac développe-t-il ? Quel engagement exprime-t-il ?
- Retracez le chemin parcouru de la publication du *Deuxième Sexe* en 1949 à la légalisation de l'IVG en 1974. Diriez-vous, comme Simone de Beauvoir, que

seules la culture et l'éducation déterminent le sexe auquel on appartient? Organisez un débat sur ce thème dans votre classe.

- Relevez dans le texte de Jean-Paul Sartre les arguments contre l'antisémitisme. Cherchez-en d'autres qui vont dans le même sens, puis rédigez une lettre dans laquelle vous essaierez de convaincre et de persuader l'une des deux personnes citées comme exemple d'antisémites par Sartre (le peintre inquiet pour ses domestiques ou la jeune femme mécontente de son fourreur) qu'elle se trompe.

- Dites, en vous appuyant sur le texte, en quoi le *Discours sur le colonialisme* d'Aimé Césaire relève du pamphlet contre l'homme blanc occidental.

- «Mais qu'est-ce donc que l'exécution capitale, sinon le plus prémédité des meurtres auquel aucun forfait criminel, si calculé soit-il, ne peut être comparé?», écrit Albert Camus dans «Réflexions sur la guillotine» (*La NRF*, 1957). Analysez ce propos et explicitez-le en une trentaine de lignes.

Analyser le groupement de textes

- À quels genres et à quels types de discours les auteurs du groupement ont-ils recours? Comparez-en les effets sur le destinataire.

- Quel thème commun aux quatre textes pouvez-vous identifier? Justifiez votre réponse.

- Dans l'un des textes de l'anthologie, sélectionnez un passage de trente à quarante lignes qui pourrait enrichir ce groupement de textes. Justifiez votre choix.

Collège

DANS LA MÊME COLLECTION

DANS LA MÊME COLLECTION

Lycée

Série Classiques

Jean RACINE, *Britannicus* (23)

Jean RACINE, *Phèdre* (151)

Jean RACINE, *Mithridate* (206)

Rainer Maria RILKE, *Lettres à un jeune poète* (59)

Arthur RIMBAUD, *Illuminations* (195)

Edmond ROSTAND, *Cyrano de Bergerac* (70)

SAINT-SIMON, *Mémoires* (64)

Nathalie SARRAUTE, *Enfance* (28)

William SHAKESPEARE, *Hamlet* (54)

SOPHOCLE, *Antigone* (93)

STENDHAL, *La Chartreuse de Parme* (74)

STENDHAL, *Vanina Vanini et autres nouvelles* (200)

Michel TOURNIER, *Vendredi ou les limbes du Pacifique* (132)

Vincent VAN GOGH, *Lettres à Théo* (52)

VOLTAIRE, *Candide* (7)

VOLTAIRE, *L'Ingénu* (31)

VOLTAIRE, *Micromégas* (69)

Émile ZOLA, *Thérèse Raquin* (16)

Émile ZOLA, *L'Assommoir* (140)

Série Philosophie

Notions d'esthétique (anthologie) (110)

Notions d'éthique (anthologie) (171)

ALAIN, *44 Propos sur le bonheur* (105)

Hannah ARENDT, *La Crise de l'éducation*, extrait de *La Crise de la culture* (89)

ARISTOTE, *Invitation à la philosophie (Protreptique)* (85)

Saint AUGUSTIN, *La création du monde et le temps –* « Livre XI, extrait des *Confessions* » (88)

Simone WEIL, *Les Besoins de l'âme*, extrait de *L'Enraci-
nement* (96)

Ludwig WITTGENSTEIN, *Conférence sur l'éthique* (131)

Pour plus d'informations,
consultez le catalogue à l'adresse suivante :
http://www.gallimard.fr

Composition Interligne.
Impression Novoprint
à Barcelone, le 6 octobre 2011.
Dépôt légal : octobre 2011.

ISBN : 978-2-07-044203-4

180209